George Orwell

自由的保障,良知的坚守

自由就是拥有说二加二等于四的自由。若此前提成立，其他皆顺理成章。

1984

[英]乔治·奥威尔 著

韩阳 王喆 译

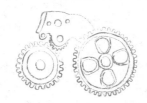

华中科技大学出版社
http://press.hust.edu.cn
中国·武汉

图书在版编目(CIP)数据

1984 /（英）奥威尔 著；韩阳，王喆 译. —武汉：华中科技大学出版社，2016.3（2025.3重印）
（奥威尔作品集）
ISBN 978-7-5680-1419-9

Ⅰ.①1… Ⅱ.①奥… ②韩… ③王… Ⅲ.①长篇小说—英国—现代 Ⅳ.①I561.45

中国版本图书馆CIP数据核字(2015)第284321号

1984　　　　　　[英]乔治·奥威尔 著　　韩阳 王喆 译

策划编辑：	刘晚成
责任编辑：	薛　蒂
特约编辑：	韩　阳
封面设计：	喃　风
责任校对：	张会军
责任监印：	朱　玢
出版发行：	华中科技大学出版社（中国·武汉）
	武昌喻家山　邮编：430074　电话：（027）81321913
印　　刷：	武汉精一佳印刷有限公司
开　　本：	787mm×1092mm　　1/32
印　　张：	12.75
字　　数：	240千字
版　　次：	2025年3月第1版第6次印刷
定　　价：	55.00元

本书若有印装质量问题，请向出版社营销中心调换
全国免费服务热线：400-6679-118　竭诚为您服务
版权所有　侵权必究

目　录

第一部分

第一章	3
第二章	25
第三章	37
第四章	49
第五章	63
第六章	83
第七章	91
第八章	107

第二部分

第一章	137
第二章	153
第三章	167

第四章	181
第五章	195
第六章	207
第七章	213
第八章	223
第九章	237
第十章	277

第三部分

第一章	289
第二章	307
第三章	333
第四章	351
第五章	363
第六章	371
附录　新话原则	**385**

第一部分

第一章

四月里一个寒冷的晴天，时钟报时十三点整。温斯顿·史密斯缩着脖子，下巴抵在胸口，尽力躲避肆虐的风。他快步穿过胜利大厦的玻璃门，但还是慢了一拍，一股沙尘打着旋随他进了门。

门厅里弥漫着煮白菜和旧地毯的气味。厅尽头的墙上钉着张彩色海报，作为进门装饰画，显得过于巨大。海报上是一张巨大的脸，有一米多宽。这是一张四十五岁上下男人的脸，胡子漆黑浓密，脸型粗犷，英气逼人。温斯顿沿阶梯上楼。搭电梯是别想了，因为哪怕在情况最好的时候，电梯也几乎不运作，何况现在是白天的停电时段。停电是仇恨周筹备过程中所采取的一项厉行节约措施。从门厅到楼上的公寓要爬七层楼梯，而三十九岁的温斯顿右脚踝上方患了静脉曲张溃疡，不得不缓步上行，中途还得不时停下歇息。每上一层，在转弯处，海报上巨脸的目光都从电梯井另一端不偏不倚地落在他身上。世上有些画像被设计成这样：不论你走到哪里，画上人物的目光都会不偏不倚落在你身上。而这张海报便是其中之一。画像下标注着这样一行文字：

老大哥在看着你。

公寓里传来浑厚的人声，正在播报有关生铁产量的一系列数据。声音出自一个长方形金属板，宛如一面黯淡的镜子，镶在靠右手边的墙面上。温斯顿按下一个按钮，声音多少轻了些，但所说的内容依然清晰可辨。这个装置（名为电屏）的声音可以调低，但无法全然关闭。温斯顿朝窗口走去。矮小瘦弱的他，身着党员的蓝色工作服，给人一种弱不禁风的感觉。他发色浅淡，脸天生泛红，皮肤被劣质肥皂、钝剃须刀片以及刚刚过去的寒冬摧残得粗糙不堪。

尽管窗户紧闭，窗外世界看上去依然寒冷。下方街道上有尘土和纸屑在风中飞旋。尽管太阳高照，天蓝得刺眼，但除了四处张贴的海报之外，整个世界一片惨淡，像失了颜色。海报上那张黑胡子男人的脸从每一个关键位置居高临下俯视一切。温斯顿正对面房子的墙上就有一张。标题印着：老大哥在看着你。画像上的男人与温斯顿四目相接，那对黑色的眸子几乎要把他看穿。临街墙上有另一张海报，一角已经脱落，在风中不时拍打着，噼啪作响，上面一个词时隐时现——"英社"。远处一架直升机在屋顶间掠过,如绿头苍蝇一般盘旋了一阵,继而快速划出一道弧线飞离。那是警察巡逻队,正透过人家的窗户窥探里面的动静。然而巡逻队并没有什么了不起,思想警察才是最要命的。

温斯顿背后的电屏依然在滔滔不绝地播报有关生铁和超额完成第九个三年计划的事。电屏可以同时接收、发送信息。只要温斯顿发出比耳语稍高一点的声响,就会被电屏接收到。不仅如此,一旦进入电屏的视野范围,他的一举一动就会被捕捉。因此,你无从知晓自己是否被监视,也无从猜测思想警察会以何种手段,在何时接通你前方的电屏。他们可能无时无刻不在监视着每一个人。只要他们乐意,就可以随时随地接通你面前的电屏。你不得不在这样一个假设下生活:你说的每一句话,发出的每一个声响都会被监听;只要有一点光线,你的一举一动都会被监视。这便是生活,你身处其中,且无从选择。这种生活状态起先只是一个习惯,慢慢就变成了本能。

温斯顿一直背对着电屏。这样比较安全,尽管他清楚地知道,哪怕只是背影也会暴露问题。一公里开外的真理部是他的工作单位。那座白色的大型建筑在一片脏污的市景中拔地而起。他在心中思忖——带着隐约的厌恶——这便是伦敦,第一空降场的主要城市,在大洋国所有行政区中人口总数排行第三。他绞尽脑汁搜寻儿时的记忆,试图记起伦敦是否一直是这番光景。这些摇摇欲坠的19世纪的房屋是否从来如此：墙用大堆木材撑着，窗格用纸板草草遮挡，屋顶上盖着瓦楞铁皮，眼看就要坍塌的院墙东倒西歪；空袭地点扬尘漫天，断壁残垣中野草丛生；被炸弹夷平的一小块空地上搭起了脏兮兮的木屋，仿佛一个个鸡棚。但是不行，他记不起任何东西，关于儿时的印象只剩下一系列没有背景的光影残片，且多数难以辨认。

真理部——在新话中称为真部（新话是大洋国的官方语言。关于该语言的结构和词形变化参见附录），和视野中的其他建筑截然不同。这个巨大的金字塔形建筑由闪亮的白色混凝土建成，层层相叠直冲云霄，塔顶距地面足有三百米。在温斯顿站着的地方，能够勉强辨认建筑白色外墙上的三行字，字体隽雅，是党的口号：

战争就是和平
自由就是奴役
无知就是力量

据说，真理部仅地上楼层就有三千间房间，还有与之配套的地下网络。环顾伦敦，只有三座建筑在外观与体积上与之相仿。从胜利大厦顶层，可以看到这四座大楼屹立在那里，有着一览众山小的气派。这四幢大楼是政府四个分支机构的总部。真理部,负责新闻、娱乐、教育、艺术;和平部,负责战争;仁爱部,负责维持法律与秩序;富足部,负责经济事务。在新话中,这四个部分别称为真部、和部、爱部、富部。

仁爱部极其可怕,整座大楼一扇窗户都没有。温斯顿没有进过仁爱部,甚至从未涉足其方圆半公里之内的地域。除非执行公务,否则根本无法进入这个部门。如果非要进去,就得穿过错综复杂的铁丝网、重重铁门和机枪暗堡。通往仁爱部外围关卡的道路上,有携带警棍、面目狰狞、身着黑色制服的警卫巡逻。

温斯顿突然转过身来,摆出一副安静乐观的样子,这是面对电屏最得体的表情。他穿过房间,走进一间小厨房。在这个时间点离开单位就意味着放弃了食堂的午饭,但他发现厨房除了一大片留作明天早餐的发黑的面包外,没有其他可吃的。他从架子上拿下一瓶无色液体,瓶上一个白色的标签写着"胜利金酒"。这瓶东西散发出油腻的气味,就像是米酒。温斯顿往茶杯里倒了将近一杯,鼓足勇气,像吞药水一样一口喝下。

立竿见影,他的脸变得通红,眼泪也呛出来了。这酒的味道简直像硝酸一样。不仅如此,一杯酒下肚,后脑勺像挨了橡胶棍重重一击。但片刻之后,胃里的烧灼感缓和了,眼前的世界逐渐变得明朗欢快。他拿出一包压皱的香烟，盒上印着"胜利香烟"，从里面抽出一支，一不小心拿倒了，烟卷里的烟丝掉了一地。他又抽出第二支，这次比较成功。他回到客厅，在电屏左边的小桌旁坐下，从桌子抽屉里拿出一支钢笔杆、一瓶墨水、一本四开大小的空白笔记本。书脊为红色，封面上有大理石的纹路。

不知什么原因，客厅里电屏的位置很特别，并没有按照惯例装在侧壁以监控整个房间，而是装在了正对窗户的墙面上。电屏一侧有一个浅浅的凹室，温斯顿就坐在那里。在建楼的时候，这块区域可能是为书架预留的。坐在凹室里，只要向后靠，便到了电屏的视线之外，也就不会被拍到了。当然，他的声音仍然能够被听到，但只要保持不动，就不会被监视。这个房间的特殊布局在某种程度上诱使他动手做了接下来的事。

他做这件事的另一个原因是他从抽屉拿出来的笔记本。笔记本特别漂亮，乳白色的纸张光滑无比，由于时间的流逝稍稍泛黄。这种纸张至少已经停产四十年了。而他猜测这本笔记本的年头远不止四十年。他在贫民区一家肮脏的旧货店橱窗里看到了它（记不清具体是哪个贫民区了），当时突然就有一种冲动想要将其占为己有。党员是不得进入平常商店的（谓之"参与自由买卖"），但这条规定并没有那么严，因为诸如鞋带、剃须刀片之类的很多东西，根本无法通过其他途径弄到。他先环顾了一下街道四周，接着溜进商店，花了两块五买下了它。当时他并没有考虑用它做什么。他把笔记本装进公文包，心虚地走回了家。尽管笔记本里一个字都没有，但拥有这件私有财产依然容易授人以柄。

他现在要做的事便是开始写日记。写日记本身并不违法（因为已经没有了法律，所以没有违法一说），但如果被发现，很有可能会被判死刑，至少也得判二十五年劳改。温斯顿给钢笔杆装上笔尖，用嘴吸去笔尖上的油脂。钢笔已经过时很久，现在就算签名也很少用了，他费了不少劲偷偷搞到了一支，仅仅因为他觉得唯有真正的钢笔才配得上这漂亮的乳白色纸张，用彩色铅笔在上面乱画一气简直是暴殄天物。事实上，他并不习惯用手写字。除了写一些便笺之外，通常都用说写器，而现在说写器显然无法满足需要。他才给钢笔蘸上墨水，犹豫了一秒钟，突然肚里一阵抽搐。在纸上落笔是一项决定性的行动。他歪歪扭扭地写下了以下一行小字：

1984年4月4日

他向后靠到椅背上。一阵深深的无助感汹涌而来笼罩全身。首先，他完全不确定现在是否是1984年。不过应该也差不了多少，因为他很确定自己三十九岁，且自己是

1944年或1945年生的。但如今根本无法把日期精确到一两年的范围之内。

他突然想到一个问题：这本日记到底是为谁而写？为将来，为后辈。他的思绪围绕着纸上那个不确定的日期停顿了一会，突然想起新话中的一个词汇——双向思维。他第一次意识到自己肩上的担子有多重。你如何与未来交流？从本质上说，这是不可能的。未来要么与当下相似，要么与当下不同。如前者为真，那他不论写什么都无足轻重；而若后者为真，那他的困境就毫无意义。

他坐着，呆若木鸡，盯着面前的纸看了好一会儿。电屏的声音换成了刺耳的军乐。说也奇怪，他似乎不仅失去了表达能力，而且竟然忘记了自己起先想说的话。他为了这一刻已经准备了好几个星期，但让他始料未及的是只有勇气还远远不够。真正动笔写东西并不难，只要把在脑中好几年来盘旋不休的独白转换成文字记到纸上即可。而在此刻，就连自己心中的独白都消失得无影无踪。不仅如此，静脉曲张溃疡痒得让他难以忍受。他不敢去挠，因为每次只要一挠，伤口就会发炎。时间一分一秒过去，除了面前这张白纸、脚踝上方皮肤的瘙痒、刺耳的音乐、金酒带来的微醺，他再也没有其他感觉了。

突然，他发狂似的动笔写了起来，而并不十分清楚自己到底在写什么。他细小而幼稚的笔迹在纸上歪歪斜斜地铺展开来，先是忘了首字母大写，最后甚至连标点符号都丢了：

1984年4月4日。昨晚去看了电影。都是战争片。一部很好，讲一船难民在地中海某地遭到炸弹轰炸。其中一个场景让观众很开心，那个场景中，一个高大肥胖的男人在试图游走的过程中，被紧随其后的直升机射杀，一开始他在水中挣扎前行，随后他进入了直升机的射程，接着就被打成了马蜂窝，身边的海水被染成了粉红色，他一下子就沉下去了，就好像水从他身上的弹孔灌进去了一样，观众在他沉下去的时候哄堂大笑。接着就看到一个满载儿童的救生筏，直升机在上面盘旋。一个中年妇人，像是犹太人，坐在船头的一侧，怀里抱着一个大约三岁的小男孩。小男孩吓得尖叫，把头埋在母亲胸前，像要钻到母亲身体里，妇人双手环抱着孩子，尽管自己也吓得脸色发青，依然在安慰孩子。她一直尽力用双臂罩住孩子，仿佛自己的手臂能让孩子免受子弹的侵袭。接着，直升机朝船上的人群投下一颗二十公斤重的炸弹，一阵强光过后，船被炸得粉碎。接着有一个精彩的镜头，一截孩子的残臂飞向空中飞得越来越高一定是一架前端装有摄像机的直升机跟踪拍下的党员席上掌声雷动但坐在群众席的一个女子开始大吵大叫说在孩子面前放这样的电影是不对的直到警察把她架到外面我希望她不要有什么事没人在意群众的言论这是典型的群众的反应他们从不——

温斯顿停下笔，部分原因是他的手抽筋了。他不知道自己为什么会写下这么多废话。但很奇怪，他写的时候，头脑中一些完全不同的记忆变得清晰起来，以至于他想把它们也写下来。他现在意识到，就因为发生了那件事，他才突然决定今天回家开始写日记。

如果那样一件朦胧不明的事也能称为发生过的话，那么，此事就发生在上午，地点就在部里。

差不多11点30分的时候，在温斯顿工作的档案司里，人们正在把椅子从工作隔间拖到大厅中央，面对电屏，准备观看两分钟仇恨节目。温斯顿正准备坐到中间的一张椅子上，这时有两个人出乎意料地走进房间。这两人温斯顿只打过照面，从未说过话。其中一个女孩常常在走廊里进进出出。尽管叫不出名字，但温斯顿知道她在小说司工作。他有时候看到她满手油污，拿着扳手，于是推断她可能负责小说写作机的维修工作。女孩看起来很干练，约二十七岁，头发浓密，脸上有点点雀斑，动作像运动员一样敏捷。一条鲜红的窄腰带——这是青年反性团的标志——在她工作服外面绕了几圈，恰到好处地凸显了臀部曲线。温斯顿第一眼就对她没有好感，他知道原因在哪。

因为她给人一种常用冷水洗澡,热衷于参加曲棍球、社区远足等活动,并保持思想全面纯洁的印象。温斯顿对所有女性都没有好感,尤其厌恶年轻漂亮的女人。女人们,尤其是那些年轻女人,都是党的狂热追随者,对党的口号一股脑儿全盘接受,充当着业余探子和告密者的角色。而这个女孩让他觉得尤其危险。有一次他们一起走过走廊,她瞥了温斯顿一眼,锐利的目光似乎要刺穿他的身体,一时间温斯顿觉得自己笼罩在一片黑色的恐怖中。他甚至闪过一个念头:这个女人说不定是思想警察的探子。当然,这种可能性不大。不过只要她一靠近,温斯顿内心的不安就挥之不去,同时夹杂着恐惧与敌意。

另一人是个叫奥伯里恩的男人,作为核心党员的他身居要职,高高在上,遥不可及。温斯顿对这类职位的工作性质只有一些模糊的概念。身穿黑色核心党员制服的人一进门,椅子旁的人群就顿时安静了下来。奥伯里恩身材高大魁梧,脖子粗壮,脸型粗犷野蛮,略显滑稽,尽管穿着正式,但举手投足间依然散发着某种魅力。他有一项本领,就是推眼镜的动作能让人放下戒心——他的这一个动作给人一种很有教养的感觉,而这种感觉很难用言语表达。如果现在有人还能记得的话,有一种表达方式可以形容他的这个动作,就是很像18世纪的绅士拿出鼻烟盒待客的样子。这些年间,温斯顿见过奥伯里恩十几次。他觉得自己被其深深吸引,不仅因为奥伯里恩有教养的举止同他拳击手一般的体型形成了极大的反差,更多是因为温斯顿暗暗相信——或许不是相信,只是希望——奥伯里恩的政治倾向并没有那么正统。他脸上的某种表情让人不由自主地这么想。话说回来,也许他脸上显露的并不是离经叛道,不过是智慧而已。但不管怎样,从他的外表来看,他是那种你可以骗过电屏,在私底下与其推心置腹的人。温斯顿并没有试着去证明他的这个猜测是否正确,事实上,他也无从证明。这时,奥伯里恩看了一眼腕表,快十一点半了,显然他决定留在档案司直到两分钟仇恨节目结束。他坐到了温斯顿同一排的椅子上,和温斯顿就隔了几个位子。坐在他们中间的是一个身材矮小、浅棕色头发的女人,在温斯顿隔壁的隔间工作。那个黑色头发的女孩紧挨着他们坐在后面一排。

接着,大厅那头的巨大电屏里传出一段讲话,像一台燃油即将耗尽的大型机器,声音可怕刺耳,令人牙齿发颤、汗毛直竖。仇恨节目开始了。

和往常一样,人民公敌伊曼努尔·古登斯坦的脸出现在电屏上。人群发出此起彼伏的嘘声。浅棕色头发的女子发出一声尖叫,声音中夹杂了恐惧与厌恶。很久之前(没人知道到底多久),古登斯坦曾是党的一位领袖,和老大哥几乎平起平坐,后来参与了反革命运动,被判处死刑,之后神秘地逃走并消失了。两分钟仇恨节目每天都不同，但古登斯坦每次都是主要人物。他是头号叛徒，就是他第一个玷污了党的纯洁性。所有的背叛变节、阴谋破坏、异端邪说、反革命路线都是由他唆使的。他现在还活着，在某个地方继续着阴谋活动：也许在海的那头，受他外国主子的豢养庇护，甚至也可能就藏在大洋国的内部——时而能听到这样的传闻。

温斯顿感到胸口被压得喘不过气来。每次看到古登斯坦的脸，他都免不了心乱如麻。这是一张犹太人的脸，脸型瘦削，头顶有一圈蓬乱的白发，蓄着山羊胡——这是一张精明的脸，但又让人忍不住生厌，鼻子又长又尖，给人一种年迈昏庸的感觉。鼻尖上还架着眼镜。这张脸像极了绵羊，声音同羊的叫唤也十分相似。古登斯坦正在恶毒地攻击党的方针政策——他攻击的话语过于夸张牵强，就算是小孩子也能拆穿他的把戏，但还是会让人担心那些头脑不够清醒的人会受他蛊惑。他正在恶意攻击老大哥，指责党在搞独裁，他要求大洋国与欧亚国停战，鼓吹言论自由、出版自由、集会自由、思想自由，歇斯底里地叫嚣有人背叛了革命——他语速很快，在遣词造句上刻意模仿党的发言人，甚至还加进了很多新话的词汇：事实上他的新话词汇量远远大于任何一个党员在现实生活中的使用量。为避免有人被古登斯坦哗众取宠的谎言所蒙蔽，电屏上他的脑后出现了数不清的欧亚国士兵列队行进的场面——一排接着一排的健壮士兵,长着亚洲人的脸,面无表情。他们涌现到电屏上,然后消失。前排消失后,后排士兵就会跟上来,表情和之前的几乎一模一样。军靴沉闷而有节奏的踏步声构成了古登斯坦绵羊般嘶叫声的背景音。

仇恨节目才进行了不到三十秒,房间里近一半的人已经按捺不住怒火,开始大声叫嚷。电屏上那张绵羊般的脸及其后面欧亚国可怕的军力让人们忍无可忍。除此之外,只要一看到古登斯坦,甚至一想到他,人们就会不由自主地充满恐惧与愤怒。比起欧亚国和东亚国,古登斯坦被人们仇恨更为频繁,因为大洋国一旦与一国交战,往往会和另一国保持和平关系。但有件事非常奇怪,尽管古登斯坦受到每个人的憎恶和鄙视,尽管每天在站台上、电屏上、报纸上、书上,他的理论被批驳、粉碎、嘲弄,在大众心中,一切有关他的东西都是没用的垃圾——尽管做了如此多工作,他的影响力却从未减小。总是不断有人是非不分地被他引诱。每天都有受他指使的间谍和破坏分子的面具被思想警察揭下。他指挥着一支庞大的军队,藏匿在暗处,领导着叛乱者的地下网络,妄图阴谋推翻国家政权。他的组织据说名叫兄弟会。谣传还有一本可怕的书,由古登斯坦撰写,汇集了各种异端邪说,在四处秘密流通。这本书没有书名,人们就叫它"那本书"。但人们只是从不确切的传闻中知道这些事。不论是兄弟会还是那本书，所有普通党员都讳莫如深。

仇恨节目进行到了第二分钟，人群陷入癫狂状态——在座位上跳上跳下，扯着嗓子大喊大叫，试图盖过电屏里传来的羊叫一般令人发狂的声音。那个浅棕色头发的瘦小女人脸涨得通红，嘴巴一张一合，活像一条被扔到岸上的鱼。就算是奥伯里恩那张宽大的脸，现在也成了红色。他直挺挺地坐在椅子上，宽厚的胸膛鼓了起来，微微颤抖，仿佛要直面巨浪的侵袭一般。温斯顿后面的黑发女孩开始大喊："猪猡！猪猡！猪猡！"突然，她捡起一本厚厚的《新话字典》朝电屏扔去。字典砸中古登斯坦的鼻子然后弹开，电屏里的声音仍在继续。在片刻清醒中，温斯顿意识到自己正和其他人一起大喊，用鞋跟狠狠踢着椅子的横档。两分钟仇恨节目最可怕的地方不是强迫人参与其中，与此相反，是让人根本无法置身事外。不出三十秒钟，任何掩饰都显得多此一举了。一种夹杂着恐惧与报复的癫狂，对杀戮、折磨、用大锤把人脸砸得稀烂的渴望像电流一般传遍整个人群。甚至违背人的意愿将其变成了面部扭曲、尖声叫嚷的疯子。不过，人们所感受到的狂怒是一种抽象而没有任何指向的情绪，可以像喷灯的火苗一样从一个对象转移到另一个对象身上。因此，有那么一刻，温斯顿的仇恨并没有转向古登斯坦，恰恰相反，转向了老大哥，转向了党，转向了思想警察。也正是在这个时候，他开始同情电屏上那个形单影只、备受嘲弄的异端分子。在这个充斥着谎言的世界里，只有他捍卫着真理和理智。而在下一个时刻，温斯顿又加入了身边众人的行列，对他来说，针对古登斯坦的所有评论全部属实。在这时，温斯顿内心深处对老大哥的厌恶转化成崇拜，老大哥的形象看起来愈加高大，他是人民的守护者，无所畏惧、不可战胜，像巨石一样抵御着外来的蛮族。而古登斯坦尽管孤立无援，甚至是否活着都是个谜，但他就像一个邪恶的巫师，只需嘴里念念有词便可将文明层层瓦解。

有些时候，一个人甚至可以自发地通过多种方式转移仇恨。突然间，温斯顿把自己的仇恨从电屏上那张脸转移到了身后的黑发女孩身上，就像做噩梦的时候猛地把头从枕头上移开一样。他脑中闪过一些生动美丽的幻象：他想用橡胶警棍将她活活打死；把她扒光了绑在柱子上，用箭射满她全身，就像人们对圣塞巴斯蒂安①所做的一样；他会凌辱她，并在高潮的时候割断她的喉管。他现在终于比先前更清楚自己为什么恨这个女孩。他之所以恨，是因为她年轻漂亮却毫不性感；是因为他想把她弄上床却无从实现；是因为她曼妙的腰身似乎在呼唤着你的搂抱，现在却

---

① 圣塞巴斯蒂安，基督教圣人和殉道者。在3世纪基督教受迫害时期，被罗马戴克里先皇帝杀害。在文艺作品里，他常被描绘成双臂被绑、万箭穿身的形象。

绑着一条可憎的红腰带,咄咄逼人地象征着贞洁。

仇恨节目达到高潮。古登斯坦的声音变成了真的羊叫声,他的脸突然也变成了一张羊脸,随后渐隐于一个欧亚国士兵身体中,这个士兵似乎正在冲锋,身材魁梧,表情凶悍,手中的冲锋枪"突突"轰鸣,这气势活像就要从电屏里跳出来一样。坐在前排的一些人吓得直往后靠。转瞬间,电屏上杀气腾腾的人形幻化成了老大哥的脸,须发乌黑,充满着力量和神秘的镇定。这张脸非常大,几乎占据了整个电屏,这让每个人都长舒了一口气。没人听得清老大哥到底在说什么。应该是几句激励的话,这类话一般都是在喧嚣的战场上广播,没法听清每一个词,但只要说了就能让人重拾信心。接着老大哥的脸又慢慢淡去,取而代之的是用黑体大写字母书写的三行党的口号:

战争就是和平
自由就是奴役
无知就是力量

尽管老大哥的脸只在电屏上停留了几秒钟,但其影像似乎在每个人眼中产生了过于强烈的冲击,一时间难以平复。那个瘦小的浅棕发女人跳过前面的椅子。用颤抖的声音念着一句像是"我的救星!"之类的话并向电屏张开手臂。接着她双手捂脸，显然是在祈祷。

这时，人群中出现了低沉、缓慢、节奏划一的吟诵："大……大！大……大！"——一遍又一遍，非常慢，而且第一个"大"和第二个"大"之间有很长的停顿——这低沉的吟诵声给人一种莫名其妙的野蛮感，似乎还能听见赤脚踏地声和非洲鼓声作为伴奏。人群就这样吟诵了大约三十秒时间。这种吟诵是调节失控情绪的常见手段。一方面是对老大哥智慧和尊严的赞颂，另一方面更是一种自我催眠，故意用一种带节奏的噪音来麻痹意识。温斯顿的心似乎开始变凉。两分钟仇恨节目中，他不自觉地与众人一起癫狂。但对于"大……大！大……大！"这种未开化的吟诵，他总是感到不寒而栗。当然，他也加入了吟诵的行列：根本没有办法不这样做。掩饰自己的感受，控制自己的表情，和其他人做同样的事情已经成了本能反应。不过，有那么几秒钟时间，他的眼神很可能已经出卖了他。也就在这一瞬间，前面提到的那件具有重要意义的事情发生了——如果这件事的确发生了的话。

他与奥伯里恩四目相接，不过只有一瞬间。当时，奥伯里恩站起身来，先是拿下眼镜，接着用他的招牌动作将其戴回鼻梁上。但就在这一瞬间，他们的视线相遇，虽然时间很短，但温斯顿足以发现——是的，他知道！——奥伯里恩和自己正在想着同一件事。他很确信这一点。就仿佛他俩可以通过眼神互相交流思想。"我支持你，"奥伯里恩仿佛在说，"我十分明白你的感受。我了解你的轻蔑、你的仇恨、你的厌恶。但别担心，我站在你这一边！"不过这心领神会的灵光转瞬即逝，奥伯里恩的脸又变得和其他人一样深不可测。

以上便是事情经过，他已经不能确定刚才的事是否真的发生了。这类事件不会有任何结果。充其量只是让他在内心深处相信，或者是希望，除了自己以外，身边还有别人与党为敌。也许地下阴谋活动普遍存在的传言到头来是真的——也许兄弟会真的存在！尽管逮捕、招供、处决接连不断发生，但仍然不能确定兄弟会只是一个传说。他有时候相信其存在，有时候不信。没有任何证据，短暂的眼神接触不能说明任何问题；无意中传入他耳朵的只言片语；厕所墙上模糊的涂鸦；还有一次他看到两个陌生人照面时他们手的细微动作，看起来就像是确认身份的暗号。这都只是他的猜测：有可能所有的一切都是他臆想出来的。他回到自己的工作隔间，没有再去看奥伯里恩。连与其继续交往的念头都没有。哪怕他知道如何去做这件事，那无疑是极其危险的。他们心照不宣地交换了一两秒钟眼神，仅此而已，别无其他。但即便这样，这依然是他封闭、孤独的生活中一件值得纪念的事情。

温斯顿直起腰身，打了个嗝，金酒的余味从胃里泛了上来。

他把目光再次集中到纸上,发现在无助沉思的同时,自己也在写字。这完全是一种无意识的行为,而且写得也不像之前那样潦草难看。他的笔酣畅淋漓地在光滑的纸上划动,用整齐的大写字母写道:

打倒老大哥打倒老大哥打倒老大哥打倒老大哥打倒老大哥。

一遍又一遍,写了几乎半页纸。

他不由自主地感到一阵恐慌。说起来也荒唐,因为写下的这些字并不比手写日记这个行为更危险,但他一度想撕掉那几页写过字的纸,彻底放弃写日记的计划。

不过他并没有这么做,因为他明白这是没有用的。不论他写下"打倒老大哥",还是抑制住下笔的冲动,并没有什么区别。不管他继续写日记还是不继续写,也没有区别。思想警察同样会把他抓起来。他已经犯罪了——哪怕他没有用笔在纸上写字,也依然已经犯下了罪行——这是一桩包含了一切罪行的重罪。他们称之为思想罪。思想罪是无法一直掩盖下去的。你逃得了一时,甚至几年,但他们注定是会抓到你的,这是早晚的事。

逮捕总是在夜里——无一例外地发生在夜里。从睡梦中突然被叫醒，粗糙的手摇晃着你的肩膀，晃眼的灯光下，一群表情冷峻的人围在你的床边，你看不清他们的脸，只能依稀看到轮廓。大部分案子根本没有审判，也没有关于逮捕的报道。人就这么消失了，这样的事情总是发生在夜里。户籍本上的姓名被抹去，你做过的所有事情的记录都被清除，你的存在被否定，随之被遗忘。你就这么被废除，从此湮灭：通常称为人间蒸发。

　　他们会枪毙我我无所谓他们会从脖子后面给我一枪我无所谓打倒老大哥他们常常从脖子后面给你一枪我无所谓打倒老大哥……

　　他靠到椅背上，心里有些羞愧，随之把笔放下，接着又拿起笔奋笔疾书。这时传来了敲门声。

　　这么快！他像只老鼠一样坐着一动不动，徒劳地希望不论是谁，敲完门就赶紧离开。但是没有，敲门声仍在继续。耽搁在这时是最忌讳的事。他的心七上八下，但由于长期养成的习惯，脸上却是面无表情的。他起身，踏着沉重的脚步朝门走去。

第二章

温斯顿的手刚握上门把手，突然看到桌上的日记本还摊开着。上面写满了"打倒老大哥"，字迹大到哪怕从房间另一端也能看得一清二楚。想不到自己竟然做了这么蠢的事。但他意识到自己尽管怕得要死，却依然不想在墨迹还未干的情况下把日记本合上，因为那样会弄脏乳白色的纸张。

他深吸一口气，开了门。一股暖流瞬间从他体内流过，他深深松了口气。站在门外的是一个面色惨白、萎靡不振的女人，她头发稀疏，脸上爬满皱纹。

"啊，同志，"她闷声闷气地嘀咕道，"我刚才好像听见你回来了。能不能来我家看一下厨房的下水道？堵了……"

这是同楼邻居的老婆帕森斯太太（党并不赞成人们使用"太太"这个词——所有人都应该以"同志"相称——但对有些妇女，人们会不自觉叫她们太太）。她三十岁上下，但看上去比实际年龄老很多。她给人一种脸上的皱纹里积着灰尘的印象。温斯顿跟她穿过走廊。充当业余修理工是每天都会遇到的烦心事。胜利大厦是座老楼，大约建于1930年，现在已经摇摇欲坠了。墙上和天花板上的涂料不断剥落；水管一冻就会爆裂；天花板只要一下雪就会漏水；供暖系统在厉行节约期间会完全关闭，没有关闭时通常也只供应一半蒸汽量。维修只能自己动手，否则就得提交给某个高高在上的委员会审批，就算只是修一块窗玻璃，都可能拖上两年之久。

"当然，就因为汤姆不在家……"帕森斯太太含糊地说。

帕森斯家比温斯顿家大，呈现出另一种昏暗单调的氛围。一切好像先被砸了一通又踩过一遍，就像有大型野兽光顾过一样。体育用品散了一地——曲棍球棒、拳击手套、踢爆了的足球、汗湿的向外翻着的运动短裤……桌上乱七八糟堆着脏盘子和折了角的练习本。墙上挂着青年团和儿童特工队的旗帜，还有一张老大哥的大海报。屋内有一股这栋楼中到处都能闻到的煮白菜气味，除此之外，还有刺鼻的汗臭混杂其中。这汗臭来自于那个现在不在场的人——只消一闻便知，却难以道出缘由。另一间房里，有人拿着梳子和一张卫生纸，试图用它们跟上电屏中仍在播放的军乐曲调子。

"是孩子们，"帕森斯太太说着，不乏忧虑地朝门那边看了一眼，"他们今天没出去。当然……"

她有一个习惯,就是喜欢说话说一半。厨房水槽里面,绿汪汪的水快漫出来了,散发出比煮白菜臭上百倍的恶心气味。温斯顿跪在地上,检查水管拐角接缝处。他讨厌用手,讨厌弯腰,因为这样会引起咳嗽。帕森斯太太一筹莫展地站在一边看着。

"当然要是汤姆在家的话,一下子就能修好了,"她说,"他就喜欢鼓捣这些。他双手可巧了,汤姆就是这样。"

帕森斯是温斯顿在真理部的下属。一身肥膘、做事积极,但带着不可撼动的愚昧,浑身上下充斥着无知的狂热——这样的人无疑是维护党统治的最佳人选,在这一点上,连思想警察都不及他。他三十五岁,前段时间才不情不愿地退出了青年团。入团前,他还超出规定年龄在儿童特工队多赖了一年。他在部里一个无需学识就能胜任的低层岗位任职,但他同时也是体育委员会和其他负责社区远足、自发游行、节约运动和一些志愿活动的一系列委员会的领军人物。他会一边抽着烟斗,一边满心自豪地告诉你他连续四年每晚都去社区活动中心。他每去一个地方,都会带着让人难以忍受的汗味。甚至他走后,那股味道依然挥之不去。这在不知不觉中透露出他生活的艰辛。

"有扳手吗?"温斯顿一边问,一边用手拨弄着水管接口的螺母。

"扳手啊,"帕森斯太太说,接着马上像泄了气一般,"真不知道放哪里了。也许孩子们……"

孩子们冲进客厅,一边用靴子狠狠踏着地板,一边在梳子上狠命地吹了一口。帕森斯太太拿来了扳手。温斯顿把水从水管里放了出来,厌恶地从里面扯出一团堵住管道的头发。他打开龙头,用冷水尽可能地把手冲洗干净,接着走进了另一个房间。

"举起手来!"一个粗野的声音大喊道。

一个九岁的男孩,长得眉目俊秀、十分壮实,从桌子后面突然冒出来,举着一把玩具自动手枪朝他耀武扬威,而比他大约小两岁的妹妹手拿一块碎木块,也摆出了相同的姿势。两个孩子都穿着蓝短裤、灰衬衫,脖子上系着红颈巾,这是儿童特工队的制服。温斯顿把双手举过头顶,但心中掠过一丝不安,这个小孩的行为那么咄咄逼人,看起来不像单纯的闹着玩。

"你这个叛徒!"男孩子大喊,"思想犯!欧亚国的间谍!我要枪毙你,我要让你人间蒸发,我要把你押到盐矿去!"

突然他们围着他又蹦又跳,嘴里大喊着:"叛徒!思想犯!"小女孩的一举一动完全模仿她哥哥。这着实有点吓人,好像两只蹦跳着嬉戏的虎崽,不久后将会长成吃人的大虫。这个男孩眼中透出一种工于心计的凶残,很显然起了踢打温斯顿的念头，而且意识到自己很快就到能做这种事的年龄。还好他手上拿的不是真枪，温斯顿心想。

帕森斯太太的目光紧张地在温斯顿和孩子们之间徘徊。在客厅比较明亮的灯光下，温斯顿发现帕森斯太太脸上的皱纹中间果然嵌着灰尘，这一点让他觉得颇为有趣。

"他们闹腾起来就是这样，"她说，"他们不能去看绞刑，很失望，所以就这样子了。我太忙了没空带他们去，汤姆又在上班回不来。"

"为什么我们不能去看绞刑？"小男孩大声嚷道。

"要去看绞刑！要去看绞刑！"小女孩边叫边跳。

温斯顿记起来了，傍晚时候，公园里要绞死几个被指控犯了战争罪的欧亚国俘虏。这种公开处决大约每月一次，是很受人们欢迎的盛事。孩子们总会嚷着要大人带他们去看。温斯顿向帕森斯太太道了别，走向大门。而他出门刚走了不到六步路，脖子后面就被什么东西狠狠击中，感觉就像有一根烧红的铁丝刺进了肉里。他转过身，看到帕森斯太太正把她的儿子拉进门，小男孩把一个弹弓揣进口袋。

门关上的时候，小男孩大吼道："古登斯坦！"而最令温斯顿震惊的是小孩母亲灰褐色的脸上那无可奈何的惊恐表情。

回到自己家，温斯顿快步走过电屏，坐回桌旁，手还在揉着脖子。电屏里的音乐停了，代之以军人抑扬顿挫、粗野的声音，念着一篇有关新型漂浮堡垒战舰上的武器装备的报道。这艘战舰正驻扎在冰岛和法罗群岛之间的海域。

他思忖，养着那样的孩子，那可怜的女人该是过着多么可怕的生活。再过个一两年，他们就会不分白天黑夜监视她有没有异端思想。当今几乎所有小孩都是恶童。最糟的是诸如儿童特工队一类的组织，一步步把小孩塑造成无法驾驭的小野人，但却又不让他们产生任何反党倾向。恰恰相反，他们崇拜党以及与党相关的一切。歌曲、方阵、横幅、远足、木枪操练、呼喊口号、老大哥崇拜——一切的一切对他们来说都是充满荣誉感的游戏。他们的所有恶意都是对外的，针对国家的敌人，针对外国人，针对叛徒，针对从事阴谋活动的人，针对思想犯。几乎所有三十岁以上的人都会害怕自己的亲生骨肉。这种害怕是情有可原的，因为《泰晤士报》几乎每周都会刊登那些小告密者——报上经常用的一个词是"儿童英雄"——听到了一些反动的话，于是向思想警察告发自己父母的报道。

弹弓造成的刺痛消退了。温斯顿心不在焉地拿起笔，思忖着是否能继续在日记本上写些什么。突然间，他又想到了奥伯里恩。

几年前——多久来着？应该是七年前——他梦见自己走过一间漆黑的房间。正走着，身旁一个坐着的人开口说道："我们会在一个没有黑暗的地方见面。"声音很轻，而且几乎是漫不经心的，只是陈述，而非命令。他继续向前走，并没有停下脚步。奇怪的是，当时在梦里，这些话语并没有给他留下很深印象。直到后来，这句话才逐渐有了意义。他记不得第一次看到奥伯里恩是在做这个梦之前还是之后，他也不记得从什么时候才意识到梦里就是奥伯里恩在说话。但不管怎样，他的确辨认出来了，当时在黑暗中同自己说话的，就是奥伯里恩。

温斯顿一直无法确定——哪怕是在今天早上两人眼神交汇的一瞬间，依然无法确定奥伯里恩是敌是友。而且这件事似乎并不重要。他们之间可以互相理解，这种理解比情感与党派更为重要。"我们会在一个没有黑暗的地方见面。"他曾经这么说过。温斯顿不知道这句话是什么意思，他只知道这句话将会通过某种方式变为现实。

电屏里的说话声停止了。一阵清亮、优美的军号声划破了滞碍的空气。接着说话声又刺耳地响起：

注意！全体人员注意！马拉巴前线传来简讯，我军在南印度大获全胜。得上级授权，我在此宣布此次行动将很有可能结束这场战争。以下是此次简讯的详细内容——

坏消息来了，温斯顿心想。不出所料，在播报完对欧亚国军队的屠戮、歼灭、俘虏大批敌军之后，电屏宣布从下周起，巧克力的配给量从30克下降到20克。

温斯顿又打了个嗝。酒劲已经消退，残留下一种泄气的感觉。也许是为了庆祝胜利，也许为了使大家忘却降低巧克力配给量这件事，电屏开始播放《献礼大洋国》。这首歌播放的时候，每个人都必须起身立正。但他现在所处的位置，没人能看得到。

《献礼大洋国》之后，音乐变得柔和起来。温斯顿走到窗口，背对电屏。窗外依然寒冷晴朗。远处一枚火箭弹发出沉闷的爆炸声，回音阵阵。当下每周都会有二三十枚火箭弹落在伦敦。

楼下的街道上，那张一角脱落的海报在风中呼扇。"英社"一词时隐时现。英社、英社的神圣原则、新话、双向思维、过去的可变性……他觉得自己好像在海底森林中漫无目的地走，迷失在这畸形的世界里，而他自己也是一个怪物，他是孤独的。过去已然死去，未来不可预见。他又有多少把握能确定当下有人能够支持他？又如何能知晓党的统治不会永远存续？仿佛给他答复一般，真理部白墙上三行口号映入他的眼帘：

战争就是和平

自由就是奴役

无知就是力量

他从口袋掏出一枚二角五分硬币。这枚硬币上,也用清晰的小字铸着相同的口号。硬币另一面上,是老大哥的头像。就算是在硬币上,这双眼睛依然盯着你不放。硬币上、邮票上、书籍封面上、横幅上、海报上、香烟盒上——无处不在。这双眼睛总是看着你,声音总是包围着你。不论你是睡着还是醒着、工作还是吃饭、在家还是外出、洗澡还是躺在床上——无处可逃。除了头颅里几厘米见方的区域,没有东西是属于你自己的。

太阳已经西斜,真理部大楼数不清的窗户由于没有阳光的照射,变得阴森恐怖,仿佛碉堡上的一个个枪眼。他的心在眼前这座巨大的金字塔前战栗。这个建筑太过坚固,根本无法攻占。哪怕一千发火箭弹都不能将其摧毁。他又开始想自己到底在为谁写日记。写给将来,写给过去,写给一个可能是想象中的时代?而他所面对的不是死亡,而是泯灭。这本日记可能会化为灰烬,他自己也会人间蒸发。只有思想警察才会读到他所写的一字一句,然后将其销毁,再没有人会记得。如果连你自己的肉身都不复存在,连一个匿名的字都留不下来,你又如何能向将来申诉自己的内心?

电屏报时14点整。他必须在十分钟内离开家。他得在14点30分回去工作。

不可思议的是这次钟声似乎让他又振奋了起来。他像一个孤独的灵魂,讲述着一个未曾得闻的真理,而一旦开始讲,就一发不可收拾。他讲述这一切并不是为了公之于众,而是通过保持清醒,将人性的传统延续下去。他回到桌边,给钢笔蘸了墨水,写道:

致将来或过去,致一个思想自由、人们彼此不同且不再孤单的时代,致一个存在真理、做过的事无法被抹去的时代:

从一个千人一面的时代、孤独的时代、老大哥的时代、双向思维的时代,向彼时致以问候!

他认识到自己已经死了。似乎只有现在,当他能够清晰表达出自己的思想的时候,才算是跨出了决定性的一步。他的每一个行为所带来的结果,都蕴含在行为本身之中。他写下:

思想罪并不会导致死亡:思想罪本身就是死亡。

现在既然他已经把自己当成一个死人,所以尽可能多活些日子就变得重要了。他右手的两个指头沾上了墨水。正是这类细节能让他的行为暴露。部里某个爱打听的积极分子（很可能是个女人，像那个矮小的浅棕色头发的妇女或是小说司的黑发女孩）可能就会揣测为什么他在午休的时候要写字，为什么要用老式的钢笔写字，他到底写了些什么——然后给有关部门通风报信。他去洗手间用一块深色的磨砂肥皂仔细地洗去手上的墨痕，这块肥皂用起来感觉就像砂皮纸一样，但用来洗墨水是再好不过的了。

他把日记本放到抽屉里。把日记藏起来是徒劳的，但他至少要确定这本日记有没有被人发现。在页末夹一根头发太明显了。他用指尖蘸起一粒肉眼可见的白色尘埃，放到了封面的一角。如果有人动过这本日记，尘埃就一定会被抖落。

第三章

温斯顿梦见了母亲。

他觉得,母亲是在自己十岁或十一岁时消失的。她身材高挑、举止优雅、沉默寡言、做事不紧不慢,有着一头漂亮的金发。他对父亲的印象则较为模糊,只记得父亲又黑又瘦,总穿着笔挺的深色衣服(温斯顿记得很清楚,父亲的鞋底非常薄),戴着一副眼镜。他们两人都在50年代的一次大清洗中消失了。

现在她母亲正坐在他下面离他很远的某个地方,怀里抱着他的妹妹。他一点也记不得妹妹的样子了,只记得她是个瘦小孱弱的婴儿,总是不声不响,长着一双警觉的大眼睛。母女两人都仰起头看着他。她们在地底下某处,例如在井底,或在一个很深的墓穴中,而那个地方虽然现在已经够深了,但依然在不断下沉。她们在一艘沉船的大厅里,透过渐渐变黑的海水仰望着他。大厅里还有空气,三人依然可以互相望见彼此,但她们仍在不停下沉,沉入绿色的水中。不一会儿,海水将吞噬她俩,从而永世不得相见了。他在有光有空气的地方,而她们则被吸入海底死去，她们之所以沉到了下面，是因为他在上面。他们彼此都知道这一点，他能从她们的脸上看出来，她们是知道的。无论从脸上还是心里，她们都毫无责备之意，唯有一种认识，即她们必须死，这样他才有可能活下去，这是无法逃避的客观规律。

温斯顿记不得到底发生了什么事，但他在梦中知道，母亲和妹妹为了他牺牲了自己的性命。有这么一种梦，虽然保留了梦境的特质，但又为个人的精神生活做了补充。梦醒后，梦中发生的事情和想法依然新鲜并且珍贵，这个梦就是这样的。温斯顿猛然意识到，大约三十年前母亲的死是一个悲剧，令他无比悲伤，而这种事情现在几乎不可能发生了。他认为悲剧属于遥远的过去，当时世上仍有隐私、有爱、有友情。当时家庭成员之间会无条件地相互扶持。关于母亲的记忆之所以让他肝肠寸断，一方面是因为母亲对他的爱至死不渝，而他当时因为太过年幼自私，不知反哺；另一方面还因为母亲是以一种他现在记不起来的方式，为了一个私人的、至死不变的忠贞观念牺牲了自己。这样的事情，他觉得在当今是不可能发生的。当今世上只有恐惧、仇恨、痛苦。没有高贵的情感，没有深沉、难以言表的悲伤。他似乎从母亲和妹妹的大眼睛里看到了这一切，她们透过几百英寻[①]绿色的海水仰望着他，并且

---

① 英寻：深度单位。1英寻≈1.83米。

还在不断下沉。

突然，他站在了一片草地上，草很短，富有弹性。时值夏日傍晚，夕阳西斜，阳光给大地铺上了一层金色。这个场景在他梦中出现多次，使他一直无法确定这到底是梦境还是现实。他醒过来回想时，将其称为"黄金乡"。这是一块被兔子啃得乱七八糟的古老草场，有一条小路从中间蜿蜒穿过，到处都能见着鼹鼠洞。草场另一头有一圈参差不齐的树篱，榆树枝在风中微微颤动，树叶繁茂，像大团大团女人的头发。虽然看不到，但附近有条小溪，清澈的溪水缓缓流淌，柳树下的池塘里有雅罗鱼在游弋。

那个黑发少女穿过草场向柳树走去。她一下子把身上的衣服扯掉，轻蔑地扔到一边。她的胴体雪白光滑，但却没有勾起他的任何欲望，事实上，他的目光几乎没有落在她身上。此刻充满他内心的是对她把衣服扔到一边这个动作的钦佩。这漫不经心地一抛，动作如此优雅，似乎摧毁了所有文化、所有思维方式。仿佛老大哥、党、思想警察就在手臂华丽的一挥之下烟消云散。这也是古时才有的动作。温斯顿醒来，有一个名字几乎脱口而出："莎士比亚。"

电屏发出刺耳的口哨声，保持着一个音高，一直持续了三十秒。现在时间是早上7点15分，是办公室工作人员的起床时间。温斯顿挣扎着起了床——他一丝不挂，因为外围党员一年只有三千布票,而一件睡衣就要花掉六百布票——从椅子靠背上抓起一件颜色泛黄的汗衫和一条短裤,套在身上。还有差不多三分钟时间,广播体操就要开始了。就在下一刻,他就因为一阵急促的咳嗽弯下了腰,每次起床他都会经历这一番折磨。咳嗽把他肺部的气体完全清空了,他得躺在地上做好几次深呼吸才缓得过来。咳嗽使得他青筋暴起,静脉曲张溃疡又开始痒了起来。

"三十到四十岁年龄组!"一个尖锐的女性声音大声喊道,"三十到四十岁年龄组!请各就各位。三十到四十岁年龄组!"

温斯顿迅速站到电屏前,电屏上已经出现了一个年轻女子的形象,女子体型消瘦,但全身肌肉,穿着紧身上衣和运动鞋。

"曲臂伸展!"她语速飞快,"跟我一步一步来。一、二、三、四!一、二、三、四!跟上节奏,同志,打起精神!一、二、三、四!一、二、三、四!……"

那阵急促的咳嗽并没有将那个梦留下的印象清除干净,而体操富有节奏的动作反而使其变得更为清晰。他一边机械地前后摆动自己的手臂,一边面带坚定又喜悦的表情,因为这样子做广播体操才是得体的。他试图在模糊的记忆中搜寻儿时的片段。这是一件无比困难的事。50年代之后的一切记忆都渐渐褪去。因为没有外部的任何记录可以参考，就连他自己的生命轨迹都变得不再清晰。他只记得一些甚至可能并没有发生过的大事件，记得事件的每个细节，但无法捕捉当时的气氛，而且有很长一段空白期，对此他一无所知。当时，一切都是不同的，哪怕是国家的名字和疆域也是不同的。比如第一空降场，当年就不叫这个名字，而是被称为英格兰或不列颠，不过伦敦一直被叫作伦敦，对这一点他颇有把握。

温斯顿记不清自己的国家什么时候没有打仗，但很明显在他小的时候，和平持续了挺长一段时间。因为他儿时的记忆里有空袭，而那场空袭是出乎当时所有人预料的。也许就是那个时候，原子弹落在了科尔切斯特。他不记得空袭这件事，但他能记得父亲拉着他的手向地下逃，他们一直往下逃啊逃，逃往地底深处的某一个地方。螺旋梯在他们脚下哐哐作响，他们不断绕圈。终于，他走不动了，开始哭泣，于是他们不得不停下休息。他的母亲，梦游似的慢慢走着，被他们甩开了一大段距离。她正抱着他的妹妹——或者仅仅是一卷毯子：他不确定妹妹当时有没有出生。最后，他们来到了一个吵闹拥挤的地方，他意识到，这是一个地铁站。

石板地面上站满了人，其他人则层层叠叠地挤在铁床上。温斯顿和他的父母寻找到一块空地，他们身边的铁床上坐着一个老头和一个老妇。老头穿着笔挺的深色西装，后脑勺上扣着一个黑色布帽,满头白发,他脸色通红,蓝色的眼睛里噙满泪水。他浑身散发出金酒的气味,酒气就像要从毛孔中散出一样,人们甚至会觉得他眼中的泪水也是酒。尽管老人醉醺醺的,但他黯然神伤,看得出来,他的悲伤是真实的,让他肝肠寸断。从一个孩子的角度,温斯顿觉得老人身上一定发生了一场可怕的、无法原谅亦无从挽回的灾难。而且似乎温斯顿知道发生了什么事。某个老人深爱的人——也许是他的小孙女——死了。每过几分钟,老人嘴里就不停念叨:

我们就不该信他们。我早就说过,孩子他妈,是吧?这就是信他们的结果。我一直这么说的。我们就不该相信他们这些混蛋。

但他们不该相信哪些混蛋,温斯顿记不起来了。

差不多那时候开始,战争就一直在持续。尽管严格来说并不是一场战争。在他小时候,伦敦城里打了几个月混乱的巷战,有几场战斗他还记得很清晰。但追溯整段历史,他根本无法说清楚在某一特定时间,是哪两方在交战。因为除了现在的战争联盟之外,没有任何书面或口头的记录说明还存在着其他的联盟关系。比如当今,1984年(如果今年是1984年的话),大洋国正在和欧亚国交战,与东亚国结盟。没有任何人在公开或私下的场合承认这三个国家在任何时候有过不同的联盟关系。事实上，温斯顿很清楚，就在四年前，大洋国就与欧亚国联盟，和东亚国交战。但这只是他自己的观点，他之所以会这样想，是因为他的记忆没有被完全控制。根据官方的说法，大洋国从未改变过联盟关系。大洋国正与欧亚国交战，因此大洋国一直与欧亚国处于战争状态。当下的敌人代表着彻头彻尾的邪恶力量，因此不论从前还是未来，与其达成协议都是绝不可能的。

他想到了一件可怕的事。这时他正用力让肩膀向后伸展，这样的动作他已经做了近一万次（双手放在臀部，扭着腰，这个练习据说对背部肌肉有好处）。可怕的事便是一切可能都是真的。如果党插手进去，并说这件事或那件事从未发生过，那这将比单纯的拷打和死刑更为可怕。

党宣称大洋国从未与欧亚国结盟过。温斯顿·史密斯却知道，大洋国在四年之前还与欧亚国处于结盟状态。但这种认识的根据在哪里？仅在他的意识里，而这种认识不管怎样都会被很快地抹杀。如果其他人都接受了党的谎言——如果所有的记录都口径一致——那这样的谎言被录进了历史，最终就会成为真实。"谁控制过去，"党的口号如此说道，"也就控制了未来；谁控制当下，也就控制了过去。"答案是过去尽管说是可以改变的，却从未被改变过。只要是真实的东西，就永远都是真实的。这点很明确。他们要做的仅仅是不断战胜你自己的记忆而已。他们将此称为"控制现实"。用新话来说，就是"双向思维"。

"稍息！"女教练吼道，声音稍稍和善了一点。

温斯顿垂下双手，缓缓吸气。他的思绪飞到了错综复杂的双向思维世界。知道的同时一无所知；无比诚实地说着精心编织的谎言；理所当然地同时持有两种观点，哪怕深知这两种观点互相矛盾，却仍然全盘接受；用逻辑驳斥逻辑；批驳道德的同时却又声称自己是道德的；相信民主不可能实现的同时相信党捍卫着民主；在应该忘记的时候忘记，在需要的时候再记起，接着又立即将其忘记，最重要的是，将方法运用于方法本身。这便是极微妙之处：有意识地将自己催眠，接着将刚才自我催眠这件事也忘掉。哪怕理解"双向思维"这个词，都要用到双向思维。

女教练又一次叫他们立正。"现在我们来看谁能碰到自己的脚趾！"她兴奋地说，"同志们，请大家弯下腰去，成一个直角。一、二！一、二！……"

温斯顿恨极了这个练习，每次做这个动作，他脚跟往上到臀部这一块就钻心地疼，而且经常做完后就剧烈地咳嗽。他从沉思中获得了些许快乐，他意识到过去不仅仅是被篡改了，而是被完全摧毁了。在除了记忆之外，完全没有其他记录存在的情况下，如何来证实哪怕是最显而易见的事实？他试着回忆具体在哪一年自己第一次听说老大哥。他觉得是在60年代，但无法确定。毫无疑问，在党史里，老大哥有史以来就是革命的标志与领袖。他的功勋被渐渐向前推移到了传说中的三四十年代。当时资本家们头戴圆柱形的帽子，搭乘亮闪闪的轿车或坐着有玻璃窗的马车在伦敦街道上穿梭。无从知晓这样的传闻到底有几成是真的，几成是捏造的。温斯顿甚至无法记起党是什么时候成立的。他确信自己在1960年之前从没听说过"英社"这个词，但这个词的旧话形式"英国社会党"是在此之前就有的。一切像笼罩了一层迷雾。的确，有时候，他可以确切地指出一些说法是极其荒诞的。比如党史上讲飞机是由党发明的，这不是真的。他记得飞机在自己很小的时候就有了。但他无法证明，因为没有任何证据。他一生中只有过一次，掌握了能证明某一个史实被篡改的力证。在那种情况下……

"史密斯！"电屏里泼妇似的声音喊道，"6079号，温斯顿·史密斯！对，说的就是你！弯下腰！你是能弯得更低的。卖力点！弯下去！这样就好多了，同志。现在稍息，全班人员看我。"

一瞬间，温斯顿汗流浃背，但他脸上依然不露声色。千万不能流露出失望的神色！千万不要露出仇恨的表情！

一个眼神就可能暴露自己。他站着看女教练双手伸过头顶——姿势谈不上优美,但非常干净利落——然后弯腰,用手指第一个关节扣住脚尖。

"就是这样,同志们!这就是我想要看你们做的。再看我做一遍。我现在三十九岁,是四个孩子的妈。看。"她又一次弯下腰,"你们看,我膝盖没弯。如果你们想做,一定也能做得到。"她直起身来后,又加了几句:"所有四十五岁以下的人,绝对都能碰得到自己的脚尖。我们不能光荣地在前线战斗,但至少可以保持健康。想想那些在马拉巴前线战斗的小伙子们吧!还有漂浮堡垒上的水兵们!想想他们要忍受的艰苦。再试一次,这就好多了,同志,好多了。"女教练加了一句鼓励的话,因为温斯顿忍受着肺部的不适,成功使膝盖保持不弯,碰到了自己的脚尖,这是他这几年里第一次完成这个动作。

第四章

温斯顿不觉深深叹了口气,哪怕电屏近在咫尺,也无法阻止他在开始每天工作之前叹气。温斯顿把说写器拉到身边,吹掉话筒上的灰尘,戴上眼镜。他办公桌右手边的气流输送管里掉下四个小纸卷。他把纸卷展开,用回形针夹到一起。

工作隔间墙上有三个洞。说写器右边的洞是用来传送书面指示的小型气流输送管;左边稍大一点的洞用来传送报纸;温斯顿手边侧墙上的洞为长方形,蒙着铁丝网,用来丢弃废纸。这栋建筑里有成千上万个这样的长方形洞,不仅每间房间里有,而且每条走廊上相隔不远距离就有一个。不知何故,人们将其称作"记忆洞"。只要有人得知一份文件须销毁或看到身边有废纸,都会下意识地就近打开一个记忆洞的挡板,将废纸扔进去。被投进记忆洞的纸会由热气带到一个巨大的熔炉中销毁,这个熔炉隐藏在这栋建筑的某个神秘的地方。

温斯顿仔细看了一下刚才展开的四张纸。每张纸上用缩略语写着一两行指示——这些指示并不是用真正的新话写成，但用了很多新话词语——这种书写方式仅供部里内部使用。纸上写着：

泰晤士报17.3.84修正老大哥非洲演讲相关错误报道

泰晤士报19.12.83预报三年计划第四季度关于当今事件的83处错印

泰晤士报14.2.84修正富部巧克力错报

泰晤士报3.12.83，老大哥日示报道双倍不好，涉及非人，全部重写报上级归档

温斯顿带着隐隐的满足感把第四条消息放到一边。这项工作比较复杂，而且责任重大，须最后处理。另三项只是常规工作，尽管第二项需要处理一堆枯燥乏味的数据。

温斯顿在电屏上输入"过期刊物"，索取《泰晤士报》相关版次。过了几分钟，他所要的报纸就从气流输送管里掉了出来。他接到的任务与一些文章或报纸有关。由于这样或那样的原因，这些报纸需要修改，或用官方语言来说，需要"修正"。比如，3月17日的《泰晤士报》上，刊登了老大哥前些日子的一个演讲。当时他预测南印度前线不会有动静，而欧亚国将在短期内于北非登陆。但事实是欧亚国高级指挥官在南印度发起了攻势，北非反而没有动静。因此必须重写老大哥的演讲，通过这种方

式让老大哥的预测与事实相符。还有，12月19日的《泰晤士报》刊登了官方对1983年第四季度各种消费品产量的预估，这也是第九个三年计划第六季度的产量。而今天的报纸上刊登了有关真实产量的报告，相较之下，之前预估的每一项都错得离谱。温斯顿的工作就是修正原先的数据，使之与后来的数据相吻合。第三项工作涉及一个简单的错误，只需几分钟就能完成。不久前，大约2月份的时候，富足部许诺（官方说法称为"明确承诺"），1984年内，巧克力配给量不会降低。但是，温斯顿记得就在这周末，巧克力配给量就会从30克降到20克。因此，把原先的承诺修改为预警即可，预警内容为很有可能要在四月份的某个时候降低配给量。

　　温斯顿一旦处理完一项指示，便把通过说写器修正完的文本夹到与之相对的《泰晤士报》上，并将其推进气流输送管。接着几乎是下意识地将记着指示的小纸条和他做的笔记揉成一团，扔进记忆洞焚毁。

　　气流输送管连接着一个看不见的迷宫，对迷宫里到底发生着什么事，他并不清楚细节，但知道个大概。只要有更正的必要，相应份数的《泰晤士报》将被收集、订正，并重新印刷，原先的报纸会被销毁，修正后的报纸则会取而代之进行存档。这种不停的修改不仅应用于报纸，而且应用于书籍、期刊、小册子、海报、传单、电影、原声带、卡通、照片等与政治和意识形态相关的所有文献，使得过去每一天，几乎每时每刻都与现在保持一致。通过这种方式，使得资料显示的党的每一项预测都是正确的，不允许任何与当下情形相违背的新闻报道和观点的记录存在。所有历史事件就像写在一张可以擦去重写的羊皮纸上。只要有这个必要，就会立刻把原文擦得一干二净，重新书写。因此只要这么做，就绝没有可能证明有错误的存在。档案司中有一个最大的科室，比温斯顿工作的科室要大得多，里面工人的工作就是搜寻并收集所有须被取代并销毁的书籍、报纸等。若干版次的《泰晤士报》也许因为政治联盟的改变或老大哥预言的错误等原因被重写了几十遍，现在上面依然印着当时的时间进行存档，而且找不到任何与之相违背的版本。书籍也会被一次又一次召回重写，而且无一例外地重新发行，亦没有任何有关内容变更的声明。甚至温斯顿收到的工作指示上，也没有任何有关伪造行为的陈述甚至暗示，仅仅声称出于准确的考虑，须更正一些遗漏、错误、错印、引用不当的地方。这些工作指示温斯顿一旦完成，就会无一例外地被立即销毁。

但事实上，温斯顿在更正富足部的数据时觉得这甚至不能算是伪造。完全就是以胡编来取代胡编。你所处理的大多数材料跟现实世界根本没有关联，甚至连谎言与现实之间的关联都没有。更正的数据和原始数据一样都是空想出来的。很多时候你需要凭空捏造出这些数据。比如富足部预估这一季度靴子的产量为一亿四千五百万双，而实际产量为六千二百万双。但是温斯顿在重写预估数量的时候，把产量缩减为五千七百万双，使得富足部可以和往常一样宣称超额完成了计划。不论怎样，不管是六千二百万双还是五千七百万双，或是一亿四千五百万双，都和事实没有关联。很可能根本就没有生产靴子这回事，甚至可能根本没人知道靴子的产量到底是多少，更没有人关心这件事。人们只知道报纸刊登着每季度靴子产量巨大，而大洋国可能有一半人打着赤脚。事无巨细，都是这样记录的。一切都消散在一个影子世界里，最终甚至连年份日期都无法确定了。

温斯顿朝大厅另一端看去。在正对面的工作隔间里，一个名叫特罗森的男人正在不紧不慢地干着活。特罗森身材矮小、穿着整齐、下巴黝黑，膝盖上盖着一张合起来的报纸，嘴和说写器话筒凑得很近。感觉他不想让自己所说的话被电屏之外的人听到。他抬起头，眼镜朝温斯顿方向反射出敌意的光芒。

温斯顿和特罗森几乎素昧平生，也不知道他做的是什么工作。在档案司工作的人通常缄口不提工作上的事。狭长的大厅一扇窗户都没有，两侧的工作隔间里不断传出翻纸的沙沙声和人们对着说写器说话的咕哝声。这个大厅里有几十个人温斯顿甚至连名字都不知道,尽管每天见到他们在走廊里来去走动,还有在两分钟仇恨节目时见到他们手舞足蹈的样子。他知道,自己隔壁工作隔间里那个浅棕色头发的女人天天忙个不停,她的工作只是在报刊上查找并删除那些已经人间蒸发、不再存在的人员名字。她多少是适合做这项工作的,因为她的丈夫就在几年前人间蒸发了。几个隔间外,有一个整天空想、身无长技的好好先生,名叫安普福斯。这人耳朵上汗毛很重,最擅长吟诗作赋。他的工作就是将一些由于某些原因依然需要被收录进诗集的反动诗歌作些修改,最后的定稿被称为"权威文本"。这个能容纳约五十人工作的大厅,不过是一个小科室,在档案司这个庞大而复杂的机构中,只是一个细胞而已。在这个科室之外,上级和下级机关里有着大群工人在多如牛毛的岗位上工作。印刷厂规模庞大,里面有审校员、字体排印专家,还有专门为了假造照片而设的设备精良的工作室。电屏节目科里有工程师、制片人、还有专门的口技演员。还有大批资料员,他们的工作仅仅是列出清单,清单上写明需要召回的书籍与期刊。存放已经修正过的文件的档案室极其巨大,用来销毁原件的焚化炉暗藏在不为人知的地方。某处,有一群负责管理的中枢人物,他们统筹整个机构的工作,并制定政策,决定哪些过去需要保留,哪些过去需要篡改,哪些过去直接抹杀。

而档案司终究也只是真理部的一个分支,真理部的主要工作并不是重构过去,而是为大洋国公民提供新闻、电影、教科书、电屏节目、戏剧、小说……只要是能想到的信息、指示、娱乐形式,从雕像到口号,从诗词到生物学专著,从儿童识字书到《新话字典》,无所不包。真理部不仅仅提供党内的各种需求,而且以同样的运作方式满足下层群众的需要。专门有相关部门负责群众文学、音乐、戏剧,普遍意义来说就是娱乐。有只刊登体育、犯罪、天文报道的垃圾报纸;有五分钱一本的中篇情感小说;有充斥着色情画面的电影;还有一些情歌,由一种形状像万花筒的写歌机生产出来。这些部门下面还专门设了一个科,新话叫色科,负责生产最低级的色情书籍,这些书籍被封装起来,除了制作人员之外,所有党员都不准翻阅。

温斯顿工作的时候,气流输送管里又滑出三条指示,不过都是简单的工作,他在两分钟仇恨节目开始之前就把它们都处理完毕了。仇恨节目结束后,温斯顿回到了工作间里,从书架上拿下《新话字典》,把说写器推到一旁,擦了擦眼镜,开始着手早上的大工程。

温斯顿生活中最大的乐趣来源于他的工作。虽然大部分时候只是单调的常规工作,但有时候也会碰到特别困难复杂的活,让人能像解数学难题一样深陷其中忘记自我,如伪造那些棘手的数据,你没有任何参考,你只能凭借着对英社原则的认识和对党想要你说什么的估计来判断。温斯顿对这方面很在行。有时候他会被委托修正《泰晤士报》上的社论，这些社论完全用新话写成。他展开之前放在一边的纸卷，上面写道：

泰晤士报3.12.83，老大哥日示报道双倍不好，涉及非人，全部重写报上级归档

如果用旧话（或者叫标准英语）来说，这句话应该是：

1983年12月3日的《泰晤士报》上，有关"老大哥每日指示"的报道涉及不存在的人，极为不妥。整篇重写，并在归档前将草稿提交给上级。

温斯顿将这篇问题文章通读了一遍。老大哥每日指示，看起来主要都在赞扬一个名为"漂堡物委"的组织，这个组织负责给漂浮堡垒上的海员提供香烟和其他改善生活的物资。有一个名叫威瑟的著名核心党员，被点名表扬并授予了一枚二级荣誉勋章。

三个月后，"漂堡物委"突然毫无理由地解散了。可以断定威瑟和他的同事已经失宠。但关于此事，媒体和电屏上完全没有相关报道。因为对政治犯的审判或公开批判

通常不会发生，所以基本可以猜想是怎么回事。对成千上万叛徒和思想犯进行大清洗，公开审判，逼其供述自己所犯的罪行紧接着将其处死这类展示几年才有一次。更多时候，那些得罪党的人，会直接消失，再也没有消息。没人知道这些人身上发生了什么事。除温斯顿的父母之外，大约就有三十个温斯顿认识的人，一个接一个地消失了。

温斯顿用回形针轻轻敲着鼻子。对面的工作间里特罗森同志依然对着说写器窃窃私语，他把头抬起了一小会儿，眼镜又反射出凶光。温斯顿思忖，是不是特罗森同志和自己在做一样的工作。这项工作难度很大，不可能只交给一人来做；但反过来讲，如果把这项工作交给一个委员会来做，那就等于公开承认这种篡改行为是存在的。现在很可能有十几个人正在相互竞争，改写老大哥的讲话。而在核心党里，现在也有那么几个中枢人物负责选择某一个版本进行重新编辑，接着就有必要进行相互参照这一复杂程序，最后选择一个谎言，归入永久的档案，使其成为事实。

温斯顿不知道为什么威瑟会被免职。也许因为贪污，也许因为能力不够，也许老大哥单纯只是想摆脱过于受欢迎的下属，也许威瑟或他身边的人有反动倾向，也许——这种可能性最大——发生这种事仅仅因为大清洗和人间蒸发是政府工作不可或缺的一部分。"涉及非人"这个词是唯一的线索，这个词暗示威瑟已经死了。一旦出现了这个词，你基本可以确定当事人并不仅仅是被关押了。有时候他们会在被处决前获得一两年的自由。在极少情况下有些你觉得很早之前就死了的人，会像鬼魂一样出现在公开审判席上，供出几百个同伙后人间蒸发，而这次是真的永远人间蒸发了。然而威瑟现在已经是"非人"了。他不存在；也从未存在过。温斯顿认为单纯把老大哥的讲话反过来写还不够。最好要在讲话里加上一些和原题完全无关的东西。

他可以把原文改写成常见的谴责叛徒和思想犯的讲话，但这样太明显了，而前线的战争或第九个三年计划超额完成又会使其过于复杂。在这种时候，需要加上一些空想出来的东西。突然，他脑中闪出一个念头，一个在最近一场战役中英勇献身的奥格威同志迅速浮现。有些时候，老大哥会在每日指示中纪念一些淳朴的基层党员，他们的事迹和为国捐躯的行为被树立为人们学习的榜样。而在这一天，老大哥会纪念奥格威同志。的确，根本没有奥格威同志这个人，但几行铅字、几张假照片就能很快让他存在于这世上。

温斯顿稍作思考，随后把说写器拉近，开始以老大哥惯用的说话方式记录起来。这种说话方式在军队中曾被广泛使用，非常迂腐，即以一种明知故问的方式来说话

（"同志们，从这件事，我们能学到什么？我们能学到的，也是英社的基本原则，即……"诸如此类），因此非常易于模仿。

奥格威同志三岁时，除了一面军鼓、一把冲锋枪、一架模型直升机之外什么都不玩。六岁时，他以特招的身份提前一年加入少年特工队，九岁时已经是队长了。十一岁时，偷听到叔叔的谈话，认为其有犯罪倾向，于是就向思想警察检举揭发。十七岁时他已经负责组织青年反性团一个区的工作了。十九岁时，他设计了一种手榴弹，并被和平部采用，第一次试爆就一下子炸死了三十一个欧亚国俘虏。二十三岁时，他在一次行动中牺牲。当时他驾驶直升机携带重要文件飞越印度洋，被敌人的喷气式飞机跟踪，最后，为了不让敌人找到尸体，他怀抱重机枪跳出直升机，和文件一起沉入大海。老大哥说，这样的归宿不能不让人羡慕。老大哥还提了一下奥格威同志纯洁、一心献身革命的生活。他洁身自好，从不抽烟。除了每天去健身房锻炼身体之外，没有其他娱乐活动。他发誓终身不娶，认为婚姻与照顾家庭和每天二十四小时献身革命两者不可兼得。他开口必谈英社原则，除了打败欧亚国敌人，抓捕间谍、破坏分子、思想犯、叛徒之外，生活没有别的目标。

温斯顿对是否要授予奥格威同志奖章犹豫不定，最终他决定不这么做，因为一旦这么做，就要连带进行不必要的相互参照。

　　他又看了一眼对面工作隔间里的竞争对手。他隐隐感觉特罗森正在做同样的工作。无从知晓他们俩谁的文稿会被采纳，但他有自信最终被采纳的会是自己的稿子。奥格威同志一小时前还并不存在，现在他的事迹已经是事实了。而有一件事让温斯顿感到很奇怪，即你可以创造死人，却无法创造活人。奥格威同志并不存在于当下，却存在于过去。一旦伪造行为被遗忘，他便会和查理大帝、恺撒大帝一样真实存在，并立足于同样的证据之上。

第五章

地下深处的食堂,天花板压得很低,午饭的队伍缓慢地挪动前行。柜台隔栏里,炖菜不断地倾倒出来,散发出一股发酸的金属味,然而这种味道依然没有盖过胜利金酒的气味。食堂另一端有一个小酒吧。说是酒吧,其实也就只是墙上的一个洞而已。在那儿,只需一毛钱,就能买到足以喝上一大口的金酒。

"这不就是我想找的人嘛。"温斯顿身后传来一个声音。

他转过身去。看到了在研究司工作的朋友塞姆。也许"朋友"并不是一个恰当的词。因为如今你身边已经没有朋友了,只有同志,只是有些同志相处起来会比其他人愉快些而已。塞姆是语言学家,专门研究新话。事实上,他是负责编纂第十一版《新话字典》庞大专家组的成员。他身材矮小,比温斯顿还要小上一圈,一头黑发,眼睛大而凸出,眼神忧伤并带着几分嘲讽。每次他和你讲话的时候,眼睛都像要近距离在你脸上搜寻什么东西一样。

"我问一下,你有没有剃须刀片?"他说。

"没!"温斯顿脱口而出,带着一丝心虚。"我哪儿都跑遍了,一片都买不到。"

所有人都在问别人要剃须刀片。事实上,温斯顿还藏着两片没用过的。剃须刀片已经断货几个月了。党营商店里随时会出现某种东西断货。有时候缺纽扣,有时候缺缝衣服的毛线,有时候缺鞋带。现在,则是缺剃须刀片。你只有偷偷去"自由"市场,才有可能搞到这些断货的东西。

"我那片已经用了六星期没换了。"温斯顿又撒了句谎。

队伍又向前挪了一点。等队伍停下来的时候,温斯顿又把头转向塞姆。柜台末端有一堆油腻的金属餐盘,两人各拿了一个。

"昨天你去看绞杀俘虏没?"塞姆问。

"昨天我上班,"温斯顿不动声色地说,"我觉得电影会放的。"

"看电影哪能和现场比。"塞姆说。

塞姆嘲讽的眼神在温斯顿脸上游走:"我太了解你了。"他的眼睛似乎在说我把你看穿了,我知道你为什么不去看绞死俘虏。塞姆的思想正统到了恶毒的程度,而这种恶毒又以一种知识分子特有的方式表现出来。他会带着幸灾乐祸的满足感谈论直升机对敌军村庄的袭击、思想犯的审判与招供、仁爱部监狱里处决囚犯之类的事,而他的这种态度听着就令人心生不快。跟他谈话的时候,温斯顿常常都要把话题从这类事上岔开,尽可能让他讲新话的术语,因为在这个话题上他是专家,让人听着很有趣味。温斯顿微微别过头,躲避塞姆那双黑色大眼睛审视的目光。

"那天绞得真是漂亮,"塞姆边回忆边说,"不过他们把囚犯的腿绑起来真是大煞风景。我喜欢看那些人双脚乱蹬的样子。最精彩的是到最后那些人的舌头会伸出来,颜色发青,青得发亮。最吸引我的就是这类细节。"

"下一个!"一个穿着白围裙的群众拿着长柄汤勺喊道。

温斯顿和塞姆把托盘推到隔栏下面。一顿平常的午饭被迅速放到托盘上,盛在金属小盘里的粉褐色炖菜、一块面包、一块奶酪、一杯不加奶的"胜利咖啡"、一块糖精片。

"那边有桌子,就在电屏下面,"塞姆说,"去那边的时候顺道拿杯金酒。"

他们拿了用无柄陶瓷杯装着的金酒,穿过拥挤的人群来到金属面的餐桌旁,放下托盘。桌子的一角有吃剩的炖菜,这难以名状的糊糊看着就像一摊呕吐物。温斯顿拿起装着金酒的杯子,定了定神,接着喝下一大口带着油味的酒。他眼泪都被呛了出来,突然他意识到自己饿了,开始大勺大勺舀炖菜吃。炖菜很稀,里面有海绵一样的粉色块状物,可能是肉。他们俩一言不发,直至把餐盘里的东西吃了个精光。温斯顿左手边靠他背后位置,有人正在用很快的语速不停地讲话,喋喋不休的刺耳嗓音在餐厅的嘈杂声中特别明显,像鸭子的叫声。

"字典编得如何?"温斯顿提高嗓门,努力盖过食堂里嘈杂的喧闹声。

"进展很慢,"塞姆说,"现在我在弄形容词,特别有意思。"

一提到新话,塞姆整个人马上变得兴致高昂。他推开餐盘,伸出纤细的双手,一手拿面包,一手拿奶酪,朝温斯顿探过身来,这样就可以不用喊着说话了。

"第十一版是最终版了,"他说,"新话已经接近最终形态,到那个时候,就再没有人讲其他的语言了。我们的工作完成之后,像你这类人需要从头学起。我敢说你准是觉得我们就只是在造新词而已。其实完全相反,我们是在消灭字词,每天几十个、几百个地消灭。我们把语言精简到只剩骨架。第十一版《新话字典》里的每一个词,直到2050年都不会被淘汰。"

他饥不可耐地啃着面包,并大口吞下,随后带着书呆子特有的激情继续讲下去。他消瘦而黝黑的脸生机勃勃,眼睛里没有了嘲讽,变得几乎如痴如醉。

"消灭字词是一件很美妙的事。当然,动词和形容词里没用的最多,有几百个名词可以去掉。不仅仅同义词可以去掉，反义词也可以去掉。归根到底，一个词如果仅仅只是和另一个词意思相反，这样的词有什么存在的理由呢？每个词本身就能变成与自己意思相反的形态。拿'好'举例子。如果有'好'这个词，为什么还需要'坏'这个词呢？'不好'就能表达这个意思了，而且表达得更准确，因为与'好'词义完全相反。再进一步，如果你要表达比'好'更强烈的情感，何须那一连串意思模糊诸如'优秀''非凡'之类的词呢？'加好'就能表达这个意思了，或者如果你想表达的程度更深，就用'双倍加好'。当然，这些形式现在已经在使用了，但新话的最终版本里，将不再有其他的表达方法。最终有关好坏的表达，只有六个词。你不觉得这很美好吗，温斯顿？当然，这个想法最初是老大哥提出来的。"他最后又不忘加了这么一句。

一提到老大哥，温斯顿脸上闪过一丝无精打采的向往。尽管只是一瞬，塞姆立即察觉到温斯顿似乎对他的话并不太感兴趣。

"你并没有真心欣赏新话，温斯顿，"他几近伤心地说，"尽管你用新话写文章，但心中想的依然是旧话。我偶尔读过几篇你在《泰晤士报》上写的文章。写得是很好，但依然只是翻译罢了。你心中依然抓着旧话不放，充斥着模棱两可和毫无用处的言外之意。你没有体会到消灭字词的美感。你知道么？新话是世界上唯一一种词汇逐年减少的语言。"

温斯顿当然知道，但没敢搭腔，就怕说漏了嘴。他笑了一下，希望自己的笑里能透露出赞同之意。塞姆又咬了一口发黑的面包，稍微嚼了几口，继续说道："你不觉得新话的目的就是缩小思想的范畴吗？最终，思想罪将不可能发生，因为根本没有字词可以将其表达出来。所有必需的概念都只能用唯一的字词表达，这个词的含义无比精确，所有言外之意都将被清除并遗忘。第十一版里，我们已经离这个目标不远了，但这个过程在你我死后仍然会继续下去，年复一年，词汇越来越少，思想的范畴越来越小。当然，就算是现在，也毫无理由或借口为思想罪开脱，这是自律和现实控制的问题。但到了最后，就连这点也不需要了，语言完善了，革命也就成功了。新话就是英社，英社就是新话，"他话中带着一丝神秘的满足感，"你想过么，温斯顿，到2050年，到最后，世上没人能理解我们现在的谈话？"

"除了……"温斯顿带着疑问开口，但他没有继续说下去。

那句在嘴边的话是"除了那些群众"。但他重新审视了自己的话，不能确定这样的话是否属于异端思想。然而塞姆猜到了温斯顿的想法。

"群众不能算人,"他轻描淡写地说道,"到2050年,也许要不了那么久,就没人懂旧话了。所有有关过去的文学都消失了。乔叟、莎士比亚、弥尔顿、拜伦等,有关他们的一切将只剩新话版。不仅仅是改变,而是变得与之前的截然相反。甚至党的文学也要改变,甚至口号也要改。当自由这个概念已经消失的时候,哪来'自由就是奴役'这样的口号?整个思想的大气候都会变得不同。事实上,根本不会再有我们现在所谓的思想。思想纯正意味着不思考,即不需要思考。思想纯正是下意识的行为。"

温斯顿突然深深确信,总有一天塞姆会人间蒸发。他太聪明了,看得太清楚,说话太直白。党不喜欢这类人。总有一天他会消失,塞姆的神情就说明了这一点。

温斯顿吃完了面包和奶酪,稍稍向椅子的一侧靠了靠,开始喝咖啡。他左手边那个声音尖刻的男人依然在滔滔不绝。一个年轻的女人,可能是那男人的秘书,背对温斯顿,边听边连连附和,因为温斯顿时不时听到一个年轻女性愚昧的声音说着诸如"说得太对了,我太赞同了"之类的话。而另一个人的说话声哪怕在女人说话的时候也从未中断过。温斯顿觉得这男的面熟,尽管他除了知道对方在小说司里身居要职之外,对其一无所知。这男人三十来岁,脖子粗壮,一张大嘴上下翻飞。他的头稍稍后仰,由于角度问题,眼镜正好反光,温斯顿看不到他的眼睛,能看到的只是两个空无一物的圆盘。言语从他的嘴里倾泻而出，但几乎一个词都听不清，这多少有点恐怖。温斯顿只听出来了只言片语——"彻底消灭古登斯坦主义"——这几个词被快速说出，像雕版印刷一样合成一体。其他的话就只是噪音，嘎嘎嘎……尽管你无法听出这个男人到底在说什么，但依然可以听出总体思想。他可能在谴责古登斯坦，并要求对思想犯和从事阴谋活动的人采取更为严厉的措施；他可能在强烈谴责欧亚国士兵的暴行；他也可能在称颂老大哥或在马拉巴前线战斗的英雄。其实都差不多。不管是什么，你能确定他所说的每一句话在思想上都是正统的，都是拥护英社的。温斯顿看着那个没有眼睛的脸，下巴不停地开合，心里起了一种奇怪的感觉，觉得他不是真正的人类，而是一个人体模型。这个人说话并不通过大脑，只是用喉咙在讲而已。他讲的东西由字词组成，但并不是真正意义上的话，而只是下意识制造出的噪音，就像鸭子嘎嘎叫一样。

塞姆沉默了一会，用勺子在炖菜里搅拌，像在描画某种图案。邻桌鸭叫一样的声音继续连珠炮般地发出，虽然周围很吵，但依然清晰可辨。

"新话里有个词，"塞姆说，"我不知道你有没有听说过，'鸭话'，意思是像鸭子似的嘎嘎叫着说话。这是个有趣的词，有两个截然相反的含义。用在你反对的人身上，是一种侮辱，而用在与你意见相合的人身上，则是赞美。"

毫无疑问，塞姆会人间蒸发，温斯顿又一次这么觉得。想到这里他心里闪过一丝忧伤。尽管很明显塞姆有点看不起他，也不太喜欢他，而且一旦被塞姆抓到一点马脚，他极为可能会被当成思想犯并被告发。塞姆多少有点不正常。这个人缺少谨慎、超脱、以糊涂自保之类的东西。你不能说他不正派，他信仰英社原则、敬重老大哥、享受胜利、厌恶叛徒。这些并不是出于真诚，而是出于某种无尽的狂热。他还掌握着最新的资讯，而这是普通党员无法企及的。但他身上总隐隐有一种会让自己身败名裂的气场。他说着一些不如不说的话，他读过太多书，而且常去栗树餐厅和那些画家、音乐家混在一起。就算是不成文的法律也没有禁止人们去栗树餐厅，但那个地方多少有些不吉利。那些现在已经身败名裂的党的原领导人曾经常到那里聚集，直到最终被肃清。传言古登斯坦本人有时候也会去那儿。但有一个事实不会改变，就是一旦塞姆发现温斯顿不为人知的想法，不用三秒钟，他就会立马倒戈向思想警察告发温斯顿。虽然对于告发这件事，其他人也会做，但塞姆是最会做这种事的人。能够这样，光有狂热还不够，思想纯正是下意识的行为。

塞姆抬起头，"帕森斯来了。"他说。

从他的语气听来,刚才这句话似乎要加上"那个该死的蠢货"才完整。温斯顿在胜利大厦的邻居帕森斯正从食堂另一头向他们走来。帕森斯体型肥胖,中等身材,长着浅色的头发和一张青蛙似的脸。他才三十五岁,脖子和腰上就堆满肥肉,不过走起路来一蹦一跳,十分幼稚。从外表来看,他就像一个发育过剩的小男孩。尽管穿着普通的工作服,但依然让人禁不住想象他穿着儿童特工队的蓝色短裤、灰色衬衫,戴着红颈巾的样子。只要一想到他,浮现在人们脑海的就是粗短的腿上向下凹陷的膝盖和卷起袖子后露出的粗短手臂。事实上帕森斯只要参加社区远足或其他体育活动,一有机会他都会无一例外地把裤腿卷起来。帕森斯兴高采烈地向他俩打招呼:"你好喔,你好喔!"接着坐到桌旁,一股汗味随之扑面而来。他脸上挂满汗珠,这个人实在是太能出汗了。在社区活动中心,从乒乓球拍柄的潮湿度就能判断他有没有打过乒乓球。塞姆拿出一张条状的纸,指间夹着彩色铅笔开始研究纸上的一长列单词。

"看啊,这个人午饭时间还在工作,"帕森斯用肘推了一下温斯顿说,"好认真啊,是吧?你在看些什么啊,小伙子?我觉得应该是我这个脑袋无法理解的东西吧。史密斯小伙子,我跟你说我为什么来找你吧,你忘了把捐款交给我了。"

"什么捐款?"温斯顿说完,下意识地去摸钱包。大约每人工资的四分之一需要被用作自愿捐款。因为捐款名目纷繁复杂,很难追溯这些钱到底被用到了哪里。

"是仇恨周,你知道的,每家每户都要捐。咱们栋的捐款由我负责收。大家正在拼尽全力办一场盛大的演出。我跟你说,要是胜利大厦挂的旗帜数量拿不到整条街第一名,那可不是我的错。你答应过的,捐两块。"

温斯顿掏出两张脏兮兮、皱巴巴的纸币递了过去。帕森斯用一种没读过书的人才会写的工整字体将温斯顿的捐款金额记在小本子上。

"对了,小伙子,"他说,"我听说我家那个小捣蛋鬼昨天拿弹弓射你。我狠狠地把他教训了一顿。真的,我还对他说如果他还那样,就把他的弹弓没收。"

"我觉得他只是因为没能去看绞刑有点不开心。"温斯顿说。

"啊,那个!我的意思是,他们这个想法是不错,是吧?虽然他俩都是小捣蛋鬼,但还是挺积极的!当然,他们满脑子想的就是儿童特工队和战争。知道我家小姑娘上周六做了什么吗?当时她们一群小特工队员正在伯克翰斯德街上远足,她带领两个小女孩,跟踪了一个陌生人一下午。她们在那个人身后尾随了两个小时,穿过了树林,随后走到了安玛西亚,向那边的巡逻队报告。"

"她们为什么这么做呢？"温斯有点惊讶地问道。帕森斯洋洋得意地继续说道："我那孩子确定他是敌人的间谍，可能是跳伞落到了那里。但现在我说的才是重点，小伙子，你猜是什么让我女儿开始怀疑他？她发现那个人穿着一双怪里怪气的鞋子，她说她从来没见过有人穿那样的鞋。所以这个人有可能是外国人。她才七岁，很机灵吧？"

"那个人怎么样了？"温斯顿说。

"啊，那我当然不好说。但就算是这样，我也觉得是在情理之中。"帕森斯模仿了举枪的姿势，咂了一下嘴作为枪声。

"不错。"塞姆心不在焉地说，仍然在看那张纸条，头也不抬。

"当然，要防患于未然。"温斯顿本分地表示赞同。

"我的意思是，毕竟还在打仗。"帕森斯说。

就像呼应帕森斯的话一样，他们头上的电屏中传出军号声。不过这次并不是宣告军队胜利，而仅仅是富足部发布的通知。

"同志们！"一个充满激情的年轻声音大声说道，"同志们，请注意！现在播报一个激动人心的新闻。我们在生产上打了胜仗！到目前为止，各种消费品的产量说明，人们的生活水平在过去一年中至少提高了20%。今天早上,大洋国全国上下,人们自发组织了盛大的游行,工人们走出工厂和办公室,在街上高举横幅,表达对老大哥的感激之情。在他的英明领导下,大家过上了幸福新生活。下面播报一些具体数字。食品……"

"幸福新生活"这个词反复出现了多次。最近富足部特别爱用这个词。帕森斯的注意力被军号声吸引,坐在那里听着,脸上带着一种一本正经的呆相和一种听明白后的厌倦。他的头脑跟不上具体数据,但觉得听播报的内容能带来某种满足。他早已拿出了一个巨大而肮脏的烟斗,烟斗里半满的烟叶已经焦黑。自从烟草的配给调整到每周100克以后,已经几乎不可能把烟斗填满了。温斯顿正抽着胜利香烟,他小心翼翼地用手指把烟水平夹着。明天才会公布新的配给量,而他现在只剩下4根香烟了。现在他不去理会远处的吵闹声,把注意力全部集中在电屏里传出的每一句话上。根据电屏的播报,似乎人们发起游行感谢老大哥把巧克力配给量提高到每周20克。而仅仅在昨天,他回忆起来,才有播报说巧克力配给量会减少到每周20克。才过去了二十四小时,怎么就能够把事实真相活生生吞掉了?是的,他们就真的把事实吞掉了。帕森斯以其牲畜一样的智商,轻而易举地接受了这种说法。另一桌的看不见眼睛的那个人也满怀热情、臆想着接受了这种说法,并充满恶意地渴望着把那些提出上周配给量为30克的人搜寻出来，狠狠批斗，并使其人间蒸发。塞姆也一样，以一种更为复杂的方式，通过双向思维接受了这种说法。而他，是不是只有他，还保有记忆？

振奋人心的数据源源不断地从电屏里倾泻而出。和去年相比，人们拥有了更多食物、更多服装、更多房屋、更多家具、更多厨具、更多燃料、更多战舰、更多直升机、更多书籍、更多婴儿……除了疾病、犯罪、精神病人之外，一切都比去年更多。一切都在逐年、逐分地快速进步。和塞姆先前一样，温斯顿拿起勺子，蘸进桌上流淌着的惨白色肉汁里，向外划出一长条，勾成某种图案。他带着一肚子怨气思考人生的物质表象。是不是从来就是这样？食物一直是这种味道的吗？他环顾餐厅，天花板很低，人群拥挤；墙壁经过数不清的人触碰，满是污垢；金属桌椅破损不堪，摆放得十分密集，坐下来会碰到旁边人的手肘；弯曲的勺子，凹凸不平的餐盘，粗糙的白色杯子；所有物体的表面都沾满油污，缝隙里嵌着脏东西；劣质金酒味、劣质咖啡味、炖菜的金属味，还有脏衣服的气味全都混在一起，像是馊掉了一样。你的胃和皮肤常常会抗议，你会有一种应得却未得，被欺骗了的感觉。确实，他记不起任何与现在截然不同的事了。他的记忆中，食物从来都是匮乏的，人们的袜子和内衣上满是破洞，家具破损摇晃，屋内供热不足，管道列车上挤满了人，房屋摇摇欲坠，面包颜色发黑，茶难得一见，咖啡特别难喝，香烟供给不足——除了勾兑出来的金酒以外，没有一样东西充裕而便宜。的确，人们年纪越来越大，以上这些现实会愈加让人难以承受，如果不适、肮脏、匮乏，无休止的冬天、黏黏的袜子、从不运作的电梯、冰冷的水、含砂的肥皂、松散的香烟、味道古怪的食物这一切东西让人感到厌倦，可什么又能表明这不该是世界应有的样子呢？如果根本没有任何久远的记忆显示世界曾经并非如此，又有什么理由感到无法忍受呢？

他又一次环顾餐厅。几乎每个人都相貌丑陋，就算是换下了蓝色的工作服也依然如此。在餐厅另一头，有一个身材矮小、长得像甲虫的古怪男子正独自坐在餐桌旁喝咖啡，一双小眼睛充满警觉地左顾右盼。温斯顿心想，要是你没有看看周围的人，准会不假思索地相信党设定的标准体型确实存在，甚至比比皆是——高大壮硕的青年和胸脯丰满的少女，头发金黄，充满活力，小麦色皮肤，无忧无虑。事实上，在温斯顿看来，第一空降场的大多数人都身材矮小、皮肤黝黑、其貌不扬。奇怪的是，部里怎么就不断滋生出越来越多这类甲虫一般的人——又胖又矮，年纪轻轻就一身赘肉，腿很短却动作灵活，高深莫测的胖脸上长着一双小眼睛。在党的统治下，似乎这类人繁殖得最快。

又一声军号响起,富足部的通知播送完毕,取而代之的是尖细的音乐声。帕森斯把烟斗从嘴里拿出来,还没有从被数据轰炸后恍惚的兴奋状态里走出来。

"富足部今年干得真不错,"他摇了摇头,似乎领会了数据的含义,"对了,史密斯小伙子,你有没有多余的剃须刀片给我用一下?"

"一片也没有,"温斯顿说,"我六个星期以来都在用同一片剃须刀片。"

"啊,好吧,我还以为问你准没错呢,小伙子。"

"不好意思。"温斯顿说。

邻桌鸭叫一样的声音在富足部通知的时候暂停了一段时间,现在又开始了,嗓门和之前一样大。不知怎么的,温斯顿突然想到了帕森斯太太,头发稀疏,脸上皱纹里积着灰尘,不出两年,他的孩子就会向思想警察告发她。帕森斯太太将人间蒸发,塞姆将人间蒸发,温斯顿将人间蒸发,奥伯里恩将人间蒸发。与此相反,帕森斯绝不会人间蒸发。看不见眼睛的公鸭嗓男人绝不会人间蒸发,那些矮小的、甲虫一般的、在机关部门迷宫般的走廊里灵活穿梭的男人们,也绝不会人间蒸发。那个黑发女孩,小说司的黑发女孩,也绝不会人间蒸发。似乎他本能地知道哪些人能够幸免于难,哪些人在劫难逃,然而让他们能够幸免于难的东西到底是什么,却又难以形容。

这时他猛地从自己的臆想中被拉回现实。邻桌的女孩侧过身看着他。是那个黑发女孩，正斜眼看着他，但眼神出奇地专注。她刚与温斯顿四目相接，又立马望向别处。

温斯顿脊背上开始冒汗。一阵令人毛骨悚然的恐惧贯穿了他的身体。虽然恐惧几乎转瞬即逝，但留下了让人坐立不安的不适感。她为什么要看他？她为什么要跟着他？不幸的是他记不得自己坐过来的时候，这个女孩是否已经坐在邻桌了，抑或是之后坐过来的。但昨天播放两分钟仇恨节目的时候，她无缘无故地坐到了他背后。很可能她的真正目的是想听一听温斯顿是否喊得够响。

之前的想法又回到了他的脑海：也许她并不是思想警察的一员，但明显是一个极其危险的业余探子。他不知道她盯着自己看了多久，但大概至少有五分钟了吧，在此期间他可能并没有很好地控制自己的一举一动。在公共场合或在距离电屏的一定范围之内任凭思绪飞扬是极其危险的。最微小的举动都可能将你的真实想法泄露出去。神经痉挛、无意识露出焦虑的神情、自言自语的习惯——任何反常的表现都会被认为是在隐藏什么。任何时候只要脸上露出不恰当的表情（比如在公布胜利的时候面带怀疑的神色）本身就是一种应该受到惩罚的犯罪行为。在新话里甚至还有一个与之对应的词：表情罪。

女孩又转了回去。可能她根本就没有在跟踪他，可能两天来她都坐在他旁边只是巧合而已。他的香烟熄灭了，于是他小心翼翼地把它放到桌边。要是能让里面的烟丝不掉出来，他就能在下班后再回来把它抽完。邻桌的那个人可能就是思想警察的间谍，很可能自己三天内就会被关在仁爱部的监牢里，但烟蒂是不能浪费的。塞姆把纸条折起来放进口袋。帕森斯又开始说了起来。

"我有没有跟你提过，小伙子，"他说道，衔着烟斗笑了起来，"我家两个娃看到市场上一个老女人用老大哥的海报包香肠，然后就去把她裙子点着的事？他俩溜到她身后，拿出一盒火柴点了火。我想应该把她烧得不轻。真是两个小捣蛋鬼，是吧？不过这种精神值得称道！现在特工队给小孩子的训练一级棒，甚至比我当年都要好。你知道现在特工队发给小孩子最现代的东西是什么吗？是一种能够通过钥匙孔监听的监听器！我家小姑娘前些天晚上就带了一个回家，在客厅的门上试了试，说比直接用耳朵听清晰两倍。当然，我得告诉你这毕竟只是个玩具，不过，应当给他们正确的思想引导，是吧？"

这时，电屏发出一声尖利的哨声，这是开工的信号。三人立马站起来加入了挤电梯的行列，温斯顿那根香烟里面仅剩的烟丝掉了出来。

第六章

温斯顿在日记中写道:

三年前。一个昏暗的黄昏,某个大型火车站旁的一条狭窄的巷子里。她在门口靠墙站着,头顶上是黯淡的街灯。她的脸看起来很年轻,粉抹得很厚。她的妆容的确吸引了我,白色的妆粉如同面具,双唇鲜红欲滴。女党员从不化妆。街上没有其他人,没有电屏。她说两块钱。我……

写到这里,实在难以继续下去了。他闭上眼睛,用双手压着眼皮,试图挤掉那不停浮现的画面。他有一种几乎不能自已的冲动想要扯开嗓子骂脏话,或用头撞墙,踢翻桌子,把墨水瓶扔出窗外——只有暴力、吵闹,做让自己疼痛的事情才有可能不去想那段不停折磨着他的记忆。

他想到,一个人最大的敌人就是自己的神经系统。任何时候,体内的紧张感都可能转化成某种可见的症状。他想到了几周前在街上和自己擦身而过的男人,其貌不扬,是个党员。三十五到四十岁,又高又瘦,拿着公文包。他们距离彼此几米远的时候,男人的左脸突然抽搐扭曲。他俩擦身而过的时候，男人的脸又抽搐了一下，抽动、颤抖的速度就像按照相机快门那样快，但很明显已经习惯成自然。他记得自己当时的想法：这个倒霉鬼迟早会完蛋。最可怕的是那个人脸上的活动很可能完全是无意识的。最致命的危险是说梦话。在他看来，说梦话这件事根本防不胜防。

他吸了一口气，继续写了下去：

我和她进了门，穿过后院来到一个地下室厨房。墙边靠着一张床，桌子上有台灯，调得很暗。她——

他很不舒服，很想吐口唾沫。想到地下室厨房里那个女人的同时，他想起了凯瑟琳——他的妻子。温斯顿结过婚——曾经结过婚，不管怎么说都行。只要确信妻子还没有死，他现在大概依然能算是一个已婚的人。他似乎又闻到了地下室厨房那浑浊的空气，混杂着虫子、脏衣服、廉价香水的气味，尽管如此，那气味依然诱人，因为女党员不用香水，甚至根本不会想到去用。只有那些群众才会用香水。在他的印象中，香水的气味和通奸有着千丝万缕的联系。

跟那个女人发生关系是他这两年左右的时间里第一次不检点的行为。招妓是明令禁止的，当然这是一条让人偶尔会不惜铤而走险去违反的规定。虽然危险，但并不会要你的命。如果因招妓被抓，可能会被判个五年劳改。如果你没有同时犯下其他的罪行，就不会吃更重的官司。而且在招妓过程中，避免被抓现行也并非难事。在贫民区有大批女人等着出卖自己的肉体。因为群众喝不到金酒，所以有些女的一瓶金酒就能搞定。虽然不明说，但是党倾向于鼓励卖淫，因为人类本能的冲动是无法完全压制的。淫逸之事本身并没有什么大不了，只要不光明正大，不让人快活，而且只涉及那些卑贱的下层女人就行。党员之间胡搞是不可饶恕的罪行。不过——尽管在大清洗的时候很多人都招供犯了这个罪——依然很难想象这类事真的会发生。

党的目的不仅仅是防止男女之间建立起忠于彼此的关系，因为这种关系可能是其难以控制的。党不加言明的真实目的是抹杀性行为带来的一切快感。不论在婚内还是婚外，敌人与其说是爱情，不如说是情欲。所有党员之间的婚姻都要由专门的委员会批准，并且——尽管这个规定从未明说———旦给人留下了两人在肉体上相互吸引的印象，婚姻申请就会被驳回。唯一公认的结婚理由是要生下孩子为党服务。性交被看成一种带有些许恶心的小型手术，就像灌肠一样。这个说法也从未明文写出，但却以一种潜移默化的方式从小灌输到每一个党员脑中。甚至有青年反性团这种组织，宣扬男女双方都要禁欲。所有小孩都通过人工授精的方式产生（新话中叫作人授）并由公共机构抚养。温斯顿意识到，这些说法并不完全是较真的，但多少符合党的基本思想体系。党试图抹杀性本能，或者如果没办法抹杀，就歪曲抹黑它。他不知道为什么要这样，但又觉得似乎理应如此。至少在女性身上，党的努力获得了很大的成功。

他又想到了凯瑟琳。他们应该已经分居了九年、十年，接近十一年了。很奇怪的是他几乎很少会想她。他会持续好多天觉得自己从来没有结过婚。他们仅仅在一起大约十五个月。党不准离婚，但在没有孩子的情况下鼓励分居。

凯瑟琳身材高挑，一头金发，腰板直挺，举止优雅。她长着一张轮廓分明、鹰一样的脸。要是没发现这张脸后面几乎空空如也，你可能还会用尊贵来形容它。刚结婚没多久，他就确定——虽然原因可能是因为她是他最熟悉的人——她无疑是自己碰到过最愚蠢、最庸俗、最无知的人。她脑中除了口号之外别无他物，只要出自于党，再蠢的话她都会信，而且是全盘接受。"活人录音带"，他在心中给她取了这么一个绰号。他之所以能够和她凑合生活在一起，就只是因为一个东西——性。

他一碰她，她就会退缩，变得浑身僵硬。抱着她就像抱着一个有关节的木头人一样。奇怪的是，尽管在她紧紧搂着他的时候，他也总能感觉到她同时是在尽力把他推开。她僵硬的肌肉传达出这样的信息。她会闭上眼睛躺着，既不抵抗也不配合，而是听之任之。这让人无比尴尬，随之感到可怕。但就算他们达成协议过无性生活，他依然愿意凑合跟她这样生活在一起。不过令人奇怪的是凯瑟琳拒绝这个提议。她说他们俩如果有这个能力，必须生一个孩子。所以只要情况允许，他们就会一周一次，非常规律地做那件事。她甚至习惯在早晨提醒他，好像那件事晚上必须完成，绝不能忘记一样。对那件事她有两个说法。一个叫"生小孩"，另一个叫"为党尽义务"（对，她真的用了这个表达）。没过多久，一旦那天临近，他会自发地感到厌恶。但幸运的是她并没有怀孕，最终她同意不再尝试，之后没多久他俩就分居了。

温斯顿无声地叹了口气。再次拿起笔写了起来：

她躺到床上，没有任何预兆地以一种你能想到的最粗野、可怕的方式掀起了她的裙子。我——

他看到自己站在昏暗的灯光里，闻着虫子和廉价香水的气味，心里怀着一种忿忿的挫败感。这种感觉在当时甚至还与对凯瑟琳白皙身体的念想交混在一起，尽管这具躯体已经在党的催眠作用下永远封冻了。为什么总是要这样？为什么他就不能拥有属于自己的女人，非要隔个几年就偷偷摸摸出来干这龌龊的事？不过一段真实的爱情几乎是不能想象的。女党员都一个样，禁欲观念和对党的忠心一样，在她们体内根深蒂固。通过幼年熏陶，通过各种游戏和冷水澡，通过在学校、特工队、青年团里被不断灌输的垃圾思想，通过讲座、游行、歌曲、口号、军乐，她们的天性已被抹杀。他的理性告诉自己，一定有例外，但内心并不相信。她们完全牢不可破，就像党所希望的那样。与被爱相比，他更想要的是攻破道德防线，哪怕一生只有一次也行。成功的性行为是反动。欲望是思想罪。如果他能够做到哪怕只是让凯瑟琳醒悟，也会被认为是诱奸，尽管她是他的妻子。

但剩下的故事必须写完。他写道：

我把灯调亮。灯光下我看到她——

黑暗中，煤油灯的灯光看起来十分明亮。他第一次能够看清那个女人的模样。他朝她走近一步，随之停了下来，色欲熏心的同时充满了恐惧。他很清楚来到这里所要承担的风险，这种清醒的认识让他痛苦不堪。非常有可能巡逻队会在他出门的时候把他抓起来：现在他们可能就在门外等着。他都已经到这里了，如果什么都不做就出去——!

　　这必须得写下来,必须要坦白。他在灯光下猛然看到那个女人其实很老。她脸上的粉涂得很厚,看起来好像一个硬纸板面具,稍动一下就会咯咯作响。她头上有屡屡白发,但最要命的是她微微张开的嘴,里面除了深不见底的黑暗之外空无一物。她连一颗牙齿都没有。

　　他急速地乱写一气:

　　灯光下,我才发现她已经很老了,至少该有五十岁。但我依然上前和她做了。

　　他又一次用手指按住了眼睛。他最终还是写了下来,但什么都没有改变。这种疗法完全没用。想高声骂脏话的欲望一如既往地强烈。

第七章

温斯顿写道:"如果有希望,那么希望就在群众身上。"

如果有希望,必定就在群众身上,因为只有这个不被重视的,占大洋国85％人口的群体,才能形成足以把党推翻的力量。党是无法从内部被推翻的。就算有党的敌人,也无法集合起来,甚至无法知道彼此的身份。哪怕传说中的兄弟会真的存在——也许真的存在吧——也无法让人相信它能够集结起大批成员,恐怕顶多能三三两两地聚在一起。对他们来说,造反无非是一个眼神,一个声调转折,最多也就是间或窃语几句罢了。但是群众,只要他们能够多少意识到自己的力量,根本不需要密谋策划,他们需要做的只不过是站起来,像马抖动身体摆脱苍蝇一样晃一下身子而已。如果他们下定决心,明天早上就能把党摔成碎片。或早或晚,他们肯定就会去做的吧?不过——!

他记得有一次走过拥挤的街道,几百个女人震耳欲聋的喊叫声从前方不远处的小路上传来。巨大的叫喊声充满着愤怒和绝望,那低沉而响亮的"喔……喔!"就像钟声一样嗡嗡回响。他的心剧烈地跳了起来。开始了！他想。起义！群众终于挣脱了束缚！他走到事情发生的地点，看到大约两三百个女人将街边市场上的一个摊位围了个水泄不通，一个个好像沉船上的乘客一样满脸悲痛。这时一个群体的失望分裂成许多单独的争吵。似乎一个摊位在卖锡制炖锅，卖的锅虽又薄又破，但当下不管什么类型的锅都十分稀有。现在供给又突然断了，成功买到锅的女人们都想拿着锅挤出推搡的人群离开，而剩下的几十个女人则围着摊位叫嚷，指责摊主偏袒一部分人，囤货居奇。又传来一阵喊叫声，两个胖女人正在抢一个锅，其中一人头发都散了下来，抓住那锅想将其从另一个女人手里抢过来。她俩正在你争我夺的时候，锅柄掉了下来。温斯顿鄙夷地看着她们。但就在那时，仅仅几百个人就发出令人畏惧的叫喊声！为什么到了关键时候，就从来没有人发出这样的吼声呢？

他写道：

他们不觉悟，就永远不会反抗；而不反抗，他们就无法觉悟。

他想起来，这句话似乎是党的一本教科书上面写的。当然，党声称把群众从被奴役的状态解放了出来。革命前他们受到了资本家无情的压迫,他们忍饥挨饿,被四处驱使。妇女们被迫在煤矿里工作(事实上现在妇女们依然在煤矿工作),孩子才六岁就被卖到工厂做童工。但是与此同时,根据双向思维定律,党教导人们,群众生来就低人一等,需要通过制定几条简单的法令,让他们像动物一样无条件服从命令。事实上,人们对群众所知甚少,也根本没必要对他们有所了解。只要他们继续工作并繁衍后代,他们的其他活动便无关紧要。让他们自生自灭,就像阿根廷草原上的牛群一样,他们会回归到一种对他们来说很自然的远古生活方式。他们出生,在贫民区长大,十二岁工作,度过一段蓬勃却短暂的美貌期与性欲旺盛期,二十岁结婚,三十岁进入中年,到六十岁,他们中的大多数人便会死去。繁重的体力工作、照看家庭和孩子、为琐事与邻居争吵、电影、足球、啤酒,尤其是赌博,将他们的头脑塞得满满当当。控制他们并不难。几个思想警察特务总是出没在他们之中,传播有误导倾向的流言,揪出个别他们认为具有危险倾向的人,并将其消灭。但从来没有人打算向他们灌输党的思想。群众有着强烈的政治倾向并不是一件可取的事。他们只需具备最原始的爱国主义情感即可。这样,就能在需要时唤起这种情感,让他们接受更长的工作时间和更少的物资配给。哪怕他们变得有所不满——有时候他们的确会这样——他们的不满也不会导致任何结果。因为缺少最基本的思维能力,他们只会专注于具体而琐碎的不平事,而那些更大的罪恶则无一例外地被忽略。大多数群众家里甚至没有电屏。就算民警也很少干预他们。伦敦犯罪率很高,窃贼、强盗、娼妓、毒贩、诈骗人员应有尽有,自成一个王国。但因为这些犯罪都发生在群众内部,所以并不重要。只要涉及道德问题,他们都会遵循古老的法典。党那种清教徒式的性观念并没有强加给他们。乱交不会受到惩罚,离婚也是允许的。同样,只要他们有需求,也可以有宗教信仰。他们不配被怀疑。党有一句口号是这样说的:"群众和禽兽皆是自由的。"

温斯顿弯下身去小心地抓挠静脉曲张溃疡,那块地方又开始痒了。说来说去,总是回到了这个问题:你根本无法知晓革命前人们的生活究竟是什么样的。他从抽屉拿出了一本从帕森斯太太那里借来的儿童历史教科书,并开始把其中的一段文字抄到日记本上:

在当时(书上这么写),光荣革命之前,伦敦并不像今天这么美丽。当时的伦敦黑暗、肮脏、贫困,人们几乎都吃不饱,成百上千的人连鞋都没有,只能睡在露天里。和你差不多大的孩子们为残忍的主人一天干十二个小时的活,如果手脚太慢,还会遭到鞭打,吃的东西只有不新鲜的面包皮和水。但是在一片赤贫的状态下,依然有几座又大又漂亮的房子矗立着。那里面住着有钱人,伺候他们的仆人多达三十个。这些有钱人叫作资本家,他们又胖又丑,一脸恶相,就像旁边一页插图上画的那样。大家看他穿着长款黑大衣,这种衣服叫作长外衣,戴着一顶亮闪闪的怪帽子,这种帽子的形状和火炉管一个样,名叫高顶礼帽。这就是资本家的装束,除了他们没有人可以这么穿。资本家占有这世界上的一切,所有人都是他们的奴隶。他们霸占着所有的土地、所有的房屋、所有的工厂、所有的金钱。如果有人不服从他们,他们就会把那个人关到牢里,或者让他失业然后饿死。普通人和资本家说话必须卑躬屈膝,向他们鞠躬、脱帽,并称他们为"先生"。资本家的领头人叫作国王,然后——

而他知道除了资本家以外的一系列名号。书里还会提到穿着细麻布法衣的主教、穿着白鼬皮法袍的法官、颈手枷、足枷、踏车、九尾鞭、市长大人的盛宴、亲吻教皇脚趾的习俗。还有一种叫"初夜权"的东西,不过在儿童教科书里可能不会提到。这是一项法令,规定每个资本家有权和自己工厂里任何一名女性睡觉。

你如何分辨其中有哪些是谎言?也许现在人们的平均生活水平确实比革命前要高。唯一的反证是你骨子里无声的抗议,你本能地觉得现在的生活条件难以忍受,一定有这么一段时间人们的生活状态和当今不同。他突然想到现代生活最真实的特征不是残酷与缺乏安全，而仅仅是空虚、暗淡、倦怠。生活，如果你环顾周围，所有的一切不仅和电屏里传出的谎言大相径庭，甚至和党努力达成的理想也相去甚远。哪怕对党员来说，生活的大部分也是中立的，与政治毫不相关。生活中只有埋头苦干乏味的工作；在管道列车上挤出一个容身之地；缝补一只破了洞的袜子；乞讨一块糖精片；留存一段烟蒂而已。党设立的理想是宏大的，闪着光芒，令人生畏——由钢筋水泥、巨型机器、可怕武器构成的世界——由战士与狂热分子组成的民族，以整齐划一的方阵向前行进。有着统一的思想，喊着统一的口号，永不停歇地工作、斗争、胜利、迫害……三亿人都是同样的脸孔。事实上，城市正在腐坏，一片暗淡，吃不饱的人们穿着裂口的鞋子拖着脚步走来走去，住在修补多次的，常年弥漫着大白菜味和屎尿的骚臭味的19世纪房屋里。他似乎看到了伦敦的全景，这是一座有一百万个垃圾箱的，巨大而破败的城市。这个影像和帕森斯太太的样子混杂在一起，那个脸上爬满皱纹，头发稀疏的女人，因为污水管道被堵而手足无措。

他探下身子又一次挠了一下脚踝。电屏没日没夜地用统计数据折磨着你的耳朵，以此证明如今人们和五十年前相比拥有更多的食物、更多的衣服、更好的房子，更好的娱乐。他们活得更久,工作时间更短,身体更高大、健康、强壮,更聪明、幸福,接受到更好的教育。这些话里没有一个词可以被证明是真的,也没有一个词可以被证明是假的。比如党曾经声称今天成年群众的识字率为40%,而据说革命前这个比例只有15%。党声称现在婴儿死亡率为160‰,而革命前是300‰……诸如此类。这就像是一个等号两边都是未知数的等式。很有可能,事实上历史书里面的每一个词,甚至人们不假思索接受的每一件事,纯粹都是幻想。据他了解可能从来就没有"初夜权"这种法律;从来没有资本家这种人;也从来没有高顶礼帽这种装束。

一切都蒙上了一层迷雾。过去被抹杀,抹杀的过程被遗忘,谎言变成了真相。他一生中只拥有过一次对于篡改历史具体确实的证据——是在那个事件发生之后:这是关键所在。那个证据他曾经拿在手里长达三十秒。1973年,肯定是这一年——总之,那时候他和凯瑟琳大概已经分居。不过真正与之相关的日子比这个年份还要早个七八年。

这件事真实发生在60年代中期,正值大清洗。在那个运动中,革命元老们被彻底地清除掉了。到了1970年,除了老大哥本人以外,其他所有人一个不剩地都被当成叛徒和反革命分子揪了出来。古登斯坦逃走了,躲到了一个没有人知道的地方。其他人当中小部分人就这么没了,而大部分人则在公开审判中供认自己犯的罪行以后被处决。活到最后的人里面有三人，分别叫琼斯、阿伦森、卢瑟福。他们三个确实早在1965年就被逮捕了。一如往常，他们先是消失了一年多，生死不明，接着突然被带出来以人们司空见惯的方式承认自己的罪行。他们承认通敌（在当时，敌人指欧亚国）、挪用公款、暗杀多位忠诚的党员，早在革命前就开始阴谋推翻老大哥的领导并且蓄意破坏，造成几十万人死亡。认罪后他们被赦免了，重新回到党内，被安置到几个听上去很重要、实际上是闲差的职位上工作。三个人无一例外地在《泰晤士报》上发表低声下气的长文，分析自己变节的原因并保证进行弥补。

他们获释后，温斯顿的确在栗树餐厅看到过他们三个。他记得自己用眼角的余光既害怕又着迷地看着他们。他们年龄都比温斯顿大许多，是旧世界的遗老，几乎是仅剩的几个经历过党的光辉年代的大人物。他们身上依然带着经由地下斗争和内战磨练出来的魅力。尽管对当时事实和日期的概念已经模糊，但他有一种感觉，在听说老大哥之前，自己就听说了他们的名字。但同时他们也是罪犯、敌人，是不能与之接触的人，肯定一两年间就会消失。只要落到思想警察手里，没人能够善终。他们现在就是等待回到坟墓的尸体。

他们周围的桌子旁一个人都没有。被看到和这些人离得太近是一件不明智的事。他们一言不发地坐着，面前放着这家餐厅的招牌——丁香味金酒。三人中,卢瑟福的外表给温斯顿留下了最深的印象。卢瑟福曾经是一名漫画家,他的漫画野性十足,在革命前和革命过程中点燃了人民的热情。哪怕在当今很长一段时间,他的漫画依然在《泰晤士报》上出现,但仅仅是对自己早期风格的模仿。而令人奇怪的是他现在的作品完全没有生命力和说服力。经常只是老生常谈——贫民区、忍饥挨饿的孩子、巷战、戴着高顶礼帽的资本家。哪怕在打仗的时候,资本家依然不愿脱下他们的高顶礼帽,他们不断努力想要重振雄风,却毫无希望。卢瑟福身材高大粗笨,一头褐色的长发满是油污,有着大大的眼袋,脸上满是伤痕,嘴唇厚得像个黑人。他当年一定很壮硕,而现在他庞大的身躯正在松弛、瘫软、肿胀、崩坏。他似乎正在人们面前解体,就像山崩一样。

时值15点,店里十分冷清。温斯顿记不起来自己为什么在这个时候来咖啡馆。店内几乎空无一人。电屏里流淌出尖细的音乐声。那三人坐在角落几乎一动不动,也不说话。店员主动给他们拿去了几杯金酒。他们桌上有一个棋盘,棋子摆好了,但并没有人下棋。就这么大约过了半分钟时间,电屏的内容起了变化。播放的旋律变了,音乐的调子也变了。突如其来,难以形容,这是一串古怪、沙哑、充满嘲弄意味的刺耳音符。温斯顿心中将其称为黄

音。电屏里传出歌声:

在这繁茂的栗树下,
我出卖了你,你出卖了我,
他们躺在那里,我们躺在这里,
在这繁茂的栗树下。

那三人一动也不动。但当温斯顿又看了一眼卢瑟福破了相的脸时,发现他双眼噙满泪水。他这才发现阿伦森和卢瑟福的鼻梁都被打断了,不禁打了个冷颤,但却不知道自己为什么会打冷颤。

之后不久,这三人又被抓了起来。似乎从上次被放出来的那一刻起,这三人又开始搞新的阴谋。在进行第二次审判的时候,他们把先前的罪行又招供了一遍,然后还坦白了一连串新的罪行。他们被处决。他们的下场被录入了党史,以儆效尤。大约五年后,也就是1973年,温斯顿打开从气流输送管传送到他桌上的一份文件时,发现一张显然被随手塞进去忘记取出来的纸片。他刚把纸片展开,就意识到了这纸片非同一般。这是半页从大约十年前的《泰晤士报》上撕下来的纸,是一个版面的上半页,所以能看见日期。纸上印有一张在纽约参加某个党务活动代表的照片,琼斯、阿伦森、卢瑟福位于照片中央。不会有错,就是他们三个，照片下面的说明里也印着他们的名字。

问题是两次审判中这三个人都供认，那天他们在欧亚国境内。他们从加拿大的一个秘密机场起飞，抵达西伯利亚某地与欧亚国总参谋部的人会面，并出卖了重要军事机密。这个日期之所以温斯顿记得很牢，因为碰巧是仲夏节。而这件事在其他无数文件里肯定也有记录。只得出这样的结论：他们的供词统统是谎言。

当然，这件事本身并不是什么新发现。哪怕在当时，温斯顿也从不认为大清洗中消灭的人真的犯下了他们被指控的罪行。但是那片报纸便是铁证，是被摧毁了的过去的残片。像一块骨骼化石出现在不该出现的地层中，瞬间瓦解了一个地质学理论。如果能以某种方式将其公之于世，让世人了解其中的重要性的话，就足以让党灰飞烟灭。

他原本一直在工作。一看到这张照片并领会了它的意义所在时，立马用另一张纸把它盖了起来。幸好他打开报纸的时候，从电屏角度看，报纸的内容是上下颠倒的。

他把便条簿放在膝盖上，并把椅子向后推，尽可能离电屏远一点。保持面无表情并不难，只要努力一点，甚至连呼吸都是可以控制的。但是你无法控制自己的心跳，而电屏十分灵敏，能够捕捉到心跳声。他自己估计约莫坐了十分钟时间，内心像热锅上的蚂蚁，总在担心会发生意外让他暴露，譬如突如其来的一阵过堂风吹过桌面之类。然后，他再也没有将报纸打开，而是直接将其和别的废纸一起扔进了记忆洞中。也许再过个一分钟，这张报纸就会化为灰烬了。

这是十年还是十一年前的事了。如果在今天，他可能会保留这张照片。照片本身和它所记录的事情都已经成为记忆。不过，奇怪的是，对他来说，用手拿过这张照片这件事的影响甚至一直持续到了今天。他想知道，党对过去的控制是否会因为曾经存在过的一纸证据变得不曾存在而有所减弱？

然而在今天，即使照片能够从灰烬中复原，可能也根本成不了证据。他发现那张照片的时候，大洋国已经不再和欧亚国打仗了，而那三个已死的人必定是到东亚国的特务那里出卖祖国的。在那之后，战争的对象还有过变化，两次还是三次，他记不清了。很有可能的是供词几经改写，直到事实和原始的日期都变得毫不重要。过去不仅被篡改，而且被不断篡改。像噩梦般让他备受煎熬的是自己从来没有弄明白为什么要进行这种大规模的伪造工作。篡改过去带来的好处立竿见影，但其终极目的却让人无从知晓。他又一次拿起笔写道：

我知道方法，却不知道缘由。

像之前很多次一样，他怀疑自己是不是疯了。或许疯狂仅仅是一个人性格中的一小部分。有段时间，相信地球绕着太阳转被认作发疯的征兆。而今天，相信过去不能被篡改会被认为是疯子。可能怀有这种想法的人只有他一个，而如果真的只有他一个人这么想，那他就是个疯子。但是，觉得自己是个疯子的想法并没有让他困扰，可怕的是他的这个想法也有可能是错的。

他捡起那本儿童历史教科书，看着扉页上的老大哥画像。那双具有催眠能力的眼睛与他的目光相接，好像有种巨大的力量从他头上压下来。有某种东西进入你的头颅，撞击你的大脑，把你吓得放弃自己的信念，也几乎成功说服你否认那些证明自己仍有判断力的证据。最终，党宣布二加二等于五，你也不得不相信。很明显，迟早他们会这样宣布的，这是他们所处地位导致的必然结果。他们的哲学不但不言而喻地否认了经验的有效性，而且否认了客观现实的存在。常识成了最大的异端。可怕的不是他们会因为你有独立思想而杀了你，而是他们的理论有可能是正确的。说到底，我们怎么确定二加二等于四呢？怎么确定地球引力在起作用呢？怎么确定过去是不会改变的呢？如果过去和客观世界仅存在于意识中，而意识本身是可以控制的，那又当如何？

但是，这样不行！突然，他好像不由自主地勇气大增。没有经过特意的联想,奥伯里恩的脸浮现在他的脑海中。他比之前更加清楚地知道奥伯里恩是站在自己一边的。他在为奥伯里恩写日记,在给奥伯里恩写日记。这日记就像一封无穷无尽的信,尽管没有人会去读,却因为写给某一个特定的人而变得有了色彩。

党告诉你,不能相信眼睛看到的和耳朵听到的任何东西。这是其最主要,也是最基本的命令。一想到反对他的力量是多么巨大,一想到任何一个党内知识分子都能够在辩论中将他驳倒,一想到那些他无法理解,更不用说如何应答的微妙观点,他的心就沉了下去。不过,他站在对的一方!他们错了,自己才是对的!必须捍卫那些显而易见的、质朴的、真实的东西。不言而喻的就是真理,这个观点不可动摇!客观世界真实存在,自然规律不会改变。石头是硬的,水是湿的,悬空的东西会向地心方向掉落。他在对奥伯里恩说话,同时也在阐述一个重要的公理,怀着这样的感觉,他写道:

自由就是拥有说二加二等于四的自由。若此前提成立,其他皆顺理成章。

第八章

过道尽头的某处飘来了烘焙咖啡豆的香味——是真正的咖啡,而不是胜利咖啡——香气一直飘到了街上。温斯顿不由自主地停了下来。在大约两秒钟时间里,他回到了自己几乎已经淡忘的童年。接着传来"砰"的一下关门声,那香气也似乎被突然截断,就像这关门声一样只存在于一瞬。

他已经在路上走了好几公里了,静脉曲张溃疡又痒了起来。三个星期里,这已经是他第二晚没去社区活动中心了。这是很轻率的行为,因为可以肯定的是,参加社区活动的次数会被详细地记录在案。原则上党员是没有空闲时间的,除了上床睡觉之外,不能单独行动。按理说如果他不在工作、吃饭、睡觉,那就应该参加集体娱乐活动。只要有任何离群索居的苗头,哪怕只是独自散个步,都多少是危险的。在新话里有个词叫作"自活",意味着个人主义和怪癖行为。但今天晚上当他从部里走出来的时候,四月醉人的春风让他动了心。湛蓝的天空比前些日子多了些暖意。他突然觉得,在社区活动中心度过漫长而喧嚣的夜晚，玩那些乏味而累人的游戏，听演讲，靠金酒维系同志关系等种种都让人难以忍受。冲动之下，他掉头离开公交车站，在伦敦迷宫般的街道上漫游。先朝南，后朝东，接着折向北，迷失在从未踏足过的街道上，完全不考虑自己到底要走向何方。

"如果有希望，"温斯顿在日记里写道，"希望就在群众身上。"这句话反复出现在他的脑海里，它陈述的是一个神秘的真理，显而易见又荒诞不堪。他走到了圣潘克拉斯火车站旧址东北方向的某个地方。现在这里是一片影影绰绰、棕褐色的贫民区。他在一条鹅卵石铺就的街道上走着，街道两边都是低矮的两层小楼。破败的门口正对人行道，给人一种类似鼠洞的奇怪感觉。鹅卵石间隙里积着一摊摊污水。昏暗的门口和街上两旁的巷子里人头攒动——抹着俗艳的唇膏，打扮得花枝招展的姑娘；追逐姑娘的小伙子；体态臃肿、步履蹒跚的胖女人，让你看到这些姑娘十年后的模样；迈着八字脚，慢吞吞走路的驼背老头；赤脚在水塘里玩耍的孩童，穿着破旧的衣衫，听到母亲的怒斥一哄而散。街边大约有四分之一的窗户玻璃是碎的，只能用纸板挡着。大部分人没有理会温斯顿的出现，只有少数几个带着警惕与好奇的神情看了他一眼。两个大块头女人正站在一处门口说话，她们系着围裙，砖红色的手臂交叉在身前。温斯顿走近时听到了她们聊天的只言片语。

"'是啊,'我对她讲,'一点没错,'我说,'你要是我,也会这么做。站着说话不腰疼,'我说,'你又没碰到我这样的问题。'"

"哎,"另一个人说道,"可不是嘛,就是这么回事。"

这两个尖嗓门突然不说话了。她们在温斯顿走过的时候带着敌意上下打量他。其实也称不上是敌意,而是警觉,就像看到一只不知名的动物从身边经过,一时定在了那里。在这样一条街上,穿着蓝色党员工作服的人并不常见。确实,被人看到穿成这样出现在这种地方也是不明智的,除非你有公务在身。如果遇到巡逻队,可能就会被拦下来。"同志,请出示一下证件。你在这里做什么?你什么时候下的班?你平常回家都走这条道吗?"如此这般,没完没了。并没有规定说不能走另一条路回家,但如果让思想警察得知这件事,他们就会盯上你。

突然,整条街骚动了起来,尖叫声从四面八方传来。人们像兔子一般窜进门里。一个年轻女人从温斯顿前方不远的门内跳出来,一把提起正在水塘玩耍的小孩,用围裙一裹,又跳了回去,整个过程一气呵成。与此同时,一个穿有很多褶皱的黑色西装的男人从一侧的巷子里冒了出来,紧张地指着天空跑向温斯顿。

"喷气怪！"他喊着，"领导当心！头上有炸弹！赶紧卧倒！"

不知怎么，群众给火箭弹起了个外号叫作"喷气怪"。温斯顿立马趴下。只要群众发出了这种警告，总不会错。他们似乎有一种直觉，能够早几秒钟预知火箭弹的逼近，尽管火箭的速度理应比声音还要快。温斯顿双手抱头，只听一声巨响，似乎要把人行道整个掀翻似的。一阵零星的碎片像雨点一样砸到了他的背上。站起身来，才发现背上掉满了从附近窗户掉下来的碎玻璃。

他继续往前走。炸弹摧毁了前方200米的一大片房屋。一团黑烟升向天空，下方的废墟尘土弥漫，人群已经在那里聚集。他面前的人行道上也有一小堆瓦砾，瓦砾中央有一片鲜红色的东西。走近一看才发现原来是一只被齐腕炸断的手。除了近手腕处血肉模糊，其他部分毫无血色，就好像由石膏制成的一样。

他一脚把它踢到水沟里，然后绕过人群拐进了右边的巷子。过了三四分钟，他离开了被轰炸的地区。附近街道上肮脏拥挤的生活照旧，似乎什么事情都没有发生过。时间接近20点，群众经常光顾的喝酒的店铺（他们称之为酒吧）里人满为患，肮脏不堪的弹簧门开开关关，里面飘出混杂着尿、木屑、酸啤酒的气味。有一间房子门脸向外凸出，靠近门脸的墙边有三个人凑在一起，中间那个拿着一份叠好的报纸，另外两人挨着他的肩膀一起看。都不用走近看他们脸上的表情，从他们身体的线条就能看出他们是有多专注。显然他们在看一条重要新闻。温斯顿走到距离他们还有几步之遥的时候，三人突然散开，其中两个人爆发了激烈的争吵，一度几乎要大打出手。

"你他妈就不能好好听我说话吗？我告诉你，十四个多月以来末尾为七的号码从来就没中过！"

"中过！"

"没中过！我把过去两年来所有中过奖的号码都记在了纸上，就放在我家里，一次不落。我告诉你，尾数为七的号码根本就没……"

"中过了，尾数七的中过！我差不多能把那个鸟号码背给你听。尾数是四零七。2月份，2月份第二个星期那次。"

"你奶奶的2月！我白纸黑字写得清清楚楚。我告诉你，根本没有……"

"哎，别吵了！"第三个人说。

他们正在谈论彩票。温斯顿走出三十米后回过头。他们还在脸红脖子粗地争吵。彩票每周都开出无比丰厚的奖金，这无疑是群众特别关心的一个公共事件。可能对几百万群众来说，彩票就算不是他们活下去的唯一理由，也是主要理由。彩票是他们快乐的源泉、愚昧的明证、止痛的良药、头脑的动力。一谈到彩票,即使目不识丁的人都似乎精通算术,过目不忘。有一群人就靠教授下注法、预测中奖号码、兜售幸运符为生。温斯顿从未参与过售卖彩票的事。博彩业是富足部负责的,但他明白(其实所有党员都知道)奖金在很大程度上是虚构的。实际支出的奖金很少,中大奖的人都是不存在的。由于大洋国各地并没有实质上的交流,所以这样的事不难安排。

然而如果有希望,希望就在群众身上,你必须坚信这一点。你把这句话说出口,觉得似乎挺有道理。而当你走在人行道上,看着与你擦身而过的人群时,这句话就变成了一种信仰。他拐进的那条街是条下坡路。他觉得似乎之前到过这里,不远处应该还有一条大路。前面某个地方传来一阵叫喊声。街道有一个大转弯,尽头是一段台阶。台阶下面是一条路面凹陷的巷子。巷子里有几个小摊,正在售卖发蔫的蔬菜。这时温斯顿记起了自己身在何处。这条巷子通往一条大街,从下一个转弯处再往前走不到五分钟的距离,就是他之前买空白笔记本的旧货店。再过去不远处有一家小文具店,他在那里买了钢笔和墨水。

他在台阶最高处停了下来。巷子另一端有一家肮脏的小酒馆,窗户看上去好像结了一层霜,其实只是蒙了一层灰。一个年纪很大、驼着背但是行动敏捷的老头推开门走了进去,脸上白色的胡子像虾须一样向前翘着。温斯顿站在那里看着他，心想这个老头至少也得八十岁，革命开始的时候他应该已经步入中年。像他这样的人现在已经没几个健在了，他们是与业已消失了的资本主义世界仅存的联结。就算在党内，也已经没几个思想在革命爆发前就定型的人了。绝大多数老一代人都在五六十年代的大清洗运动中消失了，仅存的几个也早已吓破了胆，从思想上缴械投降了。如果现在还有哪个健在的人能向你真实地描述20世纪初的历史，那他就只能是群众中的一员。突然，从教科书上抄录到日记本里的那段话浮现在他脑海中，让他再也无法抑制一个疯狂的冲动。他要走进酒吧，同老头搭话，然后向对方提问。他会跟老头说："跟我讲讲你的童年。那时候生活怎么样？跟现在相比，是更好还是更坏？"

为了不让自己有时间畏缩，他急忙走下台阶穿过窄巷。这么做简直是疯了。并没有明文规定禁止党员同群众交谈或光顾他们的酒吧，但这种行为太过反常，一定会引起注意。如果巡逻队突然出现，他可以声称突然感到头晕，但他们多半不会相信。他推开门，一股劣等酸啤酒难闻的气味扑面而来。他一进门，里面嗡嗡的说话声就小了一半。他能感觉到每一个人的眼睛都盯着他身上的蓝色工作服。室内那个原本正在投飞镖的人也停了大约三十秒之久。他跟随的那个老头坐在吧台边，正在为了什么事和酒保争执。那个酒保是个大块头，身材结实，长着鹰钩鼻，小臂极为粗壮。他俩身边围着一群人,手里拿着酒杯在看热闹。

"我问得够客气了吧,不是吗?"老头气冲冲地挺起胸说,"你是说这个鸟酒馆里压根就没有一品脱①的杯子?"

"品脱他妈的到底是个什么玩意儿?"酒保手指按住吧台,前倾着身体说。

"听听!还自称酒保呢,竟然不知道品脱是什么!告诉你,一品脱就是半夸脱②,四夸脱是一加仑③。是不是还要我教你认字!"

"没听说过。"酒保没好气地说。"我们这里只按一升或者半升卖。杯子就在你面前的架子上。"

"我就要一品脱,"老头不依不饶,"你顺手给我倒个一品脱不就完事了。我年轻的时候不用什么狗屁升。"

"你年轻的时候,我们都还住在树上呢。"酒保说着瞥了其他顾客一眼。

这句话引起一阵哄堂大笑,温斯顿进门导致的紧张气氛似乎已经烟消云散。老头胡子拉碴的白脸涨得通红。他掉头走开,嘴里自言自语嘟囔着,一头撞到温斯顿身上。

温斯顿轻轻搀住他的手臂。

---

① 品脱,英美制容量单位,1品脱约等于568.26毫升。全书同。
② 夸脱,英美制容量单位,1夸脱约等于1136.52毫升。全书同。
③ 加仑,英美制容量单位,1加仑约等于4546毫升。全书同。

"我能请您喝上一杯吗？"他说。

"真是个有教养的小伙子。"老头又一次挺起胸，似乎没注意到温斯顿的蓝色制服。"品脱！"他挑衅地对酒保说，"一品脱麦酒。"

酒保拿出两个刚在吧台下面水桶里涮过的玻璃杯，往里面各倒了半升啤酒。啤酒是群众酒吧里你能喝到的唯一一种酒。按道理说群众是不能喝金酒的，但实际上他们很容易就能搞到。投飞镖的那群人又热热闹闹地玩了起来，吧台边的那群人又开始聊彩票了。温斯顿的出现暂时被人们抛诸脑后。窗台下有一张桌子，和老头坐在那里说话就不用担心被偷听了。虽然这种事情极其危险，但不管怎么说这个酒吧里面没有电屏，他刚进门就观察清楚了。

"他完全可以倒一品脱给我的，"老头坐下来对着面前的酒杯嘟嘟囔囔，"半升不够，不尽兴。一升又太多，喝得我老想撒尿。就更别说价钱了。"

"从年轻时候到现在，您一定看到周围起了很大变化吧。"温斯顿试探性地说。

老头淡蓝色的眼睛从飞镖盘移到了吧台，再从吧台移到了男厕所的门，似乎希望从这家小酒吧里找到什么变化。

"啤酒味道更好了，"他最后说道，"也更便宜了！

我年轻时,淡啤酒,当年我们叫麦酒,一品脱卖四便士。当然,那是在战前。"

"是哪场战争?"温斯顿说。

"总是在打仗,"老头含糊地说,他拿起酒杯,又挺了下胸,"祝你身体健康!"

他突出的喉结在瘦长的脖子上以令人诧异的速度上下移动,将啤酒一饮而尽。温斯顿又走向吧台,回来的时候手里又拿了两杯半升的啤酒。老头似乎忘了自己对喝一升啤酒的成见。

"您比我年长许多,"温斯顿说,"我刚出生的时候您已经成年了。您一定记得当年,也就是在革命之前是什么样子的吧。我这个年纪的人对那个年代所知甚少。只能从书里读到一些,而书里讲的又不一定是真的。我想听听您的看法。历史书上说革命前人们的生活和现在完全不同。当时人们遭受着严重的压迫、不公、贫困,远远超出我们的想象。就在伦敦这里,大部分人从生下来到死去,就没吃过一顿饱饭。他们中有一半甚至没靴子穿。他们一天工作十二个小时,九岁就辍学,十个人挤在一间房里睡觉。与此同时,少数人,只有几千人,就是被称作资本家的人,却有钱有势。他们生下来就拥有一切,住着富丽堂皇的大房子,仆人多达三十个,坐汽车或四轮马车出门,喝香槟,戴高顶礼帽……"

老头突然眼睛一亮。

"高顶礼帽!"他说,"有意思,你竟然提到了那玩意儿。不知为啥,就在昨天,我也想到了它。我当时还想,都有好几年没看到高顶礼帽了呢。这种帽子过时了。我最后一次戴,是在我嫂子的葬礼上。那是在……哎,我记不清到底哪一年了,但肯定是五十年前的事了。当然,你知道,租那帽子也就为了参加葬礼。"

"高顶礼帽并不是很重要,"温斯顿耐心地说,"关键是资本家,这些人,还有少数靠他们为生的律师和牧师之类的人,他们是这个世界的主人。一切都是为了满足他们的利益而存在。你们——普通人、工人们——是他们的奴隶。他们可以对你们为所欲为。他们可以把你们当牛一样运到加拿大。只要乐意,他们就可以睡你的女儿。他们可以叫人用一种叫九尾鞭的东西抽打你们。从他们身边经过的时候,你必须行脱帽礼。每一个资本家出门都有一帮狗腿子相伴,他们……"

老头的眼睛又亮了。

"狗腿子!"他说,"这个词我可很久没听到了。狗腿子!这词可完全把我带回了过去。我记得,噢,那是很多年前的事了,我经常星期天下午去海德公园听那些人演讲。救世军、罗马天主教、犹太人、印度人……各式各样的人都有。有这么一个人,唉,我叫不出他名字了,不过真是个厉害的演讲家。开起口来毫不留情!'狗腿子!'他说,'资产阶级的走狗!统治阶级的奴才!'他们的另一个名字叫寄生虫。还有豺狼,他肯定用过豺狼这个词来形容他们。当然,你知道,他骂的是工党。"

温斯顿觉得他们两人的谈话牛头不对马嘴。

"我真正想了解的是这个,"他说,"您有没有感觉到现在比以前更自由了?有没有被更当作一个人来对待?在过去,有钱人,上层人……"

"上议院。"老头带着怀旧之情插话。

"如果你愿意的话,讲讲上议院吧。我想问的是,那些人是否仅仅因为自己有钱而您很贫穷,就把您当作下等人对待?比方说,碰到他们的时候,您就一定要称呼他们为'阁下'并且脱帽致敬,这是真的吗?"

老头似乎在沉思。他喝掉了杯中四分之一的啤酒,才开始说话。

"对,"他说,"他们喜欢看到你向他们脱帽行礼,这表示尊敬。我个人不赞同这么做,但还是做了很多次。就像你说的,非这么做不可。"

"是不是经常有这种事发生,我只是引用在历史书上读到的话,就是那些人和他们的仆人会把你推到阴沟里,这种事是不是经常发生?"

"有人推过我一次,"老头说,"我记得很清楚,好像就发生在昨天。那天晚上有划船比赛，只要晚上有划船比赛，那些人就闹得很凶，我在沙夫茨伯里大街撞到了一个小年轻。那人穿得人模人样的——礼服衬衫、高顶礼帽、黑色大衣。他在人行道上东倒西歪地走着，我没留神就撞到了他身上。他说：'你走路不看道吗？'我说：'他妈的这条街是你买的啊？'他说：'再不老实当心我把你的狗头拧下来。'我说：'你个醉鬼，信不信我半分钟就把你扭送给警察。'我可没胡说，他用手在我胸口猛地一推，我差点没给公交车轧死。唉，我当时年轻气盛，正要一拳抡上去，只是……"

温斯顿感到无可奈何。这个老头的记忆里尽剩下些陈芝麻烂谷子的琐事。就算问他一整天也问不出什么有用的信息。党编的历史可能依然是真实的。他最后又试了一次。

"可能我没能把意思表达清楚，"他说，"我想问的是，您已经活了这么久时间，有半辈子是在革命前度过的，比如1925年的时候您已经成年了。从您还能记得的事情上看，1925年的生活和现在相比，是好还是坏？如果您可以选择的话，您想生活在当时还是生活在现在？"

老头若有所思地看着飞镖盘，喝光了啤酒，喝的速度比之前的慢了许多。他再次开口说话时，神态像一个看破世事的哲学家，似乎啤酒使他变得更稳重了。

"我知道你指望我说什么，"他说，"你指望我说我想返老还童。大多数人被问到时都会说他们想返老还童。年轻时，身体又好，又有力气。可是等你到了我这个年纪，身体就不会好受了。我双脚不利索，膀胱更是一塌糊涂，一晚上要起夜六七次。反过来说，当个老头也好处多多。你不用为年轻时候的烦心事操心了。不用和女人纠缠这件事就很好。我已经快有三十年没碰过女人了，你信吗？而且是我自己不想去找。"

温斯顿向后靠在了窗台上。没必要继续了。他正要再去买些啤酒，老头突然起身，拖着脚，快步走向对面臭气熏天的小便池。多喝的半升啤酒在他身上起了作用。温斯顿坐在那里，盯着空玻璃杯发呆，一两分钟后，他不知不觉走回街上。他想，最多再过二十年，"革命前的生活是不是比现在更好"这个重大而简单的问题就永远无法得到回答了。其实，哪怕在现在，这个问题也无法得到回答。因为零星活着的几个旧世界遗老无法对这两个时代做出比较。他们把数不清的琐事记在脑中，例如和工友的争吵，寻找丢了的自行车打气筒，早已去世的姐妹脸上的表情，七十年前一个冬天早晨被风卷起的尘土。但是却看不清与此相关的事实真相。他们就像蚂蚁，只看得见芝麻小事，却看不到大事。一旦记忆消失，书面记录又被篡改得面目全非，一旦这样的情况发生，就只能接受党所声称的人们的生活水准得到了很大的提高。因为检验这句话是否真实的标准没有了,而且再也不可能有了。

这时,他的思绪突然中断。他停下脚步,抬头张望。自己正身处一条狭窄的街道中,几家灰暗的小店铺零星散落在住宅之间。就在他头顶,挂着三个色彩斑驳的金属球,似乎先前曾镀过金。他好像认得这个地方。没错!他现在正站在先前买过笔记本的旧货店外面。

一阵恐惧席卷他的全身。起先买笔记本的行为已经足够鲁莽,他也曾发过誓再不涉足此地。但是一个恍惚,双脚就不由自主地走到了这个地方。他之所以写日记,就是为了防止这种自取灭亡的冲动。与此同时,他注意到尽管现在已经接近21点,旧货店依然在营业。他觉得与其在人行道上游荡招人怀疑,还不如进店。他迈进门,如果受到盘问,他可以振振有词地说是进来买剃须刀片的。

店主刚点上一盏悬挂式油灯,油灯散发出一股不干净却友好的气味。店主约六十岁,身材单薄,弯腰驼背,长着一个长鼻子,看起来挺和善,戴厚厚的眼镜,目光温和,但双眼透过镜片看显得大小有些失真。尽管头发几乎全白了,但眉毛却依然又浓又黑。他的眼镜以及他轻手轻脚、注意细节的动作和他身上那件陈旧的黑色天鹅绒外套,都让他隐约带着一种知性的气息,好像是个文人或音乐家。他说话柔声细语,声音像要飘走似的,而且他的口音也不像大部分群众那么粗鄙。

"你在门外人行道上的时候,我就认出你了,"温斯顿一进门,店主就开口说道,"你就是买了那本年轻女士的纪念本的先生。那纸张真漂亮,以前叫作米色直纹纸。已经没有这样的纸了。唔,我敢说已经有五十年不生产了。"他从眼镜架上方瞟着温斯顿,"你具体想要买什么?还是只想随便看看?"

"我只是路过,"温斯顿含糊其辞地说,"就进来看看,没特别想买什么。"

"也好,"店主说,"因为我估计这里也没你想要的东西。"他伸手做了一个抱歉的姿势,他的掌心是绵软的。"你也看见了,可以说就是个空铺子。我跟你私下讲,古董生意差不多是要走到头了,既没有需求,也没有存货。家具、瓷器、玻璃都慢慢坏掉了。当然,金属器具大部分都被拿去回炉了。好多年了,我连一个黄铜烛台都没见过。"

事实上,店铺狭小的空间被塞得满满当当,让人感到些许压抑,但这些东西里几乎没有一件是值钱的。店里几乎无处下脚,因为每一面墙边都堆着不计其数落满尘土的画框。橱窗里放着一碟碟螺丝螺母,缺口的折叠刀,失去光泽、一看就不走的手表,还有其他乱七八糟的破烂。只有角落里一张小桌子上,扔着一些杂七杂八的小东西——

漆制鼻烟盒、玛瑙胸针，还有其他类似的小玩意——或许里面会有些有意思的东西。正当温斯顿朝那张桌子慢慢走去时，他的目光被一个浑圆、光滑的东西吸引住了，这件东西在灯光下发出柔和的光，他伸手拿了起来。

这是一块很重的玻璃，一面圆，一面平，几乎是个半球形。无论从颜色还是质地上看，这块玻璃都非常柔和，如雨水一般。中心位置被弧面放大，里面放着一块奇特的粉色物体，外形卷曲缠绕，让人联想起玫瑰或海葵。

"这是什么？"温斯顿饶有兴趣地问。

"这是珊瑚，就是那个，"老店主说，"肯定是从印度洋捞来的，他们以前总会把珊瑚镶在玻璃里。这块东西至少有一百年了，从样子上看年代还要久些。"

"真漂亮。"温斯顿说。

"的确漂亮，"店主赞赏地说，"但这年头没几个人识货了。"他咳了一下。"要是你现在想要的话，算你四块钱。我记得像这么一个东西，以前能卖到八镑，八镑是……唔，我也算不出来，反正是一大笔钱。但这年头谁还关心真正的古董啊，再说古董也所剩无几了。"

温斯顿立马付了四块钱，把这个心仪之物揣进口袋。这个东西之所以吸引他，并不只是因为好看，而是它拥有一种迥异于现代的年代感。这块柔和、雨水般的玻璃与他先前见过的玻璃都不同。这件东西正因为完全无用，才变得无比诱人,尽管他有理由猜测它曾经只是被当作镇纸。它在口袋里沉甸甸的,不过幸好体积不大,没有让口袋显得鼓鼓囊囊的。党员拥有这么一件东西,不仅奇怪,甚至会惹祸上身。凡是老旧的东西,以及那些美丽的东西,都会多少让人产生怀疑。拿到四块钱后,老店主明显高兴了起来。温斯顿这才意识到就算给他三块钱,甚至两块钱,他都是肯卖的。

"楼上还有一个房间,你可能有兴趣看上一眼,"他说,"东西并不多。就那么几件。我们上楼的话,我就去拿盏灯。"

他又点燃了一盏灯,弓着背走在前面,慢慢爬上陡直而破旧的阶梯,穿过一条小走廊,进了一个房间。这个房间不临街,窗户对着一个铺着鹅卵石的院子和一片林立的烟囱。温斯顿注意到,从房间里的家具布置来看,这里好像还有人住。地板上铺着一块地毯,墙上挂着一两幅画,壁炉边靠着一把又脏又破的高背扶手椅,壁炉台上放着一台正在滴答走时的老式玻璃钟,钟面上的刻度是以十二小时分的。窗下有一张几乎占据房间四分之一面积的大床,床上还摆放着床垫。

"老伴死之前,我们一直住在这里,"老店主略带歉意地说,"之后我就把家具一点一点卖掉。这是一张漂亮的红木床,当然,你得先把上面的臭虫清干净。不过我觉得对你来说有点太笨重了。"

他把灯高高举起,好照亮整个房间。温暖而昏暗的灯光下,整个房间看上去有一种莫名的吸引力。温斯顿脑海中掠过一个想法,要是敢冒险的话,应该很容易就能以每周几块钱的价格把这间房间租下。这个想法实在太疯狂而且不切实际,他刚想到就放弃了。不过这个房间唤起了他的某种怀旧之情,某种年代久远的回忆。他似乎非常清楚自己坐在这样一个房间里会是什么感觉,坐在壁炉边的扶手椅上,双脚翘到壁炉的挡板上,壁炉搁架上放着水壶。在这里绝对孤独,绝对安全,没有人监视你,没有声音打扰你,除了水壶烧水时的嘟嘟声和时钟悦耳的滴答声以外,没有别的声音。

"这儿没有电屏!"他不由自主嘀咕了一句。

"啊,"老店主说,"我这儿从来没有那种东西。太贵了,不知怎的,我也从来没觉得需要装那个。那边墙角有一张挺不错的折叠桌。不过要是你想用到边上的桌板,恐怕就得先换上新铰链才行。"

在另一个墙角,有一个小书架,温斯顿不由自主地被吸引过去。但是书架上除了几本垃圾书以外什么都没有。在群众居住的地方,查抄、销毁书籍做得和其他地方一样彻底。在大洋国的任何一个角落都不可能找到一本1960年前印刷的书。老店主拿着灯站在一幅镶着红木框的画跟前。画挂在壁炉另一侧，正对着床。

"那个，如果你恰好对老画片感兴趣的话……"他委婉地开口说道。

温斯顿走过去细看那幅画。那是一幅钢板雕刻版画，画的是一座椭圆形建筑，上面有长方形的窗户，前方有一座小塔。建筑物周围有栏杆，后面好像还有一个雕塑。温斯顿盯着画看了一会。这座建筑物让他觉得似曾相识，但那个雕塑却记不起来。

"画框是固定在墙上的，"老店主说，"但我可以给你卸下来。"

"我知道那座建筑，"温斯顿终于开口说道，"现在已经是一片废墟了。就在正义宫外面那条街上。"

"没错，就在法院外面。被炸掉了。喔，那是好多年前的事了。曾经是座教堂，名叫圣克莱蒙教堂。"他带着歉意地笑了，好像觉得自己说的话有点荒谬似的，最后加了一句，"圣克莱蒙的钟声唱着：橙子和柠檬！"

"什么？"温斯顿说。

"喔，'圣克莱蒙的钟声唱着：橙子和柠檬。'这是我小时候的一首歌谣。我记不全整首，但结尾我还记得，'点起蜡烛让你去睡觉，抡起斧子把你头砍掉。'这是跳舞时唱的，别人把手臂抬高让你钻过去，当唱道'抡起斧子把你头砍掉'时，他们就压下手臂把你抓住。这首歌谣里尽是教堂的名字。伦敦所有教堂都提到了，所有主要的教堂一个不落。"

温斯顿隐隐想知道这座教堂建于哪个世纪。想确定伦敦建筑的年代总是很困难。凡是气势恢宏的大型建筑物，如果从外表看够新，就自然而言被断言为革命后所建，而所有那些显然很古旧的建筑物，其建造年代都被归于某个名为"中世纪"的黑暗年代。资本主义时代被认为没有创造出任何有价值的东西。人们从书上学不到历史，从建筑上也无法学到历史。雕塑、铭文、纪念碑、街道名……一切可能透露过去信息的东西都被有组织地更改了。

"我从不知道它以前是教堂。"温斯顿说。

"还有很多保留了下来，真的，"老店主说，"尽管都用来干别的了。那个，歌是怎么唱的来着？啊！我记起来了！'圣克莱蒙的钟声唱着：橙子和柠檬；圣马丁的钟声说着：你欠我三法新①——'"

"嗯，我只能记起这么多了。法新是一种小铜板，看上去和现在的一分钱很像。"

"圣马丁教堂在哪里？"温斯顿说。

"圣马丁教堂？还在那儿啊，就在胜利广场，靠着美术馆。就是那座前面有三角形柱廊，台阶很高的建筑。"

温斯顿对那块地方很熟悉。那是一座承办各种宣传展

---

① 法新，英国1961年以前使用的旧铜币，等于四分之一便士。

览的博物馆，有火箭弹和漂浮堡垒的微缩模型，展示敌人残暴行径的蜡像，诸如此类的东西。

"它以前叫田野里的圣马丁教堂，"老店主补充说，"尽管我不记得那边有什么田野。"

温斯顿没有买那幅画。比起玻璃镇纸，拥有这幅画更加不合适，而且没办法拿回家，除非把它从画框里取下来。但是他又在店里多逗留了几分钟，和老店主聊天。他发现，店主并不姓威克斯——从店门口的招牌来看，你很可能认为店主就叫这个名字——而是姓查林顿。查林顿先生似乎今年六十三岁，是个鳏夫，在这间铺子里住了三十年。他一直想把橱窗上的名字改过来，却从未着手去做。两人谈话时，温斯顿脑中一直萦绕着那首支离破碎的歌谣。"圣克莱蒙的钟声唱着：橙子和柠檬；圣马丁的钟声说着：你欠我三法新！"说来奇怪，当你心中默念这几句词，恍惚间就真的听见了钟声，来自那个现已逝去、被掩饰、被遗忘，却依然在某地存在的伦敦的钟声。这洪亮的钟声似乎是从一个个鬼影般的尖塔里传出的。但就他记忆所及，在现实生活中从未听到过教堂的钟声。

他与查林顿先生告别，独自下楼，不想让老店主看到自己出门前四处窥探街道的样子。他已经下定决心，再过一段时间——比如说一个月——他会再次冒险来这个店里。这或许并不比缺席社区活动中心一个晚上更危险。最蠢不过的是自己买了日记本以后,在没弄清楚这个店主是否值得信赖的情况下又去了第二次。然而……

是的,他想了一下,他会再回来的。他会买下那张圣克莱蒙教堂的版画,把它从画框里取下,藏在工作服的上衣里面带回家。他会从查林顿先生的记忆里把歌谣的剩下部分挖出来。甚至租下楼上房间的疯狂计划也再次涌上心头。大约五秒钟后,他已经被兴奋冲昏了头脑,变得麻痹大意起来。他在没有隔着窗户观察外面的情况下就走上了人行道,甚至即兴哼唱了起来:

圣克莱蒙的钟声唱着:橙子和柠檬;圣马丁的钟声说着:你欠——

突然他不寒而栗,吓得屁滚尿流。一个身穿蓝色制服的人影正沿着人行道朝他走来,距离不足十米。是小说司的那个女孩,那个黑发女孩!尽管灯光昏暗,但还是不难认出是她。她直直看着他的脸,接着好像没看到他一样快步走开。

温斯顿被吓得几秒钟不能动弹。随后他向右转身,拖着沉重的脚步走开了,全然没有注意到自己走错了路。不管怎样,他弄清楚了一个问题,这个女孩毫无疑问在监视他。她肯定是一路跟踪他到这里的,因为绝不可能那么巧，她竟然和自己在同一个晚上出现在同一条和党员住处足足隔了几公里的昏暗小巷中。她到底是思想警察的密探，还仅仅只是个爱管闲事的业余探子已经不再重要。单单她监视他这件事就足够说明问题。她可能还看见他进了那家酒吧。

温斯顿走得很吃力。每走一步口袋里的玻璃球就撞一下他的腿，他几乎想把它掏出来扔掉。最糟糕的是他肚子疼。有那么几分钟，他觉得要是还找不到厕所，自己就要一命呜呼了。但这种地方是不会有公共厕所的。后来腹部痉挛过去了，只留下阵阵隐约的痛楚。

这条街是个死胡同。温斯顿停下脚步，站了几秒钟，茫然地思索该怎么办，接着他转过身沿原路返回。转身的时候，他想到那个女孩仅在三分钟前和自己擦身而过，如果一路奔跑，应该能追得上。他可以尾随她到一个僻静的地方，捡一块鹅卵石砸烂她的脑袋。他口袋里的玻璃球分量够重，可以拿来一用。但他马上放弃了这个想法，因为需要花力气的事连想一下都觉得无法承受。温斯顿跑不动，也没力气砸她。况且她年轻力壮，足以自卫。他也想快点到社区活动中心，然后在那里待到关门，以此作为这天晚上不在别处的部分证据。但这也是不可能的。他感到累得不行，满脑子就想快点回家安安静静地坐着。

他回到家时已经22点多了。23点30分会集体熄灯。他走进厨房,灌了差不多一杯胜利金酒。接着走到凹室的桌子旁,从抽屉里拿出日记本,但他没有立即打开。电屏里传出一个粗嗓门的女声,正在高唱一首爱国歌曲。他坐在那里,双眼直直地盯着日记本大理石纹的封面,尽力想把歌声屏蔽在意识之外,结果却只是徒劳。

他们在夜里来抓你,总是在夜里。正确的做法就是在他们抓到你之前自我了断。无疑有些人就是这么做的。许多失踪事件其实就是自杀。但在一个根本弄不到枪支和快速致死毒药的世界里,自杀需要决绝的勇气。他有点震惊地想到,从生物学角度来看,痛苦与恐惧全然无用,人体总是在需要它做出特别努力的时候变得瘫软无力。如果下手够快,他也许能够让那个黑发女孩永远闭嘴,但恰恰因为处于极端危险的境地,他失去了行动的能力。他突然意识到,在危急时刻,人们斗争的对象从来就不是外部的敌人,而是自己的身体。即便是现在,尽管喝了金酒,腹部的隐痛依然让他无法连贯地思考。他意识到,在所有看起来英勇或悲剧的情况下,也都一样。在战场上,在刑讯室里,在逐渐下沉的船上,你为之奋斗的事总是被抛诸脑后,身体的种种因素会被无限放大,即便你没有被吓瘫,也没有痛得呼天抢地,生命依然只是与饥饿、寒冷、失眠、消化不良、牙痛做着一刻不停的斗争。

他打开日记本,现在写下点什么很重要。电屏里的女人开始唱一首新歌,歌声像玻璃渣一样刺进温斯顿的大脑。温斯顿努力去想奥伯里恩,这本日记就是为他而写,是写给他看的。然而温斯顿却开始想象自己被思想警察抓起来以后会经历什么事。要是他们立刻处死他,那也就无所谓了,因为被杀是意料之中的事。但是死之前(尽管没人说起过这些事,但每个人都知道),却要经历逼供的过程,趴在地上呼天喊地求饶,骨头被打断,牙齿被打得七零八落,头发上结着块块血痂。既然结局都是一样的,你为什么非要吃这些苦头呢?少活个几天或几星期难道不可以吗?没有人躲得过侦查,也没有人不招供的。一旦犯下思想罪,那离死期也就不远了。既然这种恐惧什么都改变不了,那为什么还要担惊受怕活下去呢?

他又一次试着在心中勾画奥伯里恩的形象,这次比先前成功了一些。"我们会在一个没有黑暗的地方见面。"奥伯里恩对他说。他知道这句话是什么意思,或者说他自认为知道,没有黑暗的地方就是想象中的未来,人们永远看不到未来,但凭着先见之明,便能以一种神秘的方式感知它。由于电屏传出的声音在他耳边聒噪,他跟不上自己的思绪了。他叼起一根香烟,半卷烟丝就这么掉到了舌头上,烟丝呈碎末状,极为苦涩,吐都吐不干净。老大哥的脸浮现在他脑海里,取代了奥伯里恩的脸。就像前几天那样,他从口袋里拿出一枚硬币来看,硬币上的脸凝视着他,粗犷的脸型,平静的表情,令人心安。但是,藏在黑色胡子下面的又是怎样一种笑容呢?仿佛一声沉闷的丧钟,那几句话在他耳边响起:

战争就是和平
自由就是奴役
无知就是力量

第二部分

第一章

上午九十点的时候,温斯顿离开工作隔间去上厕所。

灯火通明的长走廊另一头,走来一个孤独的身影,是那个黑发女孩。自从那天在旧货店外面遇到她后,已经过去四天了。她走近时,温斯顿看到她右臂吊着绷带,由于绷带和她工作服的颜色一样,所以从远处看不出来。她大概是在转动某台"拟出"小说情节的巨型"万花筒"时,被压伤了手,这种意外在小说司十分常见。

两人相隔大约四米的时候,女孩绊了一下,几乎正脸朝下摔到了地上。她惨叫一声,定是正巧压着了受伤的胳膊。温斯顿马上停下脚步。女孩已经爬起来跪在地上,她脸色蜡黄,嘴唇反而显得更为红润。她双眼紧紧盯着他,神情恳切,但这样的神情更像是出于恐惧而不是疼痛。

温斯顿心头涌起一种奇特的情感,在他面前的是一个欲置自己于死地的敌人,但同时也是一个活生生的、陷于痛苦之中的人,可能连骨头都折断了。他本能地走上前去帮忙,她跌倒压着受伤的胳膊时所遭受的痛苦,他似乎能够感同身受。

"疼不疼？"他说。

"没事。就是胳膊，一会就好了。"

她说话时心脏似乎在怦怦直跳，脸色变得煞白。

"没摔伤吧？"

"没，我没事。就这会儿有点疼而已。"

她朝温斯顿伸出左手，他将她扶起来。她脸上恢复了一些血色，看起来好多了。

"没事了，"她简短地说，"就手腕扭了一下。谢谢你，同志。"

她说完就继续向前走，动作轻快，就好像真的没事了一样。整个过程不超过半分钟。尽管不让情感外露已经成了一种本能的习惯，再说这件事情发生时，他们正对着电屏，然而不流露出一丝惊讶仍然非常困难，因为在他搀扶女孩起身的两三秒钟时间里，女孩往他手里塞了什么东西。毫无疑问，她是故意这么做的。那个东西体积不大，十分扁平。他走进厕所后，顺手将其揣入口袋，并用指尖摸了摸。那是一张折成方形的纸片。

他站在小便池前，略费了些周折，终于用手指将其展开，显然上面写着什么信息。那一瞬间，他有冲动想立即走进厕所间，把纸片拿出来看。但他清楚地知道，这样做再愚蠢不过了。因为毫无疑问厕所间是被电屏二十四小时监视的地方。

他回到自己的工作隔间,坐了下来,随手把纸片丢到了桌上的一堆纸里,戴上眼镜,把说写器拉向自己。"五分钟,"他对自己说,"至少再等五分钟!"他的心脏怦怦直跳,声音大得吓人。幸好手头的工作只是例行公事,修改一连串数据而已,并不需要全神贯注。

无论纸上写了什么,一定带有某种政治意义。就他能想到的,只有两种可能性,其中一种可能性较大,即这个女孩是思想警察的特务,这也是他所担心的。他不知道为什么思想警察会以这种方式传递信息,不过他们或许有自己的理由。纸上写的可能是警告,可能是传唤,可能是一条让他自杀的命令,也可能是某种陷阱。不过他脑中不停浮现出另一种异想天开的可能性,并且挥之不去,那就是这张纸条根本就不是来自思想警察,而是来自某个地下组织,也许兄弟会真的存在!黑发女孩可能就是其中一员!毫无疑问这种想法十分荒谬,不过他一拿到纸条,这个想法就从脑中冒了出来。几分钟之后,他才想到了另一个更切实际的解释。即便现在,尽管理智告诉他,这张纸条可能就意味着死亡,但他依然不相信,那个不切实际的希望依然挥之不去,他的心剧烈地跳动着,对着说写器说话的时候,他费了好大劲才控制住自己,不让声音发颤。

他把已经完成的一叠工作材料卷起来扔进气流输送

管。八分钟过去了,他扶了扶眼镜,叹了口气,把另一批工作材料拉到自己身边。那张纸片就在最上面,他将纸片展开摊平,上面写着几个歪歪斜斜的大字:

我爱你。

有那么几秒钟时间,他愕然地坐在那里发呆,甚至忘了把这招罪之物扔进记忆洞。尽管他很清楚对此表现出太大兴趣的危险,但依然忍不住又读了一遍,以确认上面写的确实是这三个字。

上午接下来的时间里,便再难做什么工作了。而比起把注意力集中在一系列琐碎的工作之上,更难做到的是必须在电屏前掩饰自己的激动之情。他感到腹内好像有一团火在燃烧。在闷热、拥挤、嘈杂的餐厅吃午饭简直就是煎熬。他原本希望午饭时间能够一个人待一会,但倒霉的是那个白痴帕森斯一屁股坐到他身边,滔滔不绝地讲有关仇恨周的准备情况,身上那股汗臭味几乎盖过了炖菜的金属味。他女儿所在的特工队为此特地用硬纸板做了一个两米宽的老大哥头像,他对这件事特别来劲。令人恼火的是在一片嘈杂中,温斯顿几乎听不清帕森斯到底在说些什么,只好不停地请他重复那些蠢话。他只看到了那个女孩一次,她和另外两个女孩远远地坐在食堂的另一头。她似乎没看见他，他也没再往那个方向看。

这天下午就好过一点了。午餐刚结束，就来了一份复杂难做的工作，需要花上好几个小时，而且做的时候需要把别的事情统统放到一边。这项工作是篡改两年前一份产量报告中的数据，以此来诋毁一名核心党高级成员的声誉，这个人现在已经失势。这是温斯顿擅长的工作，两个多小时里，他成功将女孩完全抛到脑后。在此之后，记忆中女孩的脸又浮现心头，他涌起了一个无法遏制的强烈愿望，想找个地方独自待着。除非一个人待着，否则根本无法把刚才发生的这件事理出头绪。今晚是他去社区活动中心的日子，他在食堂狼吞虎咽扒下一顿晚饭后，立即动身赶去活动中心，参加了一个看似严肃，实则愚蠢的"讨论小组"，玩了两局乒乓球，吞下几杯金酒，坐着听了半小时题为《英社与象棋的关系》的演讲。心中尽管无聊得不行，却头一次没有逃离活动中心的冲动。从看到"我爱你"三个字的那一刻起，他心中就充满了活下去的欲望，冒点小险的想法现在看来也变得愚不可及。直到23点，回家躺到床上后，他才得以连贯地思考问题。在黑暗中，你是安全的，只要保持安静，甚至能够躲避电屏的监控。

有一个实际问题亟待解决：如何联系上女孩并安排见面。他不再觉得她可能是在给自己设套了，他知道不是这样，因为她把纸条塞给他时，情绪明显是激动的。很显然当时她也吓得六神无主，这也是在情理之中的。就在五天前的那个晚上，他还想过用鹅卵石将她脑袋砸烂，但那已经不再重要。他想到她一丝不挂的年轻肉体，就好像在梦中见到的一样。他原以为她和其他人一样蠢，头脑中充斥着谎言与仇恨，只有一副铁石心肠。一想到自己可能会失去她，这个雪白、年轻的身体可能从自己身边溜走，他心中就紧张不已。他最担心的是，如果不尽快和她联系上，她可能很快就变心了。但是实际见面的难度巨大，就好像下棋，在被将死的情况下依然试图走下一步。不论转向哪个方向，电屏都对着你。实际上，在看到纸片的五分钟内，他就想到了和她联系所有可行的办法。而现在，有了思考的时间，他把这些方法一条条在脑中过了一遍，就好像在桌上将工具一列排开似的。

显然，像上午那种邂逅是不能重演了。要是她在档案司工作，那事情会相对简单，但他只大概知道小说司在大楼哪个方位，而且也没有借口去那里。如果他知道她住在哪里和下班时间的话，他可以设法在她回家的路上见她，不过尾随她回家这个方案并不安全，因为这就意味着得在真理部外面游荡，必定会引人注意。至于通过邮局给她寄信，那完全不可行。所有信件都会在邮递过程中被拆阅，这种例行的程序已经不是什么秘密了。事实上，几乎没人写信，偶尔需要传递消息的时候，就用现成印好文字的明信片，这种明信片上印着一长串字词，你只要将不合适的划去就行了。反正他也不知道女孩的名字，更别说住址了。最后，他认定食堂是最安全的地方。如果能在她独自一人时坐到她那张桌子前，最好在食堂中间，不要过于靠近电屏，而且周围有嘈杂的说话声。如果能同时满足这些条件差不多三十秒时间，就有可能和她说上几句话。

此后一星期，他的生活仿佛一个辗转反侧的梦。第二天一直到他离开食堂，女孩都没有出现，那时哨声已经响起了，可能她被调去上下一个班次了。他们擦肩而过的时候看都不看对方。接下去的一天，她在平常时间来到餐厅，但身边有其他三个女孩，而且就坐在电屏下方。接下来的三天就十分难熬，因为她完全没有出现。这使他身心受尽折磨，变得极为敏感，好像一碰就会碎。他几乎无法掩饰自己，他的一言一行、所见所闻都让他觉得痛苦。就算在睡梦中，他都无法摆脱她的倩影。这几天他没碰日记本，如果说有慰藉的话，那就是工作，在工作中，他有时候能一口气处于忘我状态长达十分钟之久。她究竟发生了什么事，他一无所知，也无从询问。她可能已经人间蒸发了，她可能已经自杀了，她可能已经被调到大洋国的另一端。最坏的也是最有可能的情况是，她也许就只是变了心，决定躲开他。

第二天，她又出现了，胳膊上的绷带去掉了，手腕上贴着橡皮膏。再次见到她,温斯顿大大松了一口气,忍不住直直地盯了她好几秒钟。接下来那天,他几乎成功和她搭上话了。他走进食堂的时候看到她正坐在一张离墙很远的桌旁,身边几乎没人。这时还早,食堂人并不多。买饭的队伍缓缓前进,就在温斯顿要排到柜台前的时候,因为前面有人抱怨没拿到糖精片而耽搁了两分钟。当温斯顿拿着餐盘朝她桌子走去的时候,那个女孩依然独自坐着。他若无其事地朝她走去,眼神在她身后的桌子上扫来扫去。她现在距离他大约有三米,只需两秒钟就能走到。突然身后有人在叫他,"史密斯!"他装作没听到,"史密斯!"那个人又喊了一声,声音更响了。没办法,他转过身。一个发色金黄、一脸傻相的年轻人正满脸笑容地邀请他坐到自己桌边的空位上。这个人名叫威舍尔,和温斯顿只是点头之交。拒绝他不是安全之举,既然被认出来了,他就不能再过去和一个孤身一人的女孩坐到一起了,这太惹人注意了。他友好地笑笑,接着坐下。那张顶着一头黄发的傻脸也笑意盈盈,温斯顿恨不得抓起一把十字镐朝这张傻脸抡去。几分钟后,女孩坐的那张桌子旁坐满了人。

不过她肯定看到他朝她走去,也许也领会了这种暗示。接下来一天,他特地早早地来到食堂,果然,她和前一天一样独自坐在同样的位置。队伍里排在温斯顿前面的是一个体型矮小、动作敏捷、甲虫一样的男人,此人面部扁平，闪烁的目光中充满猜忌。温斯顿拿着餐盘从柜台转身的时候，看到那个矮男人径直朝女孩坐着的桌子走去。他的希望又要落空了。再过去的一张桌子有个空位，但从矮男人脸上的表情能看出他会为了让自己坐得舒服而选择人最少的位置。温斯顿揣着凉了半截的心尾随其后，除非他能和女孩单独坐在一起，不然就一点用都没有。这时传来一声巨响，矮男人朝前摔了个狗啃泥，餐盘飞了出去，汤和咖啡洒得地板上到处都是。他爬起来，恶狠狠地瞪了温斯顿一眼，显然怀疑是温斯顿把他绊倒的。不过没关系，五秒钟后，温斯顿坐到了女孩旁边，心扑通扑通狂跳不止。

他没有看她，只是放下餐盘，随即吃了起来。在还没人来的时候赶紧说话这一点非常重要，但是他陷入了极度的恐惧之中。自从她第一次接近他以来，已经过去了一周时间，她可能变心了，她一定是变心了！这种事情不可能有什么好结局的，现实生活中不会发生这样的事。要不是这时他看到那个长着毛茸茸耳朵的诗人安普福斯正拿着餐盘有气无力地转来转去找位置坐，没准他就临阵退缩，再不开口了。安普福斯对温斯顿怀着模糊的好感，要是看到温斯顿，准会到他身边坐下。可能只有一分钟时间了，想行动就一定要抓紧时间。温斯顿和女孩都在不紧不慢地吃着稀薄的炖菜，其实就是扁豆汤。温斯顿开始轻声说起话来。两人都没有抬头，只是不紧不慢地用勺子舀起汤水往嘴里送，在舀汤的间隙不动神色地低声交换几个必要的词。

"你几点下班？"

"18点30分。"

"我们在哪里碰头？"

"胜利广场，纪念碑旁。"

"那边到处是电屏。"

"人多就没事。"

"约定暗号吗？"

"不用，等人多了以后再接近我，别看我，待在我旁边就行。"

"几点？"

"19点。"

"好。"

安普福斯没看到温斯顿，坐到了另一张桌子旁。温斯顿和女孩再没有说话，尽管面对面坐着，却再没有看对方一眼。女孩吃完午饭后立马起身离开，温斯顿没有起身，而是点了支烟。

温斯顿早于约定时间来到了胜利广场，在纪念碑带凹槽的巨大圆柱形基座附近来回走着。基座上面是老大哥的塑像，面朝南方，凝视天空。第一空降场战役中，他曾在那里击落过欧亚国的飞机（几年前的表述是东亚国的飞机）。正对纪念碑的街道上有一座骑着马的雕像，应该是奥利弗·克伦威尔。约定的时间过去了五分钟，女孩依然没有出现。温斯顿再一次陷入了深深的恐惧中。她不会来了，她变心了！他慢慢向广场北面走去，认出圣马丁教堂的时候，心中多少有了一丝喜悦，教堂钟声——当它还有钟的时候——曾经轰鸣着"你欠我三法新"。就在这时，他看到了女孩站在纪念碑基座旁，正在读，抑或是假装在读贴在基座上的海报。现在人群聚集得还不够多，走到她身边是很危险的。教堂门廊顶上的三角墙周围装满了电屏。这时，他左边某处传来人群的喊叫声和重型车辆的隆隆声。突然之间，所有人似乎都在奔跑着穿过广场。女孩敏捷地跳过纪念碑基座上的狮子雕像，加入了奔跑的人群。温斯顿跟在她后面。奔跑时，他从人们的喊叫声中听到有一个装着欧亚国俘虏的车队正在经过。

这时密密麻麻的人群已经将广场南面堵得水泄不通。温斯顿通常碰到这种混乱场面总会不知不觉被挤到最外面，但这次他却推搡着往人群中心挤。没过多久，他距离女孩就只有一臂之遥了，但他们之间却挡着一个身躯壮硕的群众还有和他体格相差无几的女人，这两人很有可能是夫妇，他们仿佛形成了一堵牢不可破的肉墙。温斯顿侧过身来，猛地一挤，终于把肩膀挤到了那两人中间。有那么一阵子他觉得自己的五脏六腑仿佛就要被这两个健硕的臀部夹成肉泥了。随后,他终于从两人中间挤了出来,身上沁出了汗水。他到了女孩身边,两人肩并肩,目光都直视前方。

长长的卡车队缓缓开过街道,车上四角都直直站着面无表情、手握冲锋枪的守卫。车厢里蹲着几个矮小的黄种人,身上穿着破烂的绿色军装,挤成一团。他们有着蒙古人种特有的脸型,满脸苦相,漠然地望着外面。卡车偶尔颠簸的时候,就会传来金属的碰撞声,所有俘虏都戴着脚镣。满脸苦相的俘虏就这么一车一车被运了过去。温斯顿知道车上装着俘虏,但只是时断时续地看到他们。女孩的肩膀和上臂都紧贴着他的。女孩的面颊也和他的几乎贴到一起,似乎都能感受到她的体温。跟先前在食堂里一样,女孩马上掌握了主动,开始用上次那种不动声色的嗓音讲话,双唇几乎不动,这种低声的呢喃轻而易举地被鼎沸的人声和卡车的隆隆声淹没了。

"能听得见吗?"

"能。"

"周日下午能出来吗?"

"能。"

"听仔细了,一定要记住。去帕丁顿车站……"

她告诉他所要走的路线,精确得像军队部署一样,让他吃惊不已。搭半小时火车，出站后左转，再走两公里，来到一扇顶上没有横梁的大门，沿着一条田间小路，来到一条荒草丛生的小径。灌木丛中有一条小道，还有一棵长满苔藓的枯树。仿佛她脑中有一幅地图似的。"都记住了吗？"她最后低声问道。

"记住了。"

"先左拐，再右拐，再左拐。那扇大门顶上没有横梁。"

"好，几点？"

"大约15点。你可能要等我一下。我沿另一条路过去。你确定都记住了吗？"

"记住了。"

"那就赶紧走。"

其实她不说他也知道。但当时他们无法从人群中脱身。车队慢慢驶过，人们依然在张着嘴围观，好像百看不厌似的，开始还发出几声嘘声，但也只是人群中的党员发出的，而且很快就停止了。不论是从欧亚国还是从东亚国来的外国人，都是一种陌生的动物，除了以俘虏的样子出现，人们几乎看不到他们，即便是俘虏，人们也只能匆匆瞥见一眼而已，也不知道他们的下场如何，除了几个被当作战犯吊死之外，其他人就这么消失了，可能被送进了劳改营。蒙古人种的圆面孔消失后，出现了比较像欧洲人的脸,肮脏憔悴,满脸胡子。一双双眼睛从满是胡碴的颧骨上方与温斯顿视线相接,有时眼神炽热,但这种怪异的神情一会就烟消云散了。车队快过完了,最后一辆车上,他看到一个老头,须发灰白,直挺挺地站着,手腕在身体前方交叉,仿佛习惯双手被绑在一起。几乎快到与女孩分手的时候了。但就在最后一刻,当人群将他们重重包围的时候,女孩的手摸索到了他的手,迅速地捏了一下。

这过程可能持续不到十秒,但他俩的手似乎已经在一起握了很长时间。他有充裕的时间感知她手的每一个细节,他摸索到她长长的手指,齐整的指甲,因为干重活而满是老茧的手掌,还有手腕下光滑的肌肤。尽管只是通过触觉,他也仿佛就像亲眼看到了一样。与此同时,他突然想到自己并不知道女孩眼睛的颜色,好像是棕色的,但黑头发的人有的也长着蓝眼睛。转过头看她这样的举动是极其愚蠢的。两人双手紧扣,隐没于茫茫人海中,他们的双眼一动不动望着前方。温斯顿看到的不是女孩的眼睛,而是一头乱发之中,老俘虏向自己投来的悲伤目光。

第二章

温斯顿沿着光影斑驳的小径一直走,阳光透过树枝的间隙洒在地上,形成片片金色的水洼。他左手旁的树下开满了蓝铃花。和风亲吻着他的肌肤。这天是5月2日,树林深处传来了斑鸠的咕咕叫声。

他来得有点早,沿途都很顺利,女孩显然在这方面很有经验,因此他并没有像平常那样害怕。或许应该相信她为两人见面找的地方是安全的。通常情况下,乡下并不一定比伦敦安全。没有电屏这一点毋庸置疑,但是依旧危险四伏,到处都装着隐秘的话筒,你的声音会被拾取、辨认。除此之外,一个人要想独自旅行而不被注意到,亦非易事,虽然出行一百公里以内并不需要在通行证上贴签注,但有时候巡逻队会在火车站附近出没,一遇到党员就要查看他们的证件,并盘问一些刁钻的问题。但这次巡逻队没有出现,出火车站后,他一路谨慎地不时回头张望,确认自己没被跟踪。火车上挤满了群众,所有人都因为夏日般温暖的天气像度假一样兴高采烈。他所在的那节木椅车厢被一个大家庭塞得满满当当,上有掉了牙的曾祖母,下有刚满月的小婴儿，全家人准备花上一下午去乡下亲戚家串门，顺便——他们毫无顾忌地和温斯顿说——去黑市弄些黄油。

小径渐渐变宽，不出一分钟，他来到了她之前提到的小道上，这是条夹在灌木丛中由牛群踩出来的小道。他没有手表，但现在应该不到15点。脚下到处都是蓝铃花，走路的时候根本没法不踩上去。他跪到地上，开始采花，半是用来打发时间，半是隐约打算和女孩见面的时候向她献上一束。他采了一大把，正凑上去嗅那并不好闻的淡淡花香时，身后传来一声响动，让他吓得动都不敢动，不会错的，那是脚踩在树枝上的声音。他继续采花，这是最好的办法。可能是女孩来了，也可能自己一直就被人跟踪。四处张望是心虚的表现，他只好一朵接一朵不停地采。一只手轻轻地搭到了他的肩上。

他抬起头，是她。女孩摇了摇头，显然在警告他不要出声，接着扒开灌木丛，领着他快步沿着小道走到树林里。很显然她来过这里，因为她走路的时候，似乎很有经验地避开泥泞的地方。温斯顿跟在后面，手里依然攥着那束花，他的第一反应是松了一口气，但当他看到自己面前女孩健美苗条的身体，腰上的红腰带恰到好处地显出了她臀部的曲线，一种自惭形秽的感觉沉沉地压在了心上。他觉得即便到了现在，当她转身过来看到他的时候，还是会打退堂鼓。甜甜的空气和翠绿的树叶让他感到泄气，就在从车站出来的时候，五月的阳光已经让他觉得自己污秽不堪、苍白虚弱，他是个过惯室内生活的人，每个毛孔里都嵌着伦敦的粉煤灰。他突然想到，直到现在，她可能都没有在光天化日下见过他。他们来到她提到过的枯树下，女孩一跃而过，拨开灌木丛，那边看上去并不像会有空地。温斯顿跟着她过去，才发现别有洞天，他们来到一个绿草茵茵的小土墩上，四周树木环绕，将这块地方围了个严严实实。女孩停下脚步转过身来。

"到了。"她说。

他面对着她，中间隔着几步距离，但他不敢向她靠近。

"我不想在小路上说话，"她继续说道，"以防那边藏有话筒。我觉得那边没有，但不能排除这种可能。那些猪猡里总有人可能会辨出你的声音，在这儿就没事了。"

他依然没勇气向她走去。"这儿没事。"他傻傻地重复道。

"是的，看那些树。"那是些矮小的梣树，一度被砍掉，后来又长出来形成一片小树林，一棵棵都还没有手腕粗。"这边的小树没有一棵大到能藏得住话筒。而且，我之前来过这里。"

他们只是在没话找话说。他现在已经朝她走近了些，她直直地站在他面前，脸上带着有嘲讽意味的笑容，似乎在问他为什么这么拖泥带水。蓝铃花掉到了地上，似乎像是自己掉下去的一样，他抓住了她的手。

"你相信吗，"他说，"在此之前，我都还不知道你眼睛的颜色。"他注意到她的眼珠是褐色的，一种浅浅的褐色，而睫毛颜色却很深。"现在，你看到我究竟长什么样了，你能受得了吗？"

"能啊，这有什么难的。"

"我三十九岁，有个甩不掉的老婆，还得了静脉曲张，嘴里还有五颗假牙。"

"我一点也不在乎。"女孩说。

接着，很难说是谁主动，她已经在他怀里了。起初，除了不可思议之外，他没有任何感觉。这个年轻的身体正和自己紧紧抱在一起，一头浓密的黑发正贴着自己的脸颊，啊，就是这样！她真的抬起了脸，他正亲吻着她张开的红唇。她双臂勾住他的脖子，喊他亲爱的、宝贝、爱人。他将她扑倒在地，她任他摆布，他可以对她为所欲为。但事实上，他除了肉体的接触之外，毫无生理反应，他只感到不可思议和骄傲自豪。进展太快了，她的年轻与美貌把他吓到了，他已经习惯于没有女人的生活了，他也不知道为什么。女孩自己直起身，从头发里扯下一朵蓝铃花，她靠着他坐下，搂着他的腰。

"没关系,亲爱的,不着急,我们有一下午时间呢。这地方够隐蔽的吧?我在一次社区远足的时候迷了路,就发现了这里。如果有人来,隔着一百米就能听到动静。"

"你叫什么?"温斯顿说。

"茱莉亚。我知道你的名字。温斯顿,温斯顿·史密斯。"

"你怎么知道的?"

"在调查事情方面,我可比你在行,亲爱的。跟我说说,在我给你递纸片那天之前,你对我是什么印象。"

他不想骗她。从一开始就挑最坏的讲,也是一种表达爱意的方式。

"我恨你,都不想看见你,"他说,"我想把你先奸后杀。两周前我真的想过要用鹅卵石砸烂你的头。如果你真想知道原因,我当时觉得你和思想警察有联系。"

女孩开心地笑了,显然把这句话当成是在称赞自己高超的伪装技巧。

"思想警察!你不会真的那样以为吧?"

"好吧,可能也不是完全那样想。但单从你的外表上看,仅仅因为你年轻,涉世不深,身体又健康,你懂的,我觉得也许……"

"你觉得我是个好党员,言行举止都很纯洁,举着横幅、参加游行、喊着口号、积极参与比赛和社区远足,总是做这类事情。你觉得我一有机会就会去揭发你,说你是个思想犯,然后把你除掉,是不是?"

"是的,差不多就这样。许多年前女孩子都那样,你知道的。"

"都是这个鬼东西惹的祸。"她说着扯下青年反性团的鲜红色腰带,随手扔到一根树枝上。然后好像想起了什么似的在自己腰上摸了一下,从工作服口袋里拿出一小块巧克力。她把巧克力掰成两半,分了一半给温斯顿。在他接过巧克力之前,凭气味就能判断出这块巧克力非同寻常。颜色又黑又亮,外面包着银色锡纸。平常的巧克力颜色暗淡,而且一碰就碎,味道就如人们所描述的,吃起来带着一股烧垃圾的烟味。但她给他的这块巧克力的味道,他似乎曾几何时尝到过。自从闻到了这块巧克力的香味,他心中就有某段记忆被唤醒,但他又无法记得真切,这段记忆在他心中久久萦绕,令他坐立不安。

"这是从哪儿弄到的?"他说。

"黑市,"她毫不在意地说,"其实,我就是那种女孩。我比赛成绩很好,曾经当过特工队队长。我每周花三个晚上给青年反性团做志愿工作,在伦敦四处张贴他们那些胡扯的标语,一贴就是好几个小时。我在游行的时候总是举着横幅的一端。我看上去一直兴高采烈,从不畏畏缩缩,总会和人群一起高喊,我说的就是这个意思。这是保护自己的唯一办法。"

第一口巧克力已经在温斯顿舌头上融化。味道好极了。但那段记忆依然在他意识边缘徘徊，是某种能够清楚感知，却无法诉诸形状的东西，就好像是从眼角看到的东西一样。他把这种感觉撇在一旁，只知道这是一段有关他某个行为的记忆，这个行为让他十分懊悔，却又无力回天。

"你很年轻，"他说，"你比我小十到十五岁。我这样一个男人，你看上我什么了？"

"看上了你脸上流露出的某种气质。我觉得自己应该试一试，我很善于发现与众不同的人。我见你的第一眼起，就知道你反对他们。"

他们，很明显，指的是党，特别指核心党。她谈论起这些人，总带着不加掩饰的嘲弄和仇恨，这一点让温斯顿感到不安，尽管他知道不会有其他地方比这里更安全。有一件事让他感到十分震惊，就是女孩满嘴粗话。党员不应该说粗话，温斯顿自己也极少骂人，至少不会大声骂人。不过，茱莉亚一提到党，尤其是核心党，就非得用上那些用粉笔写在污水遍地的小巷墙壁上的字眼。温斯顿并不觉得讨厌，这仅仅是她反感党及其所作所为的一种表现，而且她的粗话说得自然而然，就好像马闻到烂草料打响鼻一样。他们已经离开了空地，在光影斑驳的树荫下散步，只要路面能够容纳两人并行,他们就会搂着彼此的腰并肩走。他发现,拿掉腰带后,她的腰柔软多了。他们像耳语一般轻声说话。茱莉亚说,在空地外面,最好别出声。这时他们来到了一片小树林边,她让他停下来。

"别去空旷的地方,可能有人监视,我们待在树丛后面就不会有事。"

两人站在榛树丛的树荫下。阳光穿过头顶上数不清的叶子,照到脸上依然炽热。温斯顿向远处田野张望,不知何故,心里渐渐有了一种震惊的感觉,他认得这个地方。他一眼就认出来了,就是那片被啃得乱七八糟的古老草场,有一条小路从中间穿过,草场上到处都是鼹鼠洞。草场另一头有一圈参差不齐的树篱,围着迎风轻舞的榆树,树叶在风中微微颤动,像大团大团的女人头发。虽然看不到,但是肯定在附近某处还有一条小溪,溪流汇成碧绿的池塘,池塘里还有雅罗鱼在游弋。

"这儿附近是不是有条小溪?"他低声说。

"对,有条小溪。其实就在那块地的边上。里面有鱼,还挺大。在柳荫下你能看到池塘里的鱼摆着尾巴游来游去。"

"这里是黄金乡,应该就是。"他喃喃地说。

"黄金乡?"

"没什么,真的,这片风景我在梦里见过。"

"看!"茱莉亚低声说。

一只画眉鸟停到了距离他们不到五米远的树枝上,几乎与他们的脸齐平。鸟儿似乎没看到他俩,因为鸟在阳光下,他俩在阴暗处。它把翅膀伸展开来,又小心地将其收拢,低了下头,像给太阳行了一个礼一样,接着开始引吭高歌。在静谧的午后,鸟的叫声显得尤为嘹亮。温斯顿和茱莉亚依偎在一起,听得入了迷。它不停地唱,一分钟又一分钟,曲调变化无穷,从不重复,好像在有意炫耀自己的歌喉一般。有时候它会停上几秒钟,伸展一下翅膀,再将其收回,然后再次挺起斑斑点点的胸脯唱起来。温斯顿带着隐约的崇敬看着它。这只鸟是为了谁,为了什么而歌唱?既没有配偶欣赏,也没有对手观看,是什么使它站在这片树林的边缘将自己的歌声投向虚无?他想知道周围附近是否藏着话筒。他和茱莉亚的说话声很轻,话筒应该捕捉不到他们的话语,然而会捕捉画眉鸟的歌声。也许在那个设备的另一端,有一个长得像甲虫的人正在聚精会神地窃听,听到的却是鸟叫。然而这如潮水般的乐声渐渐将他脑中的思虑冲刷干净。这声音仿佛醍醐,同树叶间透出的阳光融合在一起,倾泻在他身上。他不再思考,只是感受。女孩的腰在他的臂弯里,柔软而温暖。他把她搂向自己,两人胸贴着胸。她的肉体仿佛要融进他的身躯,他双手所到之处,她的身体都像水一样顺从。他们吻到了一起，这个吻和早些时候急不可耐的亲吻大不相同。当他们再次移开脸的时候，两人都深深地呼了口气。鸟儿一惊，扑棱着翅膀飞走了。

温斯顿把嘴凑到了她耳边，"现在来吧。"他轻声说。

"这儿不行，"她轻声回答，"回到那片空地上去，那边比较安全。"

两人飞快地沿路返回空地，路上偶尔踩断了一两根树枝。刚回到树丛环绕的空地，她就转过身面对着他。两人都呼吸急促，但她的嘴角又露出了笑容。她站着看了他一眼，接着伸手去摸工作服的拉链。没错！和他梦中看到的一样，几乎和他想象中一样快，她一把扯下身上的衣服，接着用一种像要摧毁整个文明的华丽姿势将其抛开。她的身体在阳光下闪着洁白的光。但是，有那么一瞬间，他没有看她的身体，他的目光被那张有着点点雀斑、带着大胆浅笑的脸庞牢牢吸引。他跪到她的面前，握住她的手。

"之前做过吗？"

"当然了。几百次，好吧，不管怎样，几十次总是有的。"

"和党员？"

"是的，都是和党员。"

"和核心党员？"

"才没有和那些猪猡，一次也没有。不过只要有半点机会，那些人里好多人都乐意。他们可不像装出来的那么神圣。"

他的心狂跳起来。做过几十次，他希望她做过几百次，几千次。任何暗示着堕落的事都让他充满狂想。谁知道呢，可能党在内部已经腐坏，对艰苦奋斗、克己奉公的极力鼓吹只是为了掩盖其邪恶行径而编织出来的谎言。如果他能让那些人都染上麻风或梅毒，他会非常高兴地去做！任何能起到腐坏、削弱、破坏作用的事都行！他把她向下拉，两人面对面跪着。

"听着。和你睡过的男人越多，我就越爱你。明白吗？"

"明白。"

"我痛恨纯洁，我痛恨善良！我不想让世上还存在什么道德，我想让所有人都腐化到骨子里。"

"好啊，我迎合你，亲爱的。我就是腐化到了骨子里。"

"你喜欢做这个吗？我不仅仅指和我，我指这件事本身？"

"喜欢极了。"

这句话是他最爱听的，不仅因为爱一个人，也因为动物的本能，一种简单而不加区别的欲望，这种力量足以把党摧毁成碎片。他把她按在草地上，就在散落的蓝铃花中。这次很顺利。不久，他们胸口的起伏速度逐渐恢复正常，带着某种愉悦的无力感分开，瘫软在地上。阳光似乎更热了，两人都起了睡意。他伸手抓过扔在一旁的工作服，半搭在她身上。他俩几乎立刻就睡着了，这一睡就是半小时左右。

温斯顿先醒，他坐起来看着身边睡得正香的女孩，女孩的头枕着手掌，脸上雀斑点点。除了嘴巴，她算不上漂亮。凑近一看，能看到她眼睛周围有一两条皱纹，一头黑色的短发异常浓密柔软。他突然想到自己到现在还不知道她姓什么，也不知道她住在哪里。

这具年轻、健美的躯体在睡梦中显得无依无靠，唤醒了他心中的怜爱和保护欲。但在榛树下听画眉鸟唱歌时感受到的那种抛开一切念想的柔情却没有完全回来。他拉开工作服，看着她滑嫩细白的腰身。他心想，在过去，男人看着女孩的肉体，产生了欲望，那事就成了。但如今已经没有纯粹的爱情或纯粹的欲望了。没有一种感情是纯粹的，因为一切都夹杂着恐惧与仇恨。他们的拥抱是一场战役，高潮即是胜利。这是向党挥去的一击，是政治行为。

第三章

茱莉亚说:"这儿我们可以再来一次,通常情况下,一个地方来两次还是安全的。不过当然,中间要隔上一两个月。"

她醒来后,举止大变,变得警觉而不带感情。她穿上衣服,系上红腰带,开始安排返程的细节。把这一切留给她安排似乎是再自然不过的了。很明显她处理现实问题时的狡黠正是温斯顿所缺乏的,而且她似乎通过无数次社区远足积累了丰富的知识,对伦敦郊区了如指掌。她给温斯顿定了一条与来时迥然不同的路线,要他到另一个火车站乘车回去。"千万不要原路返回。"她说道,好像在阐明一条重要的原理似的。她会先走,温斯顿要等上半小时再动身离开。

她还说了一个地方,四天后两人晚上下班,可以在那里碰面。那个地方位于贫民区的一条街上,那里有一个露天市场,通常情况下总是熙熙攘攘。她会在摊子前转来转去,假装在找鞋带或缝纫线。如果她觉得四周安全,则会在他接近的时候擤一下鼻子,否则,他就从她身边走过,假装不认识。但如果运气好的话,两人可以在人群中讲上一刻钟话,并安排下次见面。

"现在我必须走了,"温斯顿刚记住所有安排,她就开口说道,"我得在19点30分的时候回去,为青年反性团服务两小时,做些发传单之类的事,是不是很恶心?帮我梳一下头好吧?我头发里有没有树枝?你确定?那再见吧,亲爱的,再见!"

她扑到他怀里,近乎粗暴地亲了他一下。片刻之后,她拨开小树,无声无息地消失在树林里。直到现在,他依然不知道她姓什么,住在哪里。不过,没有关系,因为他们不可能在室内见面,也不可能有什么书面交流。

事实上,他们再没有回过树林中的那块空地。五月间,他们只有一次机会真正意义上成功做了爱。地点在茱莉亚知道的另一个隐蔽的地方,在一座废弃教堂的钟楼里。由于三十年前遭到原子弹轰炸,教堂四周几乎成了一片荒原。一旦抵达那里,那的确是个很好的藏身处,但去的路途危机重重。除此之外,他们只能在街上碰面,每晚换地方,而且每次见面从不超过半小时。在街道上,总还是能勉强说上几句话的。两人在拥挤的人行道上漫无目的地走,前后保持一小段距离,也不看对方,以一种奇怪的方式断断续续地交谈,仿佛灯塔的光在空中明灭。一旦有穿着党员制服的人走近或到了电屏附近,谈话会戛然停止。几分钟后，再接着刚才没说完的那句话继续往下说。到了约定好分手的地方，两人也会硬生生地把嘴边的话咽下，到了第二天，几乎都不需要开场白，就接着往下说。茱莉亚似乎很适应这种谈话方式，她称之为"分期谈话"，她说话时甚至能够不动嘴唇，而且技巧娴熟得令人吃惊。在近一个月的夜晚约会中，他们只成功接过一次吻。当时两人默默走过一条小街（一离开大街，茱莉亚就闭口不语），突然传来震耳欲聋的轰鸣声，大地都颤了起来，四周一下子变暗。温斯顿发现自己倒在地上，满身淤青，吓得魂不附体。肯定有一枚火箭弹掉在了附近。突然他发现茱莉亚的脸距离自己只有几厘米之遥，脸色煞白，就像一张白纸，甚至连嘴唇都是白的。她死了！他一把将她抱住，却发现自己正在亲吻着一张活生生的、温热的脸，然而有些粉末状的东西进了他的嘴里，两人的脸都盖上了厚厚的一层灰泥。

有几个晚上，两人刚来到约会的地点，就不得不招呼都不打各走各的。要么因为巡逻队刚从街角出现，要么因为头顶上有直升机盘旋。哪怕不那么危险，依然很难挤出时间见面。温斯顿一星期工作六十小时，茱莉亚的工作时间更长，而且他们的休息日会根据工作的紧迫程度进行调整，往往凑不到一块。不管怎样，茱莉亚几乎没有一个晚上是完全空闲的，她会花费惊人的时间在听讲座，参加游行，为青年反性团发传单，为仇恨周准备横幅，为例行节约运动募捐等诸如此类的活动上。她说，这么做是值得的，这叫伪装，如果你遵守这些小规则，就能破坏大规则。她甚至还劝说温斯顿在晚上没事的时候抽空参加兼职军火生产，这个活动是义务的，参加的都是些党内的积极分子。由此温斯顿每周都要花上一个晚上，干四小时无聊透顶的工作，把或许是炸弹引信的金属零件用螺丝拧到一起。工作的车间里过堂风很大，灯光昏暗，锤子的敲打声和电屏中的音乐声混杂在一起，单调得令人生厌。

他们在教堂钟楼相会的时候，补上了常日里没来得及说的话。那是个炎热的午后，钟楼顶上方形的小屋内空气凝滞，极其闷热，充斥着鸽子粪的臭味。他们坐在布满灰尘、到处是树枝的地板上聊了好几个小时，不时有一个人站起身，从垛口向外张望，以确保没人走近。

茱莉亚二十六岁，和另外三十个女孩一起住在集体宿舍（"身边总是一堆女人，多得发臭！我恨死女人了！"她补充道）。不出温斯顿所料，她在小说司里负责修理小说写作机，她喜欢这份工作，工作内容主要是运行和维护一台功率强大、很难伺候的电机。她"不聪明"，但喜欢动手，和机器在一起就觉得如鱼得水。她能够完整地描述出小说的创作过程，从计划委员会发出总指示到改写小组进行最后润色都能讲得头头是道。但她对最终的成品不感兴趣，她说自己"不怎么喜欢读书"。书只是一种必须生产出来的日用品，和果酱、鞋带等东西别无二致。

她完全不记得60年代初以前的事情了，她所认识的人中，唯一一个经常说起革命前日子的是在她八岁时消失的爷爷。上学时，她当过曲棍球队长，连续两年获得体操比赛奖杯。她还当过特工队队长，加入反性团之前，是青年团团支书。她的口碑一向很好，甚至被挑去色科工作（这是品行良好的确凿证明）。色科是小说司的下属部门，负责生产低级的色情书籍并在群众中发行。她说，内部工作人员称色科为"垃圾站"。她在那里工作了一年，参与生产那些装在密封盒里，起着诸如《打屁股故事集》或《女校一夜》等书名的小册子。群众青年会像购买违禁品一样偷偷摸摸地买了看。

"这些书写些什么？"温斯顿好奇地问。

"噢，垃圾到极点。无聊透顶，真的。情节一共就六种，他们颠来倒去地用。当然，我只负责'万花筒'，从来没去改写组干过。我没文化，亲爱的，还不够格干那种活。"

他得知色科里除了部门领导，工作人员全是女孩的时候，吃了一惊。如此安排的理论依据是，男人的性本能比女人的难控制，更有可能被自己生产的淫秽作品腐蚀。

"他们甚至也不用已婚妇女，"她补充道，"女孩通常被认为很纯洁。不过你身边这个不算。"

她十六岁时谈了第一场恋爱,对象是一个六十岁的党员,后来他为了避免被抓自杀了。"了断得也算干净利落,"茱莉亚说,"否则在他招供的时候,会把我供出来。"在此之后,她又谈了各种各样的男人。在她看来,生活很简单。你想要获得快乐,"他们"——指的是党——会阻挠你拥有快乐,你得尽可能打破规矩。她似乎认为,"他们"想剥夺你的快乐和你想要逃避抓捕一样,都是自然而然的事。她憎恨党,而且会用最粗鄙的字眼来表达这个想法,但并没有对党进行概括性的批评。除非涉及她的个人生活,她对党的教义毫无兴趣。他发现,除了那些已经成为日常用语的字词以外,她从不用新话词汇。她从未听说过兄弟会,也不相信其存在。在她看来,任何有组织的反党叛乱都注定会失败,因此那么做十分愚蠢。聪明人会在破坏规定的同时保全自己。他茫然地想,生长于革命后的年青一代中,又有多少人能像她这样。那些年轻人什么都不懂,坚信党和天空一样,是不可撼动的,他们绝不会反抗党的权威,而是一味躲避,就像野兔躲避猎狗一样。

他们没有讨论结婚的可能性。这种事太过遥远,不值得去想。即便能够摆脱温斯顿的妻子凯瑟琳,也无法想象哪个委员会会批准这样一桩婚姻。就算在白日梦中,这样的事也是绝无希望的。

"你老婆是个怎样的人?"茱莉亚说。

"她啊,你知道新话中有个词叫'思想好'吗?意思是天生思想正统,不会有坏想法。"

"不,我不知道这个词,但我知道这类人,再了解不过了。"

他开始跟她讲自己的婚后生活,但奇怪的是,她仿佛早就知道了其中的关键部分。像是亲眼见过,亲身经历过一样。他跟她描述,他一碰凯瑟琳,她的身体就开始僵硬,甚至在她双手紧紧抱着温斯顿的时候,依然像在全力将他推开。跟茱莉亚在一起,他觉得说这些事一点都不难以启齿。总之,想起凯瑟琳,温斯顿感到的早已不是痛苦,而是厌恶。

"要不是那件事,我本还可以忍下去。"他说。并对她讲述了凯瑟琳强迫他每隔一周晚上必须进行的那个索然无味的仪式。"她恨那件事,却没有什么能阻止她去做。她曾经称这件事为……你肯定猜不到。"

"为党尽义务。"茱莉亚马上说。

"你怎么知道?"

"我也上过学,亲爱的。十六岁以上的学生,每月要接受一次性教育,青年团里也有。他们会年复一年将这种理论灌输给你。我敢说在很多人身上奏效了。但是,这件事谁都说不准，人人都是伪君子。"

她开始借题发挥讲了起来。和茱莉亚在一起，所有事都能扯到她自己的性欲上来，一涉及这个话题，她总能一针见血。和温斯顿不同，她已经抓住了党施行禁欲主义的深层含义——不仅因为性本能能够形成一个不受党控制的世界，因而必须摧毁，而且更重要的是性压抑会导致歇斯底里，而这种歇斯底里能够转化为战争狂热和领袖崇拜，这正中党的下怀。她是这么说的："做爱时，你会耗尽精力。之后会感到愉悦，所以不管发生什么事，你都无所谓。他们无法忍受你这样。他们要让你时刻精力充沛，来回游行、摇旗欢呼，所有这一切都是性欲的变态发泄形式。如果你心里高兴，干吗还要为老大哥、三年计划、两分钟仇恨节目这类莫名其妙的事激动呢？"

一点也没错，他想，禁欲和政治正统之间确实存在直接而紧密的联系。因为除了压抑某种强大的本能，并将其转化为动力之外，还有什么能把党要求党员具备的恐惧、仇恨、疯狂的盲从保持在适当高度？性冲动对党来说是危险的，于是党对此加以利用。他们也对父母的天性采取了类似手段加以玩弄。家庭是无法完全废除的，而事实上，党也鼓励人们以一种古而有之的方式爱自己的孩子。而另一方面，党则有计划地教孩子与父母为敌，教他们监视父母并汇报其越轨行为。家庭实际上成了思想警察的衍生品。如此一来，不论白天黑夜，每个人身边都会有告密者，而这些告密者正是和他们十分亲近的人。

他冷不丁回想起凯瑟琳。凯瑟琳要不是因为太蠢而没发现他的异端思想的话，无疑早就向思想警察揭发他了。但这时真正让他想起凯瑟琳的却是午后令人窒息的闷热，他额头已经因此冒汗。他开始向茱莉亚讲述之前发生过的一件事，或者说未能发生的一件事。这件事发生在十一年前，也是在一个闷热的夏日午后。

那时，他和凯瑟琳刚结婚三四个月。两人参加社区远足来到肯特郡的时候迷了路。他们只落后其他人几分钟时间，但拐错了个弯，不久发现走到了一座旧白垩矿厂边缘。陡峭的悬崖有十到二十米深，底下全是大石头。周围没人可以问路。一发现迷路，凯瑟琳就变得心神不宁，哪怕和那些吵吵嚷嚷的同伴只分开一小会，也让她有一种做错事的感觉，她想赶紧按原路返回，换一个方向寻找。就在此刻，温斯顿发现脚下的崖壁上长着几丛珍珠菜，其中一丛有品红、砖红两种颜色，显然是同一株上长出来的。他以前从没见过这样的花，于是喊凯瑟琳过来看。

"看，凯瑟琳！看这些花。靠近底下的那丛，看到了吗？有两种颜色。"

她本已经转身想走，但还是不情愿地折了回来，站在悬崖边探出身子朝他手指的方向看去。他站在她身后不远处，用手扶住她的腰好让她站稳。这时他突然意识到这附近连个人影都没有，仅有他们两个。连树叶都纹丝不动，甚至没有一声鸟鸣，在这种地方，装有话筒的可能性是很小的，就算有，也只能录到声音而已。正值下午最热，最容易打瞌睡的时刻，太阳火辣辣地照着他俩，汗滴在他的脸上流下，痒痒的。一个想法突然冒了出来……

"为什么不推她？"茱莉亚说，"要我的话我就推。"

"是啊，亲爱的，你的话你会推。要是我现在，也会推。或者说可能会推，我不确定。"

"你后悔没推吗？"

"是的，总体来说，我后悔没推。"

他们肩并肩坐在满是灰尘的地板上，他把她拉向自己，她的头枕在他的肩上，令人愉悦的发香盖过了鸽子粪的臭味。他想，她还很年轻，仍对生活有所期待，并不理解把一个碍事的人推下悬崖并不能解决任何问题。

"其实那也无济于事。"他说。

"那你为什么后悔没推？"

"仅仅因为比起消极应付，我更喜欢主动出击。在这场我们参与的游戏中，我们无法获胜。只不过失败的方式有好有坏而已。"

他感到她耸了耸肩表示不同意。当然说起这类事的时候,她总是反对。她不会接受个人总会失败是自然规律这种说法。虽然她从某种意义上也知道自己必死无疑,思想警察早晚会抓到她并将她处死,但在她内心的另一个角落,她相信建立一个可以按自己意愿生活的秘密世界多少还是可能的。需要的只是运气、狡黠、无畏。她不懂这个世界上根本没有幸福这回事,唯一的胜利将在遥远的将来,你死后很久才会取得,因而从对党宣战的那一刻起,你最好把自己当作一具尸体来看待。

"我们是死人。"他说。

"我们还没死。"茱莉亚实话实说。

"我不是指肉体上。六个月,一年或五年,应该还是能活得到的。我怕死。你年轻,所以想必要比我更怕死。显然我们应该尽可能地把死期向后推,但几乎不会改变什么。只要人类依然保持人性,那生和死都一样。"

"呸,瞎说!你更愿意和谁睡,和我还是和一具骷髅?你不喜欢活着吗?你不喜欢这种感觉吗?这是我,这是我的手,这是我的腿,我是真实的,实实在在的,活着的!你不喜欢这样吗?"

她扭过身,胸脯抵着他。他能透过工作服感受到她的胸部,丰满而紧实。她的身体似乎要把青春与活力注入他体内。

"是,我喜欢这样。"他说。

"那就别说死。现在听我说,亲爱的,我们必须确定下回见面的时间。我们还可以回到树林里的那个地方,已经隔了这么长时间没去了。但你这回必须换一个路线过去。我已经都计划好了,你坐火车,瞧,我这就给你画出来。"

茱莉亚以她特有的务实方式聚拢一小方尘土,从鸽子窝上面取下一根树枝,开始在地板上画地图。

第四章

温斯顿环顾了一下查林顿先生店铺二楼的破旧小房间。窗下那张大床已经铺上了一条破毯子,上面还放着一个没套枕套的长靠枕。十二小时制的老式座钟在壁炉台上滴滴答答走着。墙角的折叠桌上,他上次买的那个玻璃镇纸在半明半暗的光线中发出幽幽的柔光。

壁炉围栏里放着查林顿先生给的一个破旧的锡制煤油炉、一口炖锅、两只茶杯。温斯顿点上炉子,在上面烧上一锅水。他带来了满满一信封胜利咖啡和几块糖精片。时钟指针显示7点20分,其实是19点20分。她19点30分到。

愚蠢啊,愚蠢,他心里不停地说,明知故犯、无缘无故、自寻死路的愚蠢。所有党员能犯的罪行中,就数这一条是最不能掩盖的。事实上,这个念头起初浮现在他的脑海中,是以折叠桌光滑的桌面反射出玻璃镇纸的画面出现的。正如温斯顿预想的一样,查林顿先生毫不犹豫地就把这间房间出租了,他显然很高兴能有几块钱入账,当知道温斯顿要这间房间是为了幽会,他也没表露出吃惊或反感。反而顾左右而言他,神情微妙,让人觉得他好像半隐形了一样。他说，独处是十分宝贵的，每个人都想要这么一个地方，可以让他们偶尔独自待着，当他们找到了这么一个地方，任何知情的人都不应声张，这是最基本的礼貌。他甚至还说这栋房子有两个出口，其中一个穿过后院，直通一个小巷。说话时，他似乎已经遁于无形。

窗下有人在唱歌。温斯顿躲在平纹细布窗帘后面偷偷向外张望。六月，太阳依旧高悬，洒满阳光的院子里有一个五大三粗的女人正迈着笨重的脚步来回于洗衣盆和晾衣绳之间，晾出一批白色见方的东西，温斯顿认出那是婴儿尿布。这个女人壮得像诺曼式建筑的立柱，胳膊通红，腰上围着粗麻布围裙。只要嘴里没叼着夹子，就会用浑厚的女低音唱道：

这无望的爱恋，
如四月般逝去，
一个眼神，一句言辞，搅乱了我的梦！
偷走了我的心！

这首歌已经在伦敦传唱了好几周。这是音乐司下属的一个部门为群众创作的无数类似歌曲中的一首。歌词是由一种名为写歌机的机器制作，完全不需要任何人力。但这个女人唱得如此动听，把这首难听至极的垃圾歌曲几乎变成了一首悦耳的好歌。除了能听到那个女人在唱歌,他同时还能听到她的鞋子在石板路上的摩擦声、街头孩子的叫嚷声、远处隐隐的交通嘈杂声,而多亏没有电屏,房间里出奇地安静。

愚蠢,愚蠢,愚蠢!他又开始想。他们到这里幽会,不出几周肯定会被抓到。但是拥有一个真正属于自己的、室内的而且近在咫尺的藏身处,这样的诱惑对他们来说实在是太大了。在教堂钟楼相会之后的一段时间里,他们都没办法安排碰面。为了迎接仇恨周,工作时间大大延长。离仇恨周还有一个多月,但是冗杂的准备工作使得每个人都不得不加班加点。最后,两人终于设法在同一天下午休息。他们之前商量好这次去树林里的空地上。那天前一晚,他俩在街上短暂地见了个面。和平常一样,两人在人群中慢慢走近的时候,温斯顿几乎没看茱莉亚,但匆匆的一瞥让他觉得她的脸色比平时苍白。

"全完了,"她确认可以安全说话后,马上开口低声说道,"我是说明天。"

"什么?"

"明天下午,我来不了。"

"怎么就来不了了?"

"唉,就是那个。这次来得比较早。"

在那么一瞬间,他气得不行。在他认识她的一个月里，他对她的欲望发生了本质上的变化。起初，这种欲望中性欲的成分很少，他们第一次做爱只是觉得理应如此。之后第二次就变得不同了，她的发香、她嘴唇的味道、皮肤的触感似乎已经融入了他的身体，或者说渗入了他周围的空气。她已经成了他生理上的必需品，变成了一种他不但需要，而且觉得有权拥有的东西。她一说不能来，他就觉得她在骗他。而就在这时，人群把他俩挤到了一起，两人的手在无意中碰了一下。她迅速地捏了一下他的指尖，而这个动作勾起的不是性欲而是爱意。他突然想到，男人和女人一起生活时，这种失望必定再正常不过，且会时时发生。他的内心被一种深深的柔情占据，这是一种在此之前他对她从未有过的柔情。他希望他们是一对已经结婚十年的夫妻，他希望到那时两人能够同现在一样一起走在街上，却是正大光明的，毫无畏惧的，说着生活琐事，买些家用杂物。他最希望的是两人能够拥有一个独处的地方，而不必每次见面都觉得非做爱不可。而事实上，把查林顿先生的房间租下来的想法是在第二天，而不是在当时重回他脑海的。当他向茱莉亚提议的时候，她出乎意料地欣然同意了。两人都知道这是个疯狂的举动，如同有意走向坟墓。他坐在床边等待的时候，又一次想起仁爱部的地下室。说也奇怪，那命中注定的可怖之事竟然可以在人的意识中进进出出。那件事就在那里，在未来的某个时刻，在死亡之前,就像九十九之后是一百一样确凿无疑。你无法躲避,但或许能够推迟。不过恰恰相反,人们总会时不时有意识地做一些事,缩短那件事发生前的那段间隙,让其提前发生。

这时,楼梯上传来一阵急促的脚步声。茱莉亚冲进房间,手里拎着一个粗糙的棕色帆布工具包,就是他有时在部里见她拎着上下班的那个。他上前搂她,但她急忙挣脱开来,一部分原因是她手里还抓着包。

"等一会,"她说,"给你看看我带来了什么。你有没有带恶心的胜利咖啡?肯定带了吧。扔了,我们不需要了。看这里。"

她跪到地上,一把扯开工具包,把上面一层扳手、螺丝刀之类的东西掏出来,下面整整齐齐地排着几个纸包。她递给温斯顿的第一个纸包有一种奇怪却又隐约很熟悉的感觉。里面装着某种沉甸甸的,沙子一样的东西,一捏一个坑。

"是糖吗?"他说。

"是真正的糖。不是糖精,是糖。还有一块面包,真正的白面包,不是我们吃的那种鬼东西。还有一小罐果酱。这儿还有一罐牛奶。不过,看!这东西我超爱的,我不得不在外面包了些麻袋布,因为……"

不过似乎她不需要告诉他为什么要把它包起来。香味已经弥漫了整个房间,是一种浓郁强烈的气味,似乎来自于他的童年,但即便是当下,依然偶尔能够闻得到。在门关上之前在过道上飘散,或者在熙攘的大街上弥漫,一瞬间能够嗅到,却又马上消失无踪。

"是咖啡,"他喃喃说道,"真正的咖啡。"

"是核心党咖啡。整整一公斤。"她说。

"你怎么搞到这些东西的?"

"这些都是核心党用品。那些猪猡什么都有,一样不缺。当然,服务员、勤务员也能顺手牵羊,嗯,看,我还弄到一包茶叶。"

温斯顿在她身边蹲下,撕开纸包的一角。

"是真正的茶叶,不是黑莓叶。"

"最近有不少茶叶,不知道他们是攻占了印度还是哪儿。"她含糊地说,"不过亲爱的,你听好,我想要你转过身背对我三分钟。去坐在床的另一边,不要离窗户太近。我叫你转身你再转身。"

温斯顿茫然地透过细布窗帘向外看。下面的院子里,那个手臂通红的女人依然踏着大步在洗衣盆和晾衣绳之间来来回回,她从嘴上拿下两个夹子,深情地唱道:

他们说时间可以治愈一切,
说你迟早会忘记,

但多年来的笑容和泪水,
仍让我思绪万千!

她好像对这首口水歌烂熟于心,歌声伴着怡人的夏日微风袅袅上升,十分悦耳动听,并且带着一种甜蜜的忧伤。人们会有一种感觉,就是如果六月的夜晚无穷无尽,要洗的衣服没完没了,哪怕让她在这儿待上一千年,边晾尿布边唱垃圾歌曲,她都能甘之如饴。他突然想到一件奇怪的事,就是他从没听过党员独自自发地唱歌。这种行为似乎看起来有点不那么正派,就像自言自语一样是一种危险的怪癖。可能只有当人们吃不饱肚子的时候,才会有题材可唱。

"你可以转过来了。"茱莉亚说。

他转过身,一时几乎没能认出她来。事实上,他原本期待的是看到她赤身裸体,但她并没有赤身裸体。现在发生的转变比看到她赤身裸体要令人吃惊得多。她脸上化了妆。

她一定是溜进了贫民区某个商店买了一整套化妆品。她的嘴唇抹成了深红色,脸颊搽了胭脂,鼻子也扑了粉,甚至眼睛下面还涂了什么东西,看起来更亮了。这个妆化得不算高明,但温斯顿在这方面的要求也不高。他以前从没见过,也从没想象过女党员会在脸上涂脂抹粉。她的容貌有了惊人的提升，只是在脸上正确的部位上了一些颜色，就让她看起来不仅漂亮了许多，而且最重要的是，变得更有女人味了。她的一头短发和男孩子气的工作服只是加强了这种效果。他搂着她的时候，一股人工合成的紫罗兰香味涌进了他的鼻子。他记起了昏暗的地下室厨房，还有女人黑洞洞的嘴。那女人用的是同样的香水，但此时这已经不重要了。

"还涂了香水啊！"他说。

"是啊，亲爱的，还涂了香水。你知道我接下来要做什么吗？我要去弄条真正的女式连衣裙穿，再不穿这破裤子了。我还要穿丝袜和高跟鞋！在这间房里，我要做一个女人，而不是党员同志。"

他们扯掉身上的衣服，爬上了红木大床。这是他第一次在她面前脱光。直到现在，他还是对自己苍白瘦弱的身体，小腿上突出的静脉曲张，以及脚踝上变了颜色的伤疤感到自惭形秽。床上没有床单，但他们身下的毯子已经被磨得十分光滑。两人都没想到这张床竟然这么大，弹性还那么好。"床上肯定到处都是臭虫，不过管他呢。"除了在群众的家里，现在人们已经看不到双人床了。这种床温斯顿小时候偶尔睡过，在茱莉亚的印象中，她一次都没睡过。

很快他们就睡着了。温斯顿醒来的时候，时钟的指针已经悄悄地移到快9点的位置了。他并没有动,因为茱莉亚还在他的臂弯中睡得正香。脸上大部分的妆都蹭掉了,不是蹭到了他的脸上,就是蹭到了长靠枕上。但是一抹淡淡的胭脂依然凸显出她美丽的脸颊。夕阳黄色的余晖穿过床脚,照亮了壁炉。锅里的水沸腾着。下面院子里,那个女人已经停止歌唱,不过街上孩子的叫嚷声仍依稀飘进了房间。他隐隐约约地想,在这么一个凉爽的夏夜,一男一女赤身躺在床上,想做爱就做爱,想聊什么就聊什么,没有觉得非起床不可,就这么躺着,听着外面平和的声音,这种事情在那业已被摧毁的过去,是否是一件稀松平常的事?肯定不会有什么时候,这种事会是平常的吧?茱莉亚醒了,揉了揉眼睛,用胳膊撑起身子,看着煤油炉。

"水都烧干一半了,"她说,"我起床,过会煮些咖啡,我们还有一个钟头时间。你家什么时候熄灯?"

"23点30分。"

"我宿舍23点熄灯。不过得提前回去,因为……嘿!滚开!你这脏东西!"

她突然扭过身探出床沿,从地板上抓起一只鞋子,像男孩子一样猛地抡起胳膊把鞋朝屋角扔去,这动作和那天早晨两分钟仇恨节目的时候,她朝古登斯坦扔字典如出一辙。

"是什么?"他吃惊地问。

"老鼠。我看到它从护壁板下面伸出鼻子,那边下面有个洞。不管怎样,我狠狠地吓了它一下。"

"老鼠!"温斯顿喃喃地说,"在房间里啊!"

"到处都有,"茱莉亚躺下身子,满不在乎地说,"我们还在宿舍厨房抓到过呢。在伦敦的一些区域,老鼠已经泛滥成灾了。你知道它们有时候还会袭击小孩子吗?会的,它们真的会。有几条街上,女人们都不敢离开婴儿两分钟时间,都是那些个头巨大、毛是褐色的老鼠干的。恶心的是这些家伙会……"

"别说了!"温斯顿紧紧闭着双眼说。

"亲爱的!你脸色都发白了,怎么了?被它们恶心到了?"

"世界上最可怕的东西就是老鼠!"

她紧紧地抱住他,四肢缠绕在他身上,像是在用自己的体温抚慰他一样。他没有立即睁开眼睛。有那么一会儿,他觉得自己回到了那个在他一生中反复出现的噩梦中,梦境总是一模一样。他站在一堵黑暗之墙前,墙的另一端是某种无法忍受、可怕得让人不敢面对的东西。在梦里,他最深刻的感受是一种掩耳盗铃般的自欺,因为他其实知道黑暗之墙背后到底是什么。只要奋力一试,像把自己的大脑扯一块下来那样,他甚至就能把那东西拉到明处了,不过他总在还没有发现那东西是什么之前就醒来。不过那个东西不知怎的,和他打断茱莉亚的话时她正说着的东西有关。

"真不好意思,"他说,"没事了,我不喜欢老鼠,仅此而已。"

"别担心,亲爱的,这边不会再有那些脏东西了。我们走之前,我会用布把那个洞堵起来。下次来的时候,我带些灰泥,把它好好堵上。"

刚才那惊惶的黑色时刻大半已抛诸脑后。温斯顿靠着床头坐起来,觉得有点难为情。茱莉亚下床穿好工作服,去煮咖啡。锅里冒出的香味是如此浓烈且让人振奋,他俩不得不把窗关上,以免外面有人闻到后心生好奇。比咖啡味道更好的是加了糖以后那丝滑的口感。吃了多年糖精后,温斯顿几乎把这种口感淡忘了。茱莉亚一手插口袋,一手拿着一片涂了果酱的面包,在屋里走来走去。她漫不经心地瞥了眼书架,指出修理折叠桌的最佳办法。她一屁股坐到破旧的扶手椅上,感受一下舒不舒服。她以一种带着宽容的娱乐精神仔细端详那个滑稽的十二小时制座钟。她把玻璃镇纸拿到床边,在光线比较好的地方仔细端详。他从她手里拿过镇纸,这块玻璃雨水般温润的质感每次都让他心醉神迷。

"你觉得这是什么东西?"茱莉亚说。

"我觉得它什么都不是,我的意思是,我觉得这东西没派过什么用场,我就喜欢这一点。这是一段他们忘了篡改的历史。如果有人懂得如何解读的话,这还是一则来自一百年以前的消息。"

"挂在那边的画,"她朝着对面墙上的版画扬了扬下巴,"会不会有一百年?"

"不止。我敢说,得有二百年了。不过谁都说不准,现在没人能弄清楚东西的年代。"

她走过去看画,"那东西就是从这里探出鼻子的,"说着踢了踢画正下方的护壁板,"这是什么地方?我好像在哪里见过。"

"这是座教堂,或者说至少曾经是座教堂。名字叫圣克莱蒙教堂。"查林顿先生教他的那几句歌谣片段又浮现在他的脑海中,他带着些许怀旧吟了出来,"圣克莱蒙的钟声唱着:橙子和柠檬。"

让他大吃一惊的是,她居然接了下去:

圣马丁的钟声说着:你欠我三法新,
老贝利的钟声喊着:你什么时候还我?……

"我不记得接下来的词了。但不管怎样,我记得最后一句是'点起蜡烛让你去睡觉,抡起斧子把你头砍掉'。"

这就像是接头暗号的两部分,不过,在"老贝利的钟声喊着"后面，肯定还有一句，如果给予适当的提示，也许能从查林顿先生的记忆中挖掘出来。

"谁教你的？"他说。

"我爷爷。我小时候他曾经念给我听过。我八岁那年他人间蒸发了，反正就是不见了。我想知道，柠檬是什么，"她扯开话题，说道"我见过橙子，那是一种圆圆的黄色水果，皮很厚。"

"我记得柠檬，"温斯顿说，"50年代的时候很常见，味道特别酸，闻一闻都会让牙齿发软。"

"我敢打赌这幅画后面有臭虫，"茱莉亚说，"哪天我把它卸下来好好洗洗。我觉得我们该走了，我得马上把脸上的妆洗掉，真烦人！过会我再把你脸上的口红印擦掉。"

温斯顿又躺了几分钟。房间里暗了下来，他转身对着光，盯着那块玻璃镇纸，它让人百看不厌的地方并不是里面的珊瑚，而是玻璃内部的空间，有深度，但又如同空气般透明。玻璃表面就好像是苍穹，笼罩着下面那个小小的世界，连大气层都一应俱全。他感觉自己能够进入那个世界，事实上，他已经身处其中，与他一起的，还有红木床、折叠桌、座钟、钢板雕刻版画，以及镇纸本身。镇纸即是他身处的这个房间，珊瑚是茱莉亚和他自己的生命，镶在晶体的中心，成为某种永恒。

第五章

塞姆消失了。一天早晨，他没来上班。几个缺心眼的人还议论他旷工。到了第二天，就再没人提起他了。第三天温斯顿走到档案司的门厅看布告板，有一个布告上印着象棋委员会的名单，塞姆曾经是其中之一。这份名单看上去和之前的几乎一模一样，并没有划去任何人的名字，但却少了一个人名。这就足够了，塞姆已经不存在了，他从未存在过。

天气酷热难当。在迷宫般的部里，没有窗户，开着空调的房间保持着常温，但是在外面，人行道被晒得烫脚，高峰时段的地铁里臭气熏天。仇恨周的准备正如火如荼地进行，各司的工作人员都在加班加点。游行、会议、阅兵、演讲、蜡像展览、电影展、电屏节目都得组织安排起来。此外还得搭摊位、制作模拟人像、撰写口号、谱写歌曲、传播谣言、伪造照片。小说司里茱莉亚那个部门已经停止生产小说，转而赶制一批揭露敌人暴行的小册子。温斯顿除了日常工作之外，每天还要花费大量的时间检查过去的《泰晤士报》档案，修改、润色将要在演讲中被引用的内容。一群群吵嚷的群众深更半夜在街上闲逛，整个城市呈现出异样的火热气氛。火箭弹的袭击比以往更为频繁了。有时在远处会传来巨大的爆炸声，谁都无法解释，而与之相关的谣言却此起彼伏。

一首即将作为仇恨周主题曲的新歌（歌名为《仇恨之歌》）已经谱写完成，正在电屏上没完没了地播放。这首歌节奏野蛮，像吠叫一般，根本称不上是音乐，倒和鼓声有几分相像。歌曲配合着行军的步伐，由几百个人一齐吼唱，令人不寒而栗。群众已经爱上了这歌，在深夜的街上，这首歌和另一首仍然还在流行的《只是场无望的爱恋》此起彼伏。帕森斯家的孩子没日没夜地用卫生纸包着梳子吹这首歌，令人不胜其烦。温斯顿晚上的工作从未排得像现在这么满过。帕森斯组织的志愿者小队正在为这条街的仇恨周活动作准备。他们缝制横幅、绘制海报、在楼顶上竖旗杆，还冒险从街道上方两端拉起铁丝，用来挂三角旗。帕森斯吹嘘单单胜利大厦一栋楼就会挂出长达四百米的彩旗。在这类活动中，他如鱼得水，兴高采烈。天气炎热加上体力劳动让他有借口连晚上都穿着短裤和开襟衬衫。不管哪里，一有需要他就会马上过去，推拉锯敲、就地取材、用同志间劝告的口吻为每个人打气，同时，身上每一处皮肉相叠的褶皱里，都源源不断地散发出刺鼻的汗臭。

同样一幅新海报突然贴满了伦敦全城。上面没有说明文字，只有一个野蛮的欧亚国士兵形象，有三四米高，一张蒙古人种的脸，面无表情，脚上穿着巨大的靴子，正大步前行，冲锋枪从腰的一旁伸出来。不论你从哪个角度看，用透视法放大的冲锋枪枪口都直直对着你。海报贴满了每面墙的每块空白处，数量甚至超过了老大哥的画像。平常对战争漠不关心的群众也受到鼓动，激起了一阵间歇性的爱国主义狂热。像要配合大众的情绪一般，被火箭弹炸死的人数也比平常的要多。一枚火箭弹落在了斯特普内区的一家拥挤的电影院里，将几百个受害者埋在了废墟中。附近的所有居民都出门，参加一场拖得很久的葬礼，葬礼持续了好几个小时，最后演变成一场泄愤大会。另一枚弹落在了一块用作游乐场的荒地上，几十个孩子被炸得粉身碎骨。后来爆发了愤怒的游行，古登斯坦的画像被焚毁，几百张欧亚国士兵的海报被撕下扔到了火堆中，混乱中许多家店铺遭到了洗劫。接着，四处传播着一条谣言，说有间谍用无线电波为火箭弹定位。一对老夫妇被怀疑有外国血统，他们的房子因此被烧毁，两人都因为大火而窒息身亡。

查林顿先生店铺楼上的房间里，他俩每次只要去，就会并排躺在打开的窗下那张没有被褥的床上，为了图凉快，两人会脱个精光。老鼠再没有出现，但是臭虫却在炎热中以惊人的速度繁殖。这似乎也没什么大不了，无论肮脏还是干净，这间房间就是天堂。他俩一到这里，就用在黑市上买来的黑胡椒到处撒，接着扯掉衣服，满身是汗地云雨一番，然后沉沉入睡。醒来后发现臭虫已经重整旗鼓，准备发动反攻。

六月间，他们幽会了四次、五次、六次、七次。温斯顿戒掉了一天到晚喝金酒的习惯，他似乎不再有那种需要了。他胖了，静脉曲张溃疡也好了，只在脚踝上方留下了一块褐色的疤痕。清晨的急促的咳嗽也停了。生活不再让他觉得无法忍受，他也不再有对着电屏做鬼脸或是高声骂脏话的冲动了。现在他们拥有了一个安全的藏身处，几乎像个家一样。即便只能偶尔见面，并且每次只有几个小时，似乎也不觉得苦。重要的是，旧货店楼上这间房间必须存在。知道它在那里安然无恙就相当于身处其中。这个房间自成一个世界，是一块袖珍的过去，现已灭绝的动物可以在那里徜徉。温斯顿想，查林顿先生也是另一种现已灭绝的动物。他经常在上楼前驻足和查林顿先生聊上几句。这个老人似乎不怎么出门，或者从来不出门。另一方面，这个店铺也几乎没人光顾。他像个魂灵一样出没于这间又黑又小的店铺和更小的后厨之间。他在后厨做饭，厨房里除了其他东西，还有一台老得令人难以置信的留声机，上面有一个巨大的喇叭。他似乎很乐意与人聊天。他鼻子尖尖的，戴着厚眼睛，穿着丝绒西装，驼着背在那些一文不值的存货间踱来踱去，神情隐约像个收藏家而不是商人。他会带着一丝热情在一堆垃圾里摸摸这，摸摸那——瓷瓶塞、破鼻烟盒的彩绘盖子、装着一绺某个早已夭亡的婴儿头发的黄铜吊坠……也从不问温斯顿要不要买，只是让温斯顿好好欣赏。与他聊天就好像听一个破旧的八音盒叮咚作响，他从记忆深处又挖出了几句歌谣片段，其中一首讲二十四只黑八哥，另一首讲弯角奶牛，还有一首讲可怜的知更鸟先生之死。每次想起一段新歌谣的时候，他总会不以为意地笑笑说："我觉得你应该会对这段感兴趣。"但是每首歌谣，他都只能记起三两句。

温斯顿和茱莉亚都清楚——从某种意义上说，这个念头从来没有从他们脑中消失过——眼前的一切不可能长久。有时，死亡正在逼近这一事实就像他们身下的床一样真切，他们会带着绝望纵欲，紧紧相拥，就像遭受审判，即将堕入地狱的灵魂，在钟声敲响前五分钟，纵情享受最后的欢愉。但有时候，他们不仅会幻想两人是安全的，而且可以天长地久。两人都觉得，只要真的待在这个房间里，就不会受到伤害。虽然来这里的路上困难重重、危机四伏，但是这个房间本身就是避难所。温斯顿盯着镇纸中心看的时候，总觉得能够进入那个玻璃的世界，一旦进去，时间就会凝固。他们常常让自己沉溺在逃避现实的白日梦中，觉得好运会一直持续下去，觉得下半辈子都能像现在一样偷偷摸摸地混在一起。要么凯瑟琳会死掉，这样两人精心安排一下就能结婚。要么两人可以一同自杀。要么结伴出逃，隐姓埋名，学着群众的口音说话，在工厂找份工作，在某条小街上过着隐居的生活。不过，两人都知道，这些都是痴心妄想。在现实生活中他们根本无处可逃。哪怕唯一可行的方案——自杀——他们也无意为之。日复一日，周复一周，得过且过，虽然毫无未来可言，却苟延残喘，这似乎是人类不可遏制的本能，就好像只要有空气，人的肺就会不由自主地呼吸一样。

有时，他们也会谈论采取实际的反党行动，但是总想不出如何踏出第一步。就算传说中的兄弟会真实存在，如何加入依然是个难题。他告诉她，自己和奥伯里恩之间存在着，或者说似乎存在着一种奇怪的亲切感，还有他有时候会有一个冲动，想径直走到奥伯里恩跟前，宣布自己是党的敌人并寻求对方的帮助。很奇怪的是，她并不觉得这是一个鲁莽至极的举动，她习惯于以貌取人，所以温斯顿因为一个眼神而认为奥伯里恩值得信赖，对她来说似乎是很自然的事。此外，她想当然地认为每一个人，或者说几乎每一个人私下里都恨党，一旦觉得安全，就会违反规定。但她不相信存在，或可能存在分布广泛并且有组织的反动派。她说，有关古登斯坦和其地下军队的传言只是党为了达到自己的目的而编造出来的,你不得不假装相信。在无数次党的集会以及自发的游行中,她扯着嗓子高喊,要求处死那些她既没有听说过名字,也根本不相信犯下了被控罪行的人。举行公审时,她会和其他青年团的成员一起,围着法庭,从早到晚,每隔一段时间就喊一句"处死叛徒"。两分钟仇恨节目进行时,在辱骂古登斯坦的时候,她总是骂得比别人更大声。不过,她对古登斯坦本人,和他所宣扬的主义却知之甚少。她是革命后成长起来的一代,年纪太小,不知道五六十年代发生的意识形态斗争。她无法想象会有独立的政治运动这类事,她觉得党无论如何都是不可战胜的。党永远存在,而且经久不变。你反抗党的方式只有暗中不服从,或者最多实施一些孤立的暴力行为,例如杀掉某个人或炸掉某个东西。

在某些方面,她比温斯顿敏锐得多,党的宣传对她的影响也小得多。有一次,他碰巧提到与欧亚国的战争,她漫不经心地说在她看来根本没在打仗,这让温斯顿大吃一惊。她说每天掉在伦敦的火箭弹可能是大洋国政府自己发射的,用来"吓唬老百姓而已"。这种看法是他从未想到过的。她还说在两分钟仇恨节目期间,她总要忍住不让自己笑出声来。这一点让他觉得多少有些羡慕。但她只有当党的教义触及她自己生活的时候,才会对其产生质疑。通常,她会坦然接受官方的胡说八道,仅仅因为在她看来，对和错之间的区别似乎并不重要。例如，她在学校里学到过飞机是由党发明的，她相信这个说法。（温斯顿记得，在他读书的时候，也就是50年代末，党只声称发明了直升机。刚过了十几年，茱莉亚读书的时候，党便已经声称发明了飞机。到了下一代，就要宣称蒸汽机都是党发明的了。）他告诉她在他出生以前，在距离革命爆发很久以前，飞机就已经存在了，但她对这个事实完全不感兴趣。说到底，飞机是谁发明的又有什么关系呢？从两人偶尔的谈话中，他发现她不记得四年前大洋国正和东亚国开战，而和欧亚国处于和平状态，这一点令他更为吃惊。没错，她认为整场战争都是假的，但很显然她甚至都没有注意到敌人的名字已经变了。"我以为我们一直在和欧亚国打仗。"她含糊地说。这使他感到有点吃惊。诚然，飞机是在她出生前很久发明的，但是战争对象的改变仅仅在四年前，她那时候早已成年。他和她针对这个话题争论了将近一刻钟。最后，他总算成功使她的记忆复苏，让她多少记起有那么一段时间，敌人是东亚国而非欧亚国。但她依然觉得这件事不重要。"谁在乎呢？"她不耐烦地说，"狗屁战争一个接着一个，反正所有的新闻都是假的。"

有时候他会和她谈起档案司以及他在那里从事的无耻的伪造工作。这些事显然没有吓着她，想到谎言变为真实，她并没有觉得脚下出现了万丈深渊。他跟她讲起了琼斯、阿伦森、卢瑟福的故事,还有那张他曾经夹在指间的、重要的报纸。这件事也没给她留下很深的印象,事实上,一开始她甚至都没领会他讲这个故事的目的。

"他们是你的朋友?"她问。

"不,我和他们素不相识,他们是核心党员。而且,他们年龄比我大好多。他们是革命之前那个年代的人。我好不容易才认出了他们。"

"这有什么好担心的?每时每刻都有人被杀,不是吗?"

他试着让她理解:"这是个特例,不仅是某个人被杀的问题。你有没有意识到,从昨天开始,过去已经被摧毁了?如果过去还存在,那就在少量没有文字说明的实物上,比如说那块玻璃。我们已经对革命和革命之前的情况一无所知了。每一条记录要么被摧毁,要么被篡改;每一本书都被重写;每一张照片都被重印;每一座雕像、每一条街道、每一个建筑都被更名;每一个日期都被改动。而且这个过程每天、每分钟都在进行。历史已经停止了。除了党永远正确的无尽的当下之外,一切都不复存在。当然,我知道过去是被篡改了,但我无从证明,尽管我自己就在从事篡改工作。事情做完以后,任何证据都不会被留下。唯一的证据就在我心里,但我完全没有把握是否有人和我有着同样的记忆。我一辈子只有在那件事发生之后——好多年之后,才掌握了实实在在的证据。"

"那又有什么用?"

"没有用,因为几分钟后我就把它扔了。但如果同样的事情发生在今天,我会把证据保存下来。"

"好吧,我不会!"茱莉亚说,"我很愿意冒险,但只为值得的事,不会为了一片旧报纸。就算你把它保存下来了,你又能做什么呢?"

"也许也做不了什么事,但它是个证据。假如我把它拿给别人看的话,也许就能在各处撒下怀疑的种子。我觉得我们这代人是改变不了什么了,但我能想象各地会萌发小规模的反抗团体——一小群人聚集到一起,逐渐壮大,甚至还会留下一些记录。从而,后世的人们就能将他们未完成的事业继续下去。"

"我对下一代不感兴趣,亲爱的。我只对我们感兴趣。"

"你就只知道用下半身造反。"他说。

她觉得这句话特别风趣,高兴得扑到他的怀里。

她对党的理论分支完全不感兴趣。只要他开始谈起英社原则、双重思想、过去的可变性、否认客观现实、使用新话词汇,她就觉得不胜其烦、困惑无比,并说自己从来没有关注过这类事情。既然知道这些都是垃圾,那为什么还要去费心思呢?知道什么时候该欢呼,什么时候该喝倒彩，那就够了。如果他坚持要说这些话题，她就会习惯性地睡着，让他难堪。她是那种随时随地都能睡着的人。他发觉，和她说话时，在不知道正统为何意的情况下摆出一副思想正统的样子是多么地容易。从某种意义上说，党的世界观最容易灌输到那些无法理解它的人身上。能使他们接受再明显不过的违背现实的事情，因为这些人从未完全弄明白自己为此要付出多大的代价，而且他们对公共事件漠不关心，也没注意到发生了什么事。也正因为缺乏理解力，所以他们保持了清醒。他们不管什么都一口吞下，而他们吞下的东西伤害不到他们，因为这些东西在他们体内穿肠而过，就像一粒玉米未经消化就穿过鸟儿的身体一样。

第六章

那件事终于发生了。期望中的消息终于传来。他的一生仿佛都在等待这一刻。

在部里长长的走廊上,他走着。快走到茱莉亚之前把纸条偷偷塞到他手里的位置时,才发觉后面有个大高个子正跟着自己。只听到那个人轻咳一声,显然是想说话。温斯顿突然停下转身。是奥伯里恩。

他们终于面对面了,而温斯顿唯一的冲动似乎就是逃走。他的心猛烈地跳动,甚至说不出话来。可奥伯里恩继续按照之前的步调往前走,一只手友好地在温斯顿的胳膊上搭了一会儿,于是他们便并肩而行。那个人用相当有礼貌的语气说话,这是他与核心党大部分成员的不同之处。

"我一直想找个机会和你谈谈,"他说,"我有一次在《泰晤士报》上读了一篇你用新话写的文章。我觉得你对新话有学术上的兴趣,是吧?"

温斯顿稍稍定了定神,"很难说是学术上的,"他回答,"我只是个新手,那不是我的专长,我之前没做过什么跟语言实际结构有关的事。"

"但你倒写得一手好文章,"奥伯里恩说,"不只我一个人这么看。前不久,我刚和你的一个朋友说过,他可是个专家。不过一时之间,我想不起他的名字了。"

温斯顿的心再次刺痛起来。显然,话中所指是塞姆。但塞姆不仅已不在人世,而且已被消灭,只算非人了。只要提到他就有生命危险。奥伯里恩的话明显是个信号,是暗语——通过犯思想罪的小行动,把两个人变成了同盟。他们继续在走廊上慢慢走着,这时,奥伯里恩停下来,他扶了扶眼镜,成功地用这个动作表达奇怪的亲切感。接着,他继续说:"实际上,我想说的是在你的文章中,我注意到两个已经过时的词,不过也是最近才过时的。你见过第十版《新话字典》了吗?"

"没有,"温斯顿回答,"我想应该还没出版。我们档案司还在用第九版。"

"我觉得第十版过几个月就会出版了。不过已经有了几本样书,我也有一本,你应该有兴趣,想看看吧?"

"我很想看看。"温斯顿立刻就领会了话锋所指。

"有些修订还非常巧妙,动词词条删减了一些,我觉得这一点应该会吸引你。我想想,我是不是应该派个人把字典给你送过去?不过我总是忘记这种事,你方便的时候,能不能来我的公寓一趟?等一下,我给你地址。"

他们站在电屏前,看似心不在焉的奥伯里恩摸了摸两个口袋,拿出一个小的皮面本和一支金的彩色铅笔。他立刻就开始写,就在电屏下,电屏另一边的人完全能看清他写的内容。奥伯里恩写好地址,把纸页撕下来,递给温斯顿。

"我一般晚上在家,"他说,"如果我没在家,仆人就会把字典拿给你。"

奥伯里恩走了,留下拿着纸条的温斯顿,这一次,没有什么隐瞒的必要。无论如何,温斯顿小心地记下了上面的内容,几个小时后把那张纸条和其他文件一起丢进了记忆洞中。

他们那会儿最多只说了几分钟话,那番话的铺垫只有一个意义——让温斯顿知道奥伯里恩的地址。这很有必要,因为除非直接询问,否则根本不可能知道别人住的地方。根本没有任何形式的通讯录。"如果你想见我,就到这里来找我。"这就是奥伯里恩告诉温斯顿的事。也许,字典里暗藏着某种信息。但无论如何,有件事是确定的,温斯顿梦想中的阴谋的确存在,而他自己竟也已经接触到了外围。

温斯顿知道自己迟早会遵从奥伯里恩的召唤。也许在明天,也许在很久之后,他自己也不确定。刚发生的事不过是多年前就已开始的某个进程的结果。第一步就是秘密而自发的思考。第二步是开始记日记。温斯顿从思想过渡到了语言,现在就把语言变成了行动。最后一步将发生在仁爱部里。他早已接受了结局,结局已蕴含在开始之中。但结局让人害怕,或者更确切地说,结局是死亡的预告,就像少了一些生命力。哪怕他正在和奥伯里恩说话,一旦这些话的意义浮现在脑海,温斯顿就会脊背发凉。他觉得像走进了湿冷的墓穴,虽然他早就知道墓穴已在那里等着他,可还是会不寒而栗。

第七章

温斯顿醒了，满眼泪水。茱莉亚困倦地翻了个身，背对着他，模糊地说了点什么，好像是"怎么了？"之类的。

"我梦见……"温斯顿开口了，却不知从何说起。梦中的场景太过复杂，难以言喻。除了那个梦，与梦境相关的回忆也在醒来后几秒钟内涌进温斯顿的脑海。

他躺下来，闭上眼，沉浸在梦中无法自拔。刚才的梦场面宏大，刺眼夺目，仿佛夏日雨后的夜晚，他的一生都如画卷一般在眼前铺开。梦中的一切都发生在玻璃镇纸中，但玻璃的表面是天空的穹顶，穹顶之下，一切都带着清晰柔和的光芒，无穷无尽。那场梦也可以通过他母亲的一个动作来理解。实际上，某种意义上说，梦就包含在那个动作之中。三十年后，温斯顿在一部新闻电影中看到一个犹太女人也做出了同样的动作——试图在子弹中保护自己的小儿子，而后来直升机把他们都炸成了碎片。

"你知道吗，"他说，"直到此刻，我依旧觉得是我杀了我母亲。"

"你为什么杀她?"昏昏欲睡的茱莉亚说。

"我没有谋杀她。不是直接杀死她的那种。"

梦中,温斯顿记起了自己最后看到母亲的一瞬间。梦醒一会儿后,所有细枝末节全部涌来。那肯定是他多年来刻意忘掉的记忆。他不确定日期,但觉得事情发生时,自己应该已经超过十岁,甚至超过了十二岁。

他的父亲在那之前就消失了,他不记得那是多久之前的事,只知道当时那种动荡不安、人心惶惶的氛围——空袭不时发生,人们总要躲到地铁站里,四处都是残垣断壁,街角张贴着难以理解的标语,帮派年轻人穿着同样颜色的衬衫,面包店外总是挤满了人,机关枪的声音一直从远处传来……最严重的是,吃的永远不够。他记得,漫长的下午,他总会和其他男孩一起在垃圾箱或垃圾堆附近费力寻找,捡菜叶子、土豆皮,有时候甚至能找到不新鲜的面包皮,找到后,他们就会小心翼翼地把上面的炉渣弄掉。此外,他们还会等着沿固定路线行驶的卡车经过,那些卡车装着牛饲料,行驶在坑坑洼洼的路面上,有时会颠出一点儿油饼来。

父亲消失之后,他母亲没有惊讶,也没有伤心欲绝,只是突然像变了一个人,完全没了生气。甚至连温斯顿都能明显地感觉到母亲在等着她知道必然会发生的事发生。母亲仍会做所有该做的事——做饭、洗衣、缝补、铺床、擦地、扫灰——只是动作很慢,一幅例行公事的样子,仿佛是会自己移动的艺术家的模型。母亲很胖,但体态不错,她似乎很自然地陷入了静止的状态。有时,她几个小时都会坐在床上一动不动,给温斯顿的小妹妹喂奶。他的小妹妹只有两三岁,体弱多病,非常安静,瘦骨嶙峋的,像只小猴子。偶尔,母亲也会把温斯顿抱在怀中很久,一言不发。尽管温斯顿年幼无知,但他也很清楚,这和从未提到的那件将要发生的事有关。

温斯顿记得一家人住的地方,黑暗逼仄,阴凉潮湿。套着白色床罩的床占了房间的一半,此外,还有一台煤气灶和一个食物柜。外面的楼梯处还有一个棕色的陶土洗手台,是几户人家共用的。他记得母亲雕像般的身躯弯在灶台前,搅拌着炖锅里的东西。除此之外,他记得饥饿缠身的滋味,也记得吃饭时的斗争。温斯顿会一直纠缠母亲,反复地问为什么吃的总不够;他也会朝母亲大喊(他甚至记得自己的语调,当时他已经提前出现了变声的迹象,低沉的声音有时很奇怪);他还会发出苦恼的声音,博得同情,好得到更多的食物。温斯顿的母亲通常会多给他一些,因为她认为"男孩"理应得到最多的一份。然而,无论母亲给温斯顿多少,他都嫌不够。每次吃饭时,母亲都会恳求温斯顿不要自私,要记得还有个生病的妹妹也需要食物,然而这并没有什么用。如果母亲不肯多给他一些，温斯顿就会愤怒地大喊，把锅和勺子从母亲那里夺过来，或者把妹妹盘子里的饭抢过来。温斯顿知道自己这样会让母亲和妹妹挨饿，可他控制不了自己，他甚至觉得自己有权这样做，饥肠辘辘就是他的理由。两餐之间，如果母亲一时没看到，温斯顿还经常会从食物柜里偷拿一点东西吃。

一天，巧克力的定量供应到了。过去几周，甚至几个月都没发放过巧克力了。温斯顿对那一小块珍贵的巧克力记忆颇深。巧克力有两盎司（当时，人们还用盎司这个单位），要分给三个人。显然，巧克力应该被平均分成三块。可突然之间，像受人指使一般，温斯顿听到自己咆哮着的要求，要得到一整块巧克力才肯罢休。他母亲让他不要贪婪。于是，不断的争论又开始了，还伴随着大喊大叫、呜咽、泪水、规劝、讨价还价。温斯顿的小妹妹双手抱住母亲，像极了小猴子。她坐着，大大的眼睛里满是悲伤，从母亲身后看着温斯顿。最后，母亲把巧克力的四分之三给了温斯顿，把剩下的四分之一给了他妹妹。小女孩把巧克力抓在手里，呆呆地看着，仿佛不知道那是什么一般。温斯顿站着看了她一会儿，接着，他突然纵身一跃，夺走了妹妹手里的巧克力，朝屋门跑去。

"温斯顿，温斯顿！"他母亲在身后叫着，"回来！把你妹妹的巧克力还给她！"

温斯顿停下来，但没有回去。他母亲焦虑的目光盯在他脸上。即使在那个时候他还在想着那件肯定要发生的事，但他还不知道那究竟是什么。温斯顿的妹妹明显知道别人抢走了自己的东西，虚弱地哭了起来。他母亲双手搂住女儿，让她把头靠在自己胸口。这个姿势让温斯顿意识到，自己的妹妹就在死亡的边缘。他转过身，跑下楼梯，手里的巧克力黏糊糊的，粘在手里。

温斯顿再也没见到过母亲。狼吞虎咽地吃掉巧克力之后，温斯顿觉得有点愧悔，便在街上晃悠了几个小时，直到饥饿把他带回家。回家之后，温斯顿发现母亲也不见了。一切都是平常的样子，除了母亲和妹妹，家里的一切都在。她们没带走任何衣服，甚至母亲的外套都还在。直到今天，温斯顿都不确定母亲是否还活着。其实，母亲很有可能被送到了劳改营。至于妹妹，可能也和自己一样，被送到了为无家可归的孩子们准备的集中院（人们称那里是回收中心），内战时期，这种机构层出不穷。妹妹也有可能和妈妈一起被送到了劳改营，也可能只是被丢在某处，或者已经死了。

脑海中的梦境依旧清晰，尤其是母亲搂住孩子的那种保护性姿态，仿佛充满了整个梦境。温斯顿又想到了两个月之前的一个梦。那个梦里，母亲就坐在铺着白色床罩的脏乎乎的床上，小妹妹抓着她，接着，母亲又坐到正在下沉的船中，远在温斯顿身下，每一秒钟都在下沉，可母亲的眼睛还是透过黑暗的海水仰望着他。

温斯顿给茱莉亚讲了母亲消失的事情。而茱莉亚没睁开眼睛，只是翻了个身，换了一种更舒服的姿势。

"我猜你当时是个蛮横的小怪物，"茱莉亚嘟囔着，"孩子们都是小怪物。"

"没错，但我要说的是……"

从茱莉亚的呼吸判断，她显然又要睡着了。温斯顿本想继续说自己的母亲。凭借对母亲的记忆，他觉得母亲一定不同寻常，但算不上聪明。不过母亲有自己的标准，所以带着一种高贵、纯洁的气质。她的情感只属于自己，不为外界所动。她从不认为没有实际效用的事就没有意义，她认为如果爱一个人，就好好爱他，就算已经不能再付出什么，也还能给他爱。温斯顿带着巧克力走后，母亲紧紧抱住了自己的孩子。但这没有用，并不能改变什么，既变不出更多的巧克力，也无法让孩子或自己逃脱死亡的命运。然而，那是她自然而然的动作。船上那个逃难的女人也用双臂护住年幼的儿子，可这个动作和一张纸没什么区别，都挡不住子弹的侵袭。可怕的是，党会让你相信那些不过是冲动，是感情，没有任何意义，也剥夺了你对物质世界的控制力量。一旦落入党的股掌之中，你感受到的或者你没感受到的以及你做过的或者不能做的，实际上都没什么区别。无论曾发生过什么，你终将消失，而你的言行再不会为人所知。你会被历史的洪流彻底卷走。然而在两代人之前，这种做法并不重要，因为他们不想篡改历史。他们毫无疑问地控制着自己的私人忠诚感。重要的是人际关系，而完全没用的姿势、拥抱、眼泪、话语或对将死之人说的话都有其内在价值。温斯顿突然想到，群众一直都是这样。他们不忠诚于一个政党、一个国家或一种思想，却相互忠诚。有生以来第一次，温斯顿没有鄙视群众，也没把他们仅仅看作是某天将焕发生机、改变世界的潜伏力量。群众有人性，他们的内心依旧柔软，他们坚持着原始的情感，而温斯顿却需要有意识的努力才能重新获得。想到这里，温斯顿记起了一件没什么关系的事，几天前，他在人行道上看到了一只断手，就把它踢到了马路边，好像那只是棵圆白菜。

"无产者是人，"温斯顿大声说，"我们不是。"

"为什么不是？"茱莉亚又醒了，问道。

温斯顿想了一会儿。"你有没有想过，"他说，"对我们来说最好的就是趁一切还来得及之前离开这里，然后再也不见？"

"想过，亲爱的，我的确想过几次。但无论如何，我都不会这样做。"

"我们一直很幸运，"温斯顿说，"但也没多长时间了。你还年轻,看上去很正常,也很天真。如果你离我这种人远一些,就可能多活五十年。"

"不,我已经想明白了。你做什么,我就做什么。别灰心。我会活很久的。"

"我们可能还能在一起六个月,或者一年,没人知道。最后,我们肯定要分别。你知道我们到底有多孤立无援吗?一旦被抓,都无法为对方做任何事,真的什么都做不了。如果我认罪,他们会枪毙你。如果我拒绝认罪,他们还是一样会枪毙你。无论我说什么、做什么,或者不说什么,都不能让你再多活五分钟。我们两个人都不知道对方是死是活,什么办法都没有。唯一重要的是我们不会背叛对方,虽然这也没什么用。"

"如果你说的是认罪,"茱莉亚说,"我们当然该认罪,谁都没错。人们总会认罪。你也没办法,他们会折磨你。"

"我不是说认罪,认罪不是背叛。你怎么说或者怎么做并不重要,重要的是感觉。如果他们让我不再爱你,那才是真正的背叛。"

茱莉亚仔细想了想。"他们做不到,"她最后说,"这是他们无法做到的事之一。他们能让你说任何事——所有事——但他们不能让你相信。他们控制不了你的思想。"

"的确，"温斯顿有了一点希望，"没错，你说得很对。他们控制不了你的思想。如果你觉得自己还像个人，就算什么都得不到，你也还是打败了他们。"

温斯顿想到了日夜监听的电屏。它们无时无刻都在监视你，但如果你还有理智，就能战胜它们。穷尽其能，它们都无法掌握一个人思想的秘密。也许，真正落到他们手里时，这一点会变。你不会知道仁爱部里发生的事，但可以猜得到——折磨、毒品、检测神经活动的精密仪器还有长久不眠、单独禁闭和从不间断的询问带来的精神崩溃。无论如何，事实总会暴露。讯问让事实有迹可循，折磨总会让你将事实说明。但如果一个人的目的不是活着，而是保持人性，最终又会带来什么不同？他们无法改变你的情感，而且就算你想，你自己也无法改变情感。无论巨细，他们能让你做过的、说过的、想过的暴露无疑。但你内心世界的运转连自己也无法理解，它坚不可摧。

第八章

来了,终于来了!

他们站在灯光柔和的长方形房间里。电屏很暗,低声嗡嗡响着。厚厚的深蓝色地毯让人有踩在天鹅绒上的感觉。房间另一边,奥伯里恩坐在桌边,桌子上有绿色灯罩的台灯,左右两边各有一叠厚厚的文件。仆人们把茱莉亚和温斯顿领进来时,奥伯里恩都没抬眼。

温斯顿的心剧烈地跳动着,觉得自己已无法讲话,脑子里想的都是他们来了,他们终于来了。毕竟,就算他们来时走的路线不同,只在奥伯里恩的门口才碰面,但来到这里已是冲动之举,两个人一起来更是愚蠢至极。光是走进这样的地方就需要极大的勇气。极其偶然的情况下,别人才能走进核心党员的住所或者走到他们的住宅区来。这里的一切——街区公寓大楼的整体氛围,事物的华丽和大楼的宽敞,甜美食物和优质烟草与众不同的香味,安静以及速度快到难以置信的电梯还有穿着白上衣来来往往的仆人——都让人望而生畏。尽管温斯顿来这里的理由很充分,但仍是每走一步,都会担心穿着黑色制服的守卫会突然从街角出现，检查他的证件，命令他离开。然而，奥伯里恩的仆人没多说什么就让两个人进来了。他是个小个子，长着深色头发，脸型像块钻石，面无表情，像个中国人。仆人带他们走过的通道上铺着柔软的地毯，两侧墙壁上贴着奶白色的壁纸，护墙板则是纯白色的，一切都一尘不染。这也让人望而生畏。这是温斯顿第一次看到没有被人蹭黑的墙。

奥伯里恩手里捧着一叠纸，仿佛正在专心阅读。他粗犷的脸低垂着，鼻子的轮廓清晰可见，看上去既可怕又智慧。奥伯里恩坐了二十多秒都没有动。接着，他拉过说写器，用不常用的混合行话发布了一条通知：

"一逗号五逗号七完全批准句号建议包含的项目六加倍荒谬濒临犯罪思想取消句号取消建设直到及其费用估计完成句号通知结束。"

奥伯里恩慢吞吞地从椅子上站起来，踏在无声的地毯上，朝他们走来。说完刚刚的新话，他的官员气场少了一些，但表情却比平常更严肃，似乎不喜欢被人打扰。突然，温斯顿的恐惧被一种常见的尴尬取代了。在他看来，自己很可能犯了一个愚蠢的错误。自己有什么切实证据证明奥伯里恩是个政治阴谋家？除了眼神和一句模棱两可的话，别无其他。此外，只有他自己的私下里的想象，而且完全是构建在梦中的。他甚至不能说自己是来借字典的，否则茱莉亚的出现就无法解释。走到电屏附近时，奥伯里恩突然想到了什么。他停下来，转过身，按了一下墙上的开关。只听清脆的"啪"的一声，电屏里的声音就中断了。

茱莉亚惊讶地轻轻喊了一声。而陷于恐慌中的温斯顿也忍不住开口了。

"你竟然能关掉它！"

"没错，"奥伯里恩回答，"我们能关掉，我们有这个特权。"

现在，奥伯里恩就站在他们面前。奥伯里恩魁梧的身材笼罩着他们，脸上的表情依旧难以捉摸。他有点严肃地等着温斯顿说话，可要说什么？即使这一刻，奥伯里恩看起来也像一个恼火的大忙人，想知道自己为什么被打扰。没人出声。关掉电屏后，屋里死一般地寂静。时间一分一秒地流逝，压力也逐渐增大。温斯顿尽力盯着奥伯里恩的眼睛。接着，眼前严肃的脸突然露出半笑不笑的模样。奥伯里恩又做出了标志性动作，扶了扶眼镜。

"是我来开口还是你来？"他问。

"我来吧，"温斯顿马上说，"那个东西真关了吗？"

"没错，一切都关掉了。只有我们。"

"我们来这里，是因为……"

温斯顿停下来，第一次发现自己动机不明。由于他不知道自己想从奥伯里恩身上得到什么帮助，因此他说不清自己的目的。温斯顿继续说着，意识到自己的话听上去一定是软弱空洞:"我们认为有某种密谋存在,有某个秘密组织正进行着反对核心党的活动,而你也参与其中。我们也想加入,为其工作。我们是核心党的敌人,我们不认同英社原则。我们是思想犯,我们也是通奸犯。我说这些是因为我们想臣服于您。如果您想让我们用其他方式犯罪,我要说我们已经准备好了。"

温斯顿停下来,目光从肩膀扫过去,感觉门开了。没错,黄色皮肤的小个子仆人没敲门就走了进来。温斯顿看到他托着盘子,盘子上有一个醒酒器和几个玻璃杯。

"马丁也是我们的人,"奥伯里恩不动声色地说,"马丁,把酒端到这里来,放在圆桌上。椅子够吗?我们应该坐下来好好谈谈。你自己也搬把椅子,马丁。这是正事,接下来的十分钟你不是仆人。"

那个小个子坐下来,非常放松,然而仍有一种仆人的样子,不过是享受特权的仆人。温斯顿用余光瞄着他,意识到这个人穷其一生都在扮演某种角色,而哪怕放弃这个假身份几分钟都是危险的。奥伯里恩拿起醒酒器,往杯子里倒满深红色的液体。这让温斯顿隐约记起自己之前在墙上或广告牌上看到的东西——电灯组成的大瓶子上下移动,把瓶子里的东西倒进杯子。广告中,杯子里的东西几乎都是黑色的,但在醒酒器里,却是如红宝石一样的颜色,闻起来又酸又甜。温斯顿看到茱莉亚拿起酒杯,闻了一下，满是好奇。

"这是葡萄酒，"奥伯里恩微笑着说，"你肯定在书上读到过。我想外围党很少有人见过。"他的表情又严肃起来，他举起酒杯，"我想应该先祝大家身体健康。向我们的领袖伊曼努尔·古登斯坦致敬。"

温斯顿带着渴望举起酒杯。他曾经读到过葡萄酒，很想尝尝。如同玻璃镇纸和查林顿先生模糊的歌谣，葡萄酒属于业已消逝的浪漫过去。温斯顿私下里喜欢称之为旧时光。不知为何，温斯顿一直认为葡萄酒非常甜，像黑莓酱的味道，喝一口就会醉。但当温斯顿一饮而尽时，却对葡萄酒失望极了。事实上，喝了这么多年金酒的他，实在喝不惯葡萄酒。于是，温斯顿放下了空酒杯。

"这么说，确实有古登斯坦这个人？"温斯顿问。

"没错，有这个人，而且他还活着。至于他在哪儿，我就不知道了。"

"那么密谋，或者组织？是真的吗？不会是思想警察捏造的吧？"

"不是，密谋是真的，我们叫它兄弟会。你只会知道兄弟会的确存在，而你是其中一员，别的你永远都不会知道。我们一会儿再说这个。"奥伯里恩看了看手表，"核心党的人把电屏关上半小时也不是好事。你们不该一起来，而且走的时候也不能一起走。你，同志……"他朝茱莉亚点点头,"你先走。我们还有二十分钟。你们应该明白,我得先问你们几个问题。总的来说,你们想做什么?"

"做我们能做到的事。"温斯顿回答。

奥伯里恩稍稍侧身,直面温斯顿。他几乎完全忽视了茱莉亚,想当然地认为温斯顿说的也能代表茱莉亚。有一会儿,奥伯里恩一直低垂着眼睛。后来,他开始用一种毫无感情的低沉语气问问题,仿佛是例行公事,是教义问答,大多数问题的答案他已了然于胸。

"你们愿意付出生命吗?"

"愿意。"

"你们愿意杀人吗?"

"愿意。"

"你们愿意从事也许会杀死数百位无辜群众的破坏活动吗?"

"愿意。"

"你们愿意向外国力量出卖祖国吗?"

"愿意。"

"你们愿意欺骗、作假、威胁、腐蚀儿童心灵、贩卖毒品、鼓励娼妓、传播花柳病,愿意做任何能带来堕落沉沦、削弱核心党的事吗?"

"愿意。"

"假设,如果把硫酸泼到孩子脸上能为我们的事业做贡献，你们也愿意这样做吗？"

"愿意。"

"你们愿意放弃自己的身份，当一辈子侍者或者码头工人吗？"

"愿意。"

"假设我们命令你们自杀，你们也愿意吗？"

"愿意。"

"你们，你们愿意分别，永不再见吗？"

"不！"茱莉亚插话道。

显然，温斯顿过了很久才回答这个问题。有一会儿，他似乎无法开口，嘴里不能发出任何声音，只能做出一个单词第一个音节的口型，可却说不准确，反复几次后，他自己也不知道要说什么了。"不。"温斯顿终于说出了口。

"你这样告诉我最好，"奥伯里恩说，"我们得知道所有的事。"

奥伯里恩面向茱莉亚，语气稍稍缓和了一些。

"即使他没有死，也可能变成另一个完全不同的人，你明白吗？我们得给他一个新的身份。他的脸、动作、手的形状、头发的颜色，甚至他的声音都会不同。你自己也可能变得完全不同。我们的外科医生可以把人变得面目全非。有时这是必要的，有时我们甚至会给人截肢。"

温斯顿忍不住瞄了一眼马丁蒙古人似的脸，没看到什么疤痕。茱莉亚面色苍白，雀斑也更明显了，可她还是勇敢地看着奥伯里恩。茱莉亚咕哝了一句话，仿佛是同意的意思。

"很好。这就算说定了。"

桌子上的银色盒子里有香烟，奥伯里恩心不在焉地推给他们，自己也拿了一支。接着，他站起来，来回踱步，仿佛站着能让他更好地思考。那是优质香烟，烟丝紧实，包装也不错，烟纸也异常光滑。奥伯里恩又看了看手表。

"马丁，你最好还是回厨房吧。"奥伯里恩说，"我再有15分钟就会打开电屏。走之前好好看看这两位同志。你之后还会看到他们，我就不一定了。"

就像刚刚在大门口那样，那个小个子的黑眼睛扫过他们的脸，他的举止中完全没有一丝友好。他记住了他们的长相，但对他们没有兴趣。温斯顿想也许人造的脸无法变换表情。马丁没说话，也没有告别，悄悄关上门就走了。奥伯里恩来回走着，一只手插在黑色外套兜里，另一只手夹着烟。

"你们知道的，"他说，"你们是在黑暗中战斗。你们会一直待在暗处，收到命令，执行命令，却不能问为什么。一会儿我会给你们一本书，让你们了解社会的实质，说明我们摧毁它的方式。你们读完书，就成了兄弟会真正的成员了。但你们知道总体目标以及当前的任务，再无其他。我能告诉你们兄弟会的确存在，但无法告诉你们会员究竟是有几百个还是一千万个。你们自己自始至终只能说出十几个成员。你们会有三四个联系人,他们消失的时候,就会有新的联系人。这是你们的第一次,所以记录会保存下来。你们会从我这里接到命令,如果我们认为有必要联系你们,就会派马丁过去。你们被抓的时候就认罪,这是不可避免的。但你们能供认的东西很少,只能供认你们自己的行动,你们只能供出几个不怎么重要的人,你们甚至无法供出我。但也许那个时候我已经死了,或者变成了一个完全不同的人,有另一张完全不同的脸。"

奥伯里恩仍旧不停地在软地毯上走。尽管他身材高大,举手投足间却透着非凡的优雅,甚至他单手插兜或夹烟的动作都是这样。比起力量感,他身上更带着一种自信和带着讥讽色彩的理解力。然而,他再认真都没有狂热分子的执拗。他提到谋杀、自杀、花柳病、截肢和换脸时,带着一种戏谑。他的声音仿佛暗示着"那不可避免,是我们毫不犹豫要做的事。但生活再次充满意义时,就不必再做了"。温斯顿非常欣赏奥伯里恩,近乎崇拜。他一度忘了古登斯坦这个看不见摸不到的人物。看着奥伯里恩宽阔的臂膀和棱角分明的脸——虽然不好看,却很文雅——很难相信他会失败。奥伯里恩能应对所有阴谋,也能预见所有风险。似乎连茱莉亚都被震撼了,她专心致志地听着,手里的烟熄灭了也不知道。

奥伯里恩继续说："你们会听到有关兄弟会的传言。当然，你们自己也想象过它的样子。也许你们会认为它是由很多密谋分子组成的地下网络，大家聚在地下室开会，在墙上留下信息，通过暗语或者特殊手势识别彼此。然而，这种事根本不存在。兄弟会的成员们互不相识，只知道几个人的身份，此外，根本没可能知道其他人。就算古登斯坦自己被思想警察抓住，也无法提供完整的成员名单，更提供不了能让他们找到完整名单的信息，因为名单根本不存在。兄弟会之所以经久不息，就是因为它不是平常意义上的组织。它只靠一种无法磨灭的理念将成员们凝聚在一起。除了这种理念，你们没有别的支撑。你们无法与其他成员发展情谊，也得不到任何鼓励。最终被抓时，也得不到任何帮助。你们永远无法帮助其他成员。有必要让一个人永远无法开口时，我们最多会把刀片送进狱室。你们要习惯没有结果和希望的生活。你们先工作，再被抓住，继而认罪，最后死去。这是你们能预见的唯一结果，一生都不会有任何改变。我们已经死了，唯一的真实生活只存在于将来。我们不过是未来的一抔尘埃和几片碎骨。但未来究竟多远，尚未可知，也许是千年以后。目前只能慢慢让更多人清醒。我们无法合作行动，只能靠个人传播我们了解的知识，再代代相传。面对思想警察，这是唯一的方法。"

奥伯里恩停下来,第三次看了看表。

"你差不多该走了,同志,"他对茱莉亚说,"等一下,酒还剩一半。"

奥伯里恩倒满酒,举起酒杯。

"这次为什么举杯?"奥伯里恩还是带着一种讽刺的语气,"为思想警察的迷惑不解?为老大哥的毁灭?为了人性?还是为了未来?"

"为了过去。"温斯顿说。

"过去更为重要。"奥伯里恩神情严肃地表示了赞同。

他们一饮而尽,过了一会儿,茱莉亚就站起来准备走了。奥伯里恩从柜子上面拿出个小盒子,又从小盒子中拿出白色小药片递给茱莉亚,让她含在嘴里。奥伯里恩说这样很重要,否则别人就会闻到葡萄酒的味道,电梯服务生非常敏感。茱莉亚刚关上门出去,奥伯里恩似乎就忘记了她的存在。他又走了一两步才停下来。

"还有一些细节要确定,"奥伯里恩说,"我想你应该有藏身之处吧?"

温斯顿描述了查林顿先生店铺上面的房间。

"目前还可以,之后我们会给你安排别的地方。藏身的地方得常换。同时,我还会送一本那本书给你,"——温斯顿注意到,就连奥伯里恩说这几个字的时候都带着着重的语气——"古登斯坦的书,你知道的,我尽快给你。我可能得过几天才能拿到一本。你应该想象得到,这书本来就没有几本。思想警察一直不断寻找这书，找到就销毁，跟我们制造的速度差不多。不过也没什么用，书是无法销毁的。就算最后一本也没有了，我们也能一字不差地再复制一本。你上班的时候提公文包吗？"奥伯里恩问。

"当然，这是规定。"

"公文包是什么样的？"

"黑色，很旧，有两根皮带。"

"黑色，两根皮带，很旧，很好。不远的将来——我说不好哪天——你早上的工作文件中会有一个错别字，你就要求文件重发。第二天，你去上班时不要提箱子。那天的某个时间，路上的一个人会碰你胳膊一下，说'你的手提箱掉了'。那个人给你的手提箱里会有一本古登斯坦的书。你半个月内还回来。"

两个人沉默了一会儿。

"你走之前还有几分钟，"奥伯里恩说，"我们应该还能见面，如果我们再见面。"

温斯顿抬头看着他。"在没有黑暗的地方？"略带迟疑地问。

奥伯里恩点点头，毫不惊讶。"在没有黑暗的地方，"他说，仿佛明白了其中的含义，"此时此刻，你离开之前还有什么想说的吗？有什么消息吗？还有疑问吗？"

温斯顿想了一下。似乎没什么想问的问题了，他也不想说些冠冕堂皇的话。他想到的跟奥伯里恩或者兄弟会没有直接关系,反而是母亲最后几天居住的黑暗的卧室、查林顿先生店铺上的小房间、玻璃镇纸以及红木框中的钢板雕刻版画在他的脑海中交织。他只是随意说了一句:

"你听过那首老歌谣吗?开头是'圣克莱蒙的钟声唱着:橙子和柠檬'。"

奥伯里恩又点了点头,彬彬有礼地念完了整个章节:

圣克莱蒙的钟声唱着:橙子和柠檬,
圣马丁的钟声说着:你欠我三法新,
老贝利的钟声喊着:你什么时候还?
肖迪奇的钟声念着:待我有钱之日。

"你居然知道最后一句!"温斯顿说。

"没错,我知道最后一句。我觉得你该走了。等一下,我给你小药片。"

温斯顿站起来,奥伯里恩也伸出手。他用力一握,几乎要捏碎温斯顿的手了。走到门口时,温斯顿回头看了看,但奥伯里恩仿佛已经准备忘掉他了。奥伯里恩的手放在电屏的开关上。温斯顿看向奥伯里恩身后的写字台、有绿色灯罩的台灯、说写器和装满文件的铁筐。事情结束了。温斯顿知道,三十秒之内,奥伯里恩就会回到之前的工作中,为党完成重要的工作。

第九章

温斯顿累蒙了。蒙是很合适的字。他整个人不仅像果冻一样软,也仿佛变得半透明了一样。温斯顿觉得如果自己举起手,仿佛就能看到光透过来。繁重的工作榨干了他的血液和淋巴液,只剩下神经、骨头和皮肤构成的脆弱结构。温斯顿的各个感官更敏感了。工作服压在身上,人行道硌疼了脚,就连手掌的开合都会让关节咯咯作响。

五天中,他工作了九十个小时。部里的其他人也是。现在,一切都结束了,明天早上之前,温斯顿什么都不用做,没有任何党的工作需要完成。他可以在藏身之处待六个小时,之后还可以在自己的床上睡九个小时。在午后温和的阳光下,温斯顿沿着脏乎乎的路,一边不紧不慢地朝查林顿先生的店走去,一边观察巡逻队,但毫无来由地认为下午根本不会有任何人来找麻烦。他每上一级台阶,沉甸甸的公文包就会碰到膝盖,使得温斯顿的大腿一阵阵发麻。公文包里装着那本书,它到温斯顿手里已经六天了,可温斯顿还没打开过,甚至一眼都没看。

仇恨周中的整整六天，都是游行、演讲、嘶喊、歌唱，四处都拉着横幅、贴着海报、放着电影、摆着蜡像，鼓声和号角不绝于耳，游行持续不断，坦克不停驶过，飞机轰鸣而至，枪声时时可闻，最后，顶峰时刻到来了。公众对欧亚国的仇恨可谓咬牙切齿，如果当天要被绞死的2000名欧亚国的战犯落在公众手中，肯定会被撕成碎片。可就在此时，通知来了，大洋国并未与欧亚国作战。大洋国的敌人是东亚国，而欧亚国是盟友。

当然，这种改变绝不会被承认。消息很突然，所有人都知道了：欧亚国不是敌人，东亚国才是。那时，温斯顿正在伦敦中心的广场游行。正值夜间，白色的脸庞随处可见，红色的旗帜铺天盖地。广场上聚集着几千人，还有大约一千名穿着特工队制服的学童占据了一个街区。红色的讲台上站着一位核心党的演讲人，他矮小瘦削，胳膊却长得不成比例，光秃秃的脑袋上只有几缕头发，正滔滔不绝地讲着。那个人像个侏儒，仇恨扭曲了他，只见他一手抓着话筒，另一只长在瘦瘦的胳膊上的大手正在头顶上张牙舞爪地挥来挥去。扩音器中传出来的声音沙哑刺耳，长篇大论地谈论着暴行、屠杀、驱逐、强奸、虐待俘虏、杀害平民、虚假宣传、无理侵略以及撕毁条约等。他说的这些让人们不得不信服，不得不愤怒。每隔几分钟，人们就会万分激奋，数千人难以抑制的狂野吼声会将话筒传出的声音淹没。其中,学童们的声音最为野蛮。演讲进行了二十分钟左右时,有人把一张纸条递到了讲话人手里。讲话人一边继续,一边看了看纸条。他的声音和举止没有丝毫变化,演讲的内容也没有改变,但突然之间,国家名称变了。不言而喻,人们瞬间明白了所有。大洋国正在和东亚国打仗!接着,大规模的混乱发生了。遍布广场的旗帜和海报全都错了!上面的一半内容都是错的!这是蓄意破坏!是古登斯坦的特工搞的鬼!人们乱作一团,迅速把墙上的海报拽下来,还扯碎条幅,踩在脚下。小特工队员们的表现更为精彩,他们爬上屋顶,把挂在烟囱上的横幅剪断。然而,一切不过在两三分钟内就结束了。讲话的人还是一手抓着话筒,他的肩膀稍稍前倾,另一只手仍挥舞着,根本没有停止讲话。又过了一分钟,人们再次爆发了愤怒的吼声。仇恨依然如故,从未停歇,变的只是对象。

　　回想起来,温斯顿最惊讶的是,讲话人讲到一半转换对象时居然没有停顿,甚至句法结构都没有变。不过,当时温斯顿正忙着别的事。大家忙着撕下海报时,一个温斯顿之前从未见过的人拍了拍他的肩膀,说:"打扰一下,我想你忘拿公文包了。"温斯顿一言不发,心不在焉地接过了公文包,知道自己这几天都不会有机会看了。游行结束后,他直接回到了真理部。尽管已经快23点了,但部里所有人都来了。电屏上让他们回到各自岗位的命令似乎没什么必要。

大洋国在和东亚国打仗,自始至终都是大洋国和东亚国在打仗。于是,五年来的大部分政治文件都得作废。各种记录、报告、报纸、书籍、手册、电影、音频、照片,都要以迅雷不及掩耳的速度更正。尽管没有明确指示,但大家心知肚明,部门负责人希望一周之内,所有关于与欧亚国作战或与东亚国结盟的消息了无痕迹。工作量繁重得吓人,而由于此事不可明言,所以一切更为艰难。档案司的人每天都要工作十八个小时,只能休息两次,每次三小时。地下室里的床垫摆到了走廊中,连包含三明治和胜利咖啡的餐点都由侍者从餐厅送来。每次,温斯顿被睡眠的魔咒打倒,他都想先尽力完成桌面上的工作,然而每次他困得眼睛生疼,几乎睁不开似的回来时,就会发现桌子上的文件再次堆积如山,多得会埋住说写器,而且还有一些落在了地板上。于是,他只好先整理一下,腾出地方工作。最难对付的是,这种工作并非是机械性的。虽然通常只是名称的替换,但涉及细节报告时,就得小心处理,还要发挥想象力。把战争从一个地区转移到另一个地区,对一个人的地理知识是极大的考验。

第三天,他的眼睛疼到难以忍受,每隔几分钟就得擦擦眼镜。这仿佛是在与会让人崩溃的体力劳动斗争,你既有权力拒绝完成,却又神经质地想赶紧完成。温斯顿对说写器说的每句话以及他彩色铅笔下的每个字都是谎言,如果有时间,那他记录这个事实时肯定不会不安。他和司里其他人一样尽力编织着完美的谎言。第六天早上,传送管道的运送量逐渐减少,半小时之内只有一批,后来又来了一批,就再没有了。几乎在同时,所有事务都处理好了。司里所有人都暗暗长吁了一口气。这项永不能提及的工作完成了。现在,文件中已无法找到与欧亚国作战的蛛丝马迹。正午,消息传来,第二天早上之前,部里全体人员放假。这几天,温斯顿工作时就把装着那本书的公文包放在双脚之间,睡觉时就放在身下,现在他提着公文包回到家,刮了刮胡子,洗了澡,尽管水不怎么热,可他还是差点在浴缸里睡着了。

温斯顿爬上查林顿先生店铺的梯子时,全身的关节都在咯吱作响。虽然他还是很累,却没什么睡意。他打开窗,点亮不怎么干净的小煤油炉,还烧了壶水煮咖啡。茱莉亚很快就会来了,现在还有那本书。他坐在邋遢的椅子上,解开公文包的搭扣。

里面有一本黑色的大厚书,装订得不怎么好,封面没有标题。印刷看上去也有点粗糙。书页的边缘已经磨损,一不小心就会散架,看来这本书已经被传看多次了。书名页上写着如下内容:

寡头政治集体主义的理论与实践
伊曼努尔·古登斯坦

温斯顿开始看书:

第一章
无知就是力量

有史以来,即新石器时代结束时,世上就有三种人:上等阶层、中等阶层和下等阶层。通过不同的方式,他们还能分成好几种,他们有不同的名字,且其相对数量以及对其他人的看法也因时代而异,然而社会的基本结构从未改变。沧海桑田般的巨变过后,原来的格局总会出现,如同无论让陀螺沿着何种方向旋转,它总会找到平衡。

这三种人的目的完全不可调和……

温斯顿放下书,想享受一下在安全和舒适中阅读的感觉。他独自一人,没有电屏,不必担心隔墙有耳,不用紧张有人在身后偷看,也不用捂住书页。只有夏日清新的微风拂过脸颊。远处传来孩子们隐约的喊声,房间里静悄悄的,只有时钟的滴答声。温斯顿挪了挪身子,把脚搭在架子上。这绝对是幸福,是永恒。一时之间,他随手翻开了

书页,所有知道自己会反复阅读某本书的人都会随手翻开看看。温斯顿正好翻到了第三章,他继续读起来:

第三章
战争就是和平

世界终将分化为三个超级大国,20世纪中叶就可以预见这一点了。俄罗斯吞并欧洲、美国吞并大英帝国后,三个已有强国中的欧亚国和大洋国存在已久,另外一个东亚国是十年混战后才出现的。这三个超级大国的边界有的是随意划定的,有的是根据局部战争的胜负划定的,但大部分是根据地理界限划分的。欧亚国占据亚欧大陆的北部,从葡萄牙到白令海峡;大洋国的领土包括南北美洲、大西洋各岛屿、英伦三岛、澳大利亚以及非洲南部;东亚国领土面积较小,包括中国、中国以南诸国以及日本各岛屿,但边界常有变化。

无论相互交恶还是结盟,三个超级大国在过去二十五年中一直交战。然而,战争已经不再是20世纪早期时不共戴天的情形,而是为了有限的目标而进行。任何两个国家结盟都无法摧毁第三个国家,而且战争也没有实质性的原因,更没有意识形态上的分歧。但这并不意味着战争的方式或态度少了一些残酷,多了一点道义。相反,三个国家对战争的极度渴求普遍存在、持续不断。诸如强奸、抢劫、杀害儿童、奴役人民，甚至用烹煮、活埋的方式虐待战俘的行为时有发生，此外，如果上述行为不是敌方所为而是我方所为，则会被视为尽忠立功。不过，实际战争影响的人并不多，且大多士兵都经过高级训练，所以伤亡并不多。如有战事，则一般会在遥远的边界，确切的地点只能猜测，或者是在海上通道守卫战略要地的漂浮堡垒附近。文明的国度中，战争不过是物资短缺以及会造成几十人丧命的火箭弹而已。事实上，战争的性质已经变了。更确切地说，战争原因的重要次序已经改变。20世纪初业已出现却不重要的动机现在已占支配地位，它被广泛接受，因而得以施行。

要了解当前战争的性质——尽管敌友关系每隔几年总会变化，但战争就是战争——人们首先要明白的就是战争永远不会有结果。即使三个超级大国中的两个结盟，也不能确定会绝对摧毁第三个国家。它们势均力敌，天然屏障难以逾越。欧亚国有无垠的土地，大洋国有广阔的太平洋和大西洋，东亚国则依靠人民的勤劳多产。此外，从物质角度看，战争的动机也不复存在。之前，战争是为了争夺市场，随着自给自足的经济建立以及生产消费相互促进，这一动机已告终结，争夺原材料也不再有性命攸关的意义。无论如何，三个超级大国的领土广袤非常，在疆土之内可以获得一切原材料。战争最后的直接经济目的只是争夺劳动力资源。三个超级大国的边界时常变化，但基本围成了一个四边形，以丹吉尔、布拉柴维尔、达尔文港以及香港为四角，人口约占世界人口总数的五分之一。三个超级大国频繁的斗争不过是为了这一地区的稠密人口以及北边的冰盖，然而却没有一个超级大国能完全占有这片区域。由于盟友不断变化，突然的背叛总会造成四边形部分区域的易主。

反复争夺的地区富含稀有矿产，有些地方还生长着重要的植物产品，比如在寒冷地带需要昂贵的方法人工合成的橡胶。但最重要的是，廉价劳动力资源无穷无尽。一个国家控制着赤道地区的非洲、中东国家、南印度或印度尼西亚群岛，就意味着掌控着数十亿廉价勤劳的苦力。这些地区的人多少已公开沦为奴隶，被各个征服者轮流掌管，如煤矿或石油一般，转化为更多武器，占领更大面积的领土并掠夺更多劳动力，之后再生产武器、占领土地、掠夺劳动力，如此周而复始，不断循环，永无止息。值得一提的是，战争从未真正超出被争夺地区的界限。欧亚国的边界在刚果盆地与地中海北岸之间进退；大洋国和东亚国两国则反复争夺印度洋及太平洋；欧亚国和东亚国对蒙古的争夺从未停歇；至于北极周围，三个超级大国都宣称占有很大领土，却无人居住，也无人探查。然而，三个超级大国的实力总是能基本保持平衡，中心地带一直平安无事。

再者，赤道附近被剥削的劳动力对世界经济来说并非真正不可或缺。他们对世界财富没有太大贡献，因为他们生产出来的东西都会用于战争，而战争的目的则是争取在另一场战争中占据有利地位。受到奴役的人加快了持续战争的节奏。但如果没有努力，世界的结构以及维持该结构的方式并不会有根本上的不同。

现代战争的主要目标（根据双向思维原则，核心党对这一目标既不承认也不否认）是消耗所有机器生产的产品却不提高生活水平。19世纪末以来，剩余产品该如何处理一直是工业社会中潜在的问题。目前，虽然尚有人衣食无着，但显然，这一问题并不迫切，而就算没有人为破坏，这一问题也可能不会到紧要的程度。同1914年之前的状况比起来，当今世界贫瘠、饥馑、破败，比之当时人们对未来的憧憬则更是如此。20世纪初，人们期许未来社会是相当富裕、悠闲、秩序井然、效率颇高的社会，是玻璃、钢筋、白色混凝土构建的灿烂世界。当时的科技飞速发展，人们理所当然地认为会一直如此。然而，事与愿违，部分原因是经年累月的战争造成了贫困，另一部分原因是科技进步依靠以经验为基础的思维习惯，而这一习惯在严格管制的社会中无法存续。整体而言，当今世界比之五十年前更为原始落后。某些落后地区得以发展，与战争及警察侦察相关的设备也有改进，然而，试验和发明却大规模停滞不前，19世纪50年代原子战争造成的破坏从未复原，即使如此，机器固有的危险仍旧存在。自机器出现，所有的有识之士都知道，人类不必如之前一样辛劳，人与人之间的不平等在很大程度上也会消失。如果人类有意识地将机器用于这一目的，则几代的时间内，饥饿、过度劳动、肮脏、污秽、文盲就将不复存在。实际上，19世纪末到20世纪初的五十年间，机器并未用于上述目的，而是形成了以某种自动的进程生产财富，由于财富不得不进行分配，因此，机器确实极大地提高了普通人的生活水平。

但同样显而易见的是，财富的全面增长可能会毁灭等级社会。的确，从某种意义上说，是毁灭。身处所有人工时缩短、不愁食物、住房中有浴室和冰箱，且拥有汽车甚至私人飞机的世界中，那么不平等最明显或者可能最重要的形式也就消失了。一旦人人都拥有财富，那么一切将毫无差别。显然，有可能产生一种在个人财产及奢侈品方面，财富被平均分配，但权力却仍掌握在少数特权阶级手中的社会。实际上，这种社会不可能长期稳定。假设所有人都能享受休闲，得到安全，则之前被贫穷束缚的大部分人则会开始学习，逐渐独立思考。一旦如此，他们迟早会意识到少数特权阶级毫无作为，就会铲除特权阶级。从长远角度看，等级社会只能建立在贫穷与物质的基础上。20世纪初，有些思想家想回到过去的农业社会，但那不切实际，与机械化趋势冲突。而机械化趋势在整个世界中几乎已成了一种本能，且任何工业上落后的国家在军事上也会处于劣势，会被其他先进国家直接或间接控制。

依靠限制生产而让人们不得脱离贫困也并不是让人满意的解决方法。1920年到1940年间，也就是资本主义的最后阶段，限制生产的情况非常普遍。很多国家任由经济停滞、土地荒芜而不增加资本设备，大批群众没有工作，依靠政府救济挣扎在水深火热中。可军事孱弱也由此而生，由于因此引发的贫困显然毫不必要，反抗也会不可避免。问题是如何在不增加世界真正财富的基础上保持经济持续运转。产品必须生产，但不一定要分配，而实践中达到这一目的的唯一方法就是不断战争。

战争最基本的行为就是毁灭，不一定是夺取人的性命，而是毁掉人类劳动所得的产品。有些物资能让人过上舒适的生活，长期来说，也会让人过于聪明，而战争则能把这些物资打得粉碎、化为轻烟、沉入深海。即使战争的武器实际没有消耗掉，但生产武器仍是既不生产消费品又消耗劳动的捷径。例如，建造漂浮堡垒所牵制的劳动力可以建造几百艘货船。最终，堡垒将因过时而被拆除，却不能给任何人带来实质性的好处，而建造新的漂浮堡垒则需要更多的劳动力。原则上说，战争的目的不过是消耗掉满足人口最低需要后可能剩余的物资。实际上，对人口的需要总是估计不足,因此一半的生活必需品长期短缺,然而这却被视为有利情况。这是有意为之的事,即使特权阶级也可能挣扎在艰苦的边缘,如此普遍匮乏的情况下,小小特权就会显得愈发重要,进而扩大了阶层之间的差别。以20世纪初的标准看,就连核心党的成员都过着艰苦朴素的生活。即使如此,成员享有的少数特权——布置完善的宽敞住所、布料更好的衣装、更精致的食物、饮品和烟草、两三个仆人、私人汽车或直升机——让他与外围党的人有明显差异。但与被我们称之为"群众"的下层人民相比,外围党的成员也享有相似的有利地位。社会氛围犹如围城,一块马肉就足以划分贫富群体。同时,人们清楚地知道自己处于战争中,因此也就是处在危险中,这样,为了生存而将权力交给一小部分人是自然而然,不可避免的。

之后可以知道,战争不仅完成了必要的摧毁,而且完成的方式也是心理上可以接受的。理论上说,通过建造庙宇或金字塔、挖坑后再填上,甚至通过生产大量货物再一把火烧掉就可以消耗过多的劳动力,但对等级社会来说,这只能带来经济基础,而非感情基础。只要群众有稳定的工作,其态度就可以忽略不计,因此,需要关注的不是群众的情绪,而是党自身的情绪。在党中,最卑微的党员也应该勤劳尽职,甚至在有限范围内也要聪明,但同样重要的是,他也应该是个轻率无知的狂热分子,以恐惧、憎恨、谄媚以及欣喜为主要精神状态。换言之，他有必要保持与战争相一致的精神状态。战争是否真正发生或战争情势如何并不紧要，因为决定性的胜利不会出现。只要有战争状态就够了。党需要党员做到智力分裂，而战争状态下更容易做到这一点，且现在这一点已非常普遍，职位越高，这一点就越明显。恰恰是在核心党中，对战争的狂热以及对敌人的憎恨才最强烈。作为管理者，核心党的成员有必要知道战争消息中的某一点并不真实，而他通常也应该明白整场战争不过是虚构的，且战争的原因或发动战争的目的也不是对外宣称的那样，但双向思维很容易就能削弱这种认识。同时，核心党的党员有着神秘的信念，坚信战争是真实的，且必然以胜利告终，大洋国将成为当之无愧的世界主宰。

核心党所有党员都把战争的胜利当作信条。通过逐渐吞并更多的领土，确立压倒性的力量或者研制其他国家无法抗衡的新武器是赢得战争的两种方法。对新武器的研发从未停止，这也是具有创造力、勤于思考的人少数用武之地之一。目前，在大洋国，传统意义上的科学几乎已消失殆尽。新话中并没有表示"科学"的词汇。过去的科学成就所依靠的以经验为基础的思维方式与英社最根本的原则相悖。甚至只有在能以某种方式削弱人类自由的产品身上才能看到技术的进步。所有的实用技术不是停滞不前就是倒退。马匹犁地,而书籍却由机器书写。但在紧要问题上——也就是战争和警察侦探活动上——以经验为基础的方式仍得到鼓励,至少,这种方式能为人容忍。党有两个目标:征服全世界以及一举消灭独立思考的可能性。因此,党的当务之急也有两个:如何在他人非自愿的情况下探知其思想以及如何在没有预警的情况下,几秒内杀死几亿人。目前,科学研究也只在这两个领域进行。当今的科学家分为两类,一类是既是心理学家也是审讯者,另一类不是化学家、物理学家就是生物学家。前者专门研究人的面部表情、动作以及声音所蕴含的意义,试验吐真剂、休克疗法、催眠、肉体拷打的效果;后者只研究如何用自己的专业夺取他人性命。在和平部大型实验室中或者隐藏在巴西森林、澳大利亚沙漠或南极不为人知的岛屿中的试验站里,一组组专家夜以继日地工作着。有些专家负责策划未来战争的后勤诸事;有些专家负责设计体积越来越大的火箭弹、威力越来越强的炸药以及防护性越来越好的装甲;有些专家研制新的致命气体、能消灭大陆上所有植物的可溶性毒药以及对所有抗生素都有抵抗力的病菌;有些专家不遗余力地制造像能在水中自由穿行的潜艇一般轻松穿行于地下的车辆以及像帆船一样不需要基地的飞机;还有一些专家的研究方向更令人匪夷所思,比如通过把透镜架设于几千公里外的太空而让太阳光聚焦,或者利用地心热量人为制造地震或海啸。

然而，上述计划中，任何一项都还没有实现的希望，而三个超级大国中也没有任何一个明显领先于另外两个。更值得注意的是，三个超级大国都已拥有原子弹这种比目前任何武器都要强大的武器。虽然按照其惯例，党认为原子弹的发明归功于自己，但早在20世纪40年代左右，原子弹就已出现，十年后第一次被大规模使用。当时，几百枚炸弹被投放到工业中心，集中在俄罗斯的欧洲部分、西欧以及北美地区。其效果让所有国家的统治集团明白，再投放几颗原子弹就会带来有序社会的末日，那他们的权力也将不复存在。此后，尽管没有正式签订协定或相互暗示，三个国家都没有再投放过原子弹。于是，三个超级大国只是继续制造原子弹并储存起来，因为它们都相信决定性的胜利迟早会到来。同时，战术已保持了三四十年没有变化。直升机的使用更为频繁，轰炸机被自动推进式炮弹取代，而易受攻击的移动战舰则让位给了无法击沉的漂浮堡垒，其他方面则没有显著进展。坦克、潜艇、鱼雷、机关枪，甚至步枪和手榴弹仍在使用。尽管媒体和电屏上报道的都是杀戮，但战争初期那种几周内导致数万甚至数十万人死亡的战争却再没发生过。

没有一个超级大国冒险采取可能带来重大失败的措施。大规模的军事行动不过是对盟国的突袭。三个国家采取的或者说自认为所采取的策略都一样，即结合战争、交涉、时机恰当的背叛等手段而占领一圈基地，包围一个敌国，之后与这个敌国签订友好条约，维持数年和平，直到其放松警惕。几年时间足以将装载着核弹头的火箭部署到各个战略要地。最后，火箭同时发射，极强的破坏力阻止了反击的发生。之后，就要与剩下的超级大国签订友好条约，准备另一场袭击。显然，这一计谋不过是南柯一梦，根本不会实现。不仅如此，除了赤道和北极附近被争夺的地区，没有哪个国家进攻过敌国的领土，这说明各大国之间的某些边界是确定的。比如说，欧亚国可以轻易占领地理位置属于欧洲的不列颠群岛，而大洋国也可以将领土扩张至莱茵河或维斯图拉河。然而，这样将打破各大国不成文的文化整合原则。如果大洋国想要侵占曾经的法国和德国地区，就得消灭或者同化当地居民，这一任务相当艰巨，因为其技术发展水平与大洋国相当。三个超级大国都面临着同样的问题。就其结构来说，除了与战俘或黑人奴隶的有限接触外，不能与其他任何外国人来往。甚至对当前的正式盟国也有极度猜度之心。除了战俘，大洋国的普通公民从未见过欧亚国或东亚国的公民，而且不得学习外语。如果能与外国人接触，他会发现自己与外国人并无二致，他所知道的关于外国人的说法，绝大部分都是谎言。他生活着的封闭世界将会被打破，而以恐惧、仇恨和自以为是为基础的精神世界也将坍塌。因此，三个大国都意识到，无论波斯、埃及、爪哇岛或锡兰[①]被几度易手，只有炸弹才能越过主要疆界。

这种策略的背后隐藏着从未宣之于口却心知肚明的事实，这也是行动的基础，即三个超级大国的生活状况相差无几。在大洋国，主流哲学被称为英社，欧亚国则称之为新布尔什维主义，东亚国用中文命名其为"死亡崇拜"，但也许解释为"自我毁灭"更精准一些。大洋国的公民不得了解其他两种哲学的教义信条，它们被认为是违背了道德和常识的野蛮行径。实际上，三种哲学难分彼此，且它们织就的社会系统也难以区分。它们都有同样的金字塔结构，永远崇拜半人半神的领导者，同样的靠战争维持且为战争服务的经济。因此，三个超级大国不仅不能征服其他两个国家，且征服并不能使其获利。相反，只要仍处于冲突之中，就能像三捆秸秆一样相互支撑。通常，三个超级大国的统治集团对其所作所为既清楚又不完全清楚。它们致力于征服世界，但也知道有必要让战争在无法取胜的情况下持续下去。同时，由于征服或被征服的可能并不存在，因此否认现实则成为可能，这也是英社和与其对立的另外两种思想体系的特征。在此，重复之前说过的内容很有必要，即持续不断的战争彻底改变了战争的性质。

[①] 锡兰，现译为斯里兰卡。

历史上,从定义看,战争迟早要结束,非胜即败。同样,过去的战争也是人类社会与物质现实联系的手段。历朝历代的统治者都试图将错误的世界观强加给追随者,但不会支持任何有可能损害军事效用的错觉,因为后果不堪设想。失败意味着失去独立,或者会带来一般被认为不好的结果,因此必须认真准备,以防失败。具体事实无法忽略不计。无论从哲学角度、宗教角度、道德角度还是政治角度看,两两相加可能等于五,但设计枪支或飞机时,两两相加只能是四。效率低下的国家迟早会被征服,而追求效率就要摒弃错觉。此外,追求效率就要借鉴过去,意味着要对过去有清晰的认识。当然,报纸和历史书籍总会歪曲事实、带有偏见,但现在的伪造活动绝不会发生。战争绝对能让人保持理智,这可能也是统治阶级最重要的保障。尽管战争有胜负,但任何统治阶级都无法置身事外。

战争真正持续不断的话,也就不再危险。战争永无止息,军需就不复存在。技术进步停滞不前,最明显的事实也会被否认或者漠视。如上所述,能被称为科学的研究仍以战争为目的,但根本上说,这些研究也不过是白日做梦,而且就算研究不出成果也没什么关系。效用已不是必要条件,甚至军事效用都已不再重要。在大洋国,只有思想警察才有效用。三个超级大国均不可征服,实际上,每个国家都各自为政,思想如何歪曲都没有关系。现实体现在日常生活的需要中——饮食、住房、衣着、避免服毒或跳楼的需要等。生死之间、肉体享受与肉体痛苦之间仍有区别，但仅此而已。大洋国的公民与外界隔绝，也不知过去，如同生活在太空，分不清上下左右。这种国家中，统治者至高无上，连法老和恺撒也不能望其项背。他们必须避免追随者大批饿死，以免对自己不利。此外，军事技术也必须与敌国的水平相当。但满足了最基本的条件后，统治者们就可以随意歪曲事实。

因此，如果按照从前的标准衡量，战争不过是虚张声势而已。如同反刍动物之间的斗争，角都长成了不会伤害对方的角度。然而，虽然战争并不真实，但并不是没有意义。战争消耗了剩余消费品，帮助保留等级社会需要的特殊心理氛围。可以想见，战争纯粹是内部事务。过去，尽管各个国家的统治集团可能意识到了共同利益，因此限制了战争的破坏力，但还是相互斗争，胜利国也会掠夺战败国。而在我们所处的时代，他们根本不是在相互斗争。统治集团针对人民发动战争，目的也不是攻占或保卫领土，而是保持社会结构。因此，"战争"这个词已名不副实。也许，正是由于战争不断发生，所以说战争已不复存在更为准确。自新石器时代到20世纪初期，战争带给人的特殊压力已经消失，由全新的事务取代。如果三个超级大国互不开战，同意永远和平相处，绝不侵略对方的领土，结果也不会改变分毫。因为那种情况下,每个国家仍是自成一体,永远不会因外部危险而变得清醒。永恒的和平与永恒的战争一样。虽然绝大多数的党员对这一点的理解相当肤浅,但这就是党口号的内在含义:

战争就是和平。

温斯顿放下手头的书。远处,一颗火箭弹"轰隆"一声爆炸了。在没有电屏的房间中读禁书的乐趣仍然萦绕着。独处和安全是身体上的感觉,不知怎的,和疲惫感、沙发的舒适感以及窗外微风吹拂在脸上的感觉交织在一起。这本书让温斯顿非常着迷,更确切地说是让他感到安心。某种意义上说,他知道书中的所有内容,但这也恰好是这本书的魅力所在。如果温斯顿能整理一下凌乱的思绪,就会发现书中的内容正表达了温斯顿想说的。这本书出自一个跟温斯顿思想相近的人之手,只是那个人更有力、更系统、更无畏。温斯顿认为,最好的书能告诉你那些你已经知道的东西。温斯顿刚把书翻回第一章,就听到了茱莉亚走上梯子的声音,便站起来去迎接她。茱莉亚把棕色的工具包撂在地上,投入他的怀抱。他们已经整整一周没有见面了。

"我拿到那本书了。"松开彼此后,温斯顿说。

"噢,你拿到了?很好。"茱莉亚并没有太大兴趣,只是马上在煤油炉旁蹲下来煮咖啡。

他们在床上躺了半小时后,才再次回到这个话题。夜晚很凉爽,得盖上床单才好。楼下传来熟悉的歌声和鞋子走在地上的声音。温斯顿第一次来就见过的那个胳膊通红的结实女人几乎成了院子中不可或缺的部分。白天,她一直在洗衣盆和晾衣绳之间来回,不是叼着衣夹就是哼着情歌。茱莉亚躺下来,快要睡着了。温斯顿则从地板上拿起书,靠着床头坐起来。

"我们得读一读,"温斯顿说,"你也得读,兄弟会的所有成员都要读。"

"你读吧,"茱莉亚闭上眼睛,"大点声,这样最好,你可以一边读一边给我解释。"

时针指向六,也就是说到了18点了。他们还有三四个小时。温斯顿把书放在膝上读起来。

第一章
无知就是力量

有史以来,即新石器时代结束时,世上就有三种人,上等阶层、中等阶层和下等阶层。通过不同的方式,他们还能分成好几种,他们有不同的名字,且其相对数量以及对其他人的看法也因时代而异,然而社会的基本结构从未改变。沧海桑田般的巨变过后,原来的格局总会出现,如同无论让陀螺沿着何种方向旋转,它总会找到平衡。

"你睡着了吗?茱莉亚。"温斯顿问。

"没有,亲爱的,我在听,继续读吧,写得很不错。"

温斯顿继续读道:

这三种人的目的完全不可调和。上等阶层希望保住其地位,中等阶层希望跟上等阶层调换位置,下等阶层经常因繁重的工作而难以脱身,偶尔才能意识到日常生活以外的事情,如果他们有目标,那目标就是消灭所有差别,创造人人平等的社会。因此,历史上,斗争的主要特点相差无几:很长一段时期内,上等阶层似乎牢牢掌控着权力,但迟早有一天,他们不是会对自己丧失信心,就是会失去有效统治的能力,也可能二者皆有。之后,中等阶层就会假装是为了自由和正义而斗争,获得下等阶层的支持,推翻上等阶层。而一旦中等阶层达到目的,就会把下等阶层打回到之前受奴役的位置,自己坐上上等阶层的宝座。这时,新的中等阶层就会从剩下的一两个阶层中分化出来,于是,斗争就会重新开始。在三种人之中,只有下等阶层从来没有达到目标,哪怕是暂时性的目标也没有。若说自古以来下等阶层从未有过实质上的进步太过夸张。即使在当今下降时期，一般人的生活水平也比几个世纪前要高。但财富的增长、举止的文明、改革或革命都从未将人类的平等向前推进一丝一毫。从下等阶层的角度看，历史性的改变不过是主宰者称谓的变化。

19世纪后期，很多观察者都意识到了这种反复出现的模式，因此，很多思想家成立了一个学派，称历史是循环的，认为不平等是人类生活的永恒法则。当然，一向有很多人支持这种说法，但如今这种说法提出的方式却有了巨大变化。过去，对社会等级形式的需要是上等阶层的学说。国王、贵族以及过着寄生生活的律师和牧师都会这样鼓吹，通过对人们承诺在轮回之后的世界可以得到补偿，这一学说变得易于接受。中等阶层争取权力的时候，总会使用自由、正义、博爱这种字眼。但现在，兄弟情谊观念就已开始被尚未掌权、不久后就会掌权的人攻击。过去，中等阶层打着平等的旗号闹革命，而旧的统治一旦被推翻，新的专制统治就会建立。实际上，新的中层集团事先就已经宣称要进行专制统治。社会主义于19世纪出现，是古代奴隶起义时一系列思想链条上的最后一环，也深受旧时代乌托邦主义的影响。但大约自1900年以来，社会主义的各种分支都已多少公开放弃了构建自由平等的目标。20世纪中叶的新运动，即大洋国的英社，欧亚国的新布尔什维主义以及东亚国称为"死亡崇拜"的主义，都有着明确的目标——不自由、不平等永远持续。当然,这些新运动皆由旧运动发展而来,不过是徒有虚名,那些思想也不过是空头支票。然而,上述三种运动的目标都是阻挠进步,让历史在某个时刻停滞不前。通常钟摆式的运动会再次发生,继而停止。按照惯例,上等阶层会被中等阶层推翻,而中等阶层则会成为上等阶层,但这次,有意识的策略将让上等阶层永保其地位。

新的学说之所以兴起,部分原因是历史认识的积累以及历史意识的增强,而这些在19世纪之前几乎并不存在。历史的循环运动现已为人所理解,至少看上去如此。如果历史的循环运动可以被理解,那也就可以被更改。但最重要也是最根本的原因是,早在20世纪初期,技术上的平等就已成为可能。人们天赋各异,这一点亘古不变,而且人们各有所长,有些人是会占据有利地位,但阶级差别以及贫富悬殊已经没有实际必要了。之前各个时代,阶级差别不可避免,而且有利可图。不平等是文明的代价。然而,随着机器生产的发展,情况发生了变化。即使人们分工不同仍有必要,但却没必要生活在不同的社会或经济水平中。因此,从即将攫取权力的新集团的角度看,人类平等不再是理想的目标,而是要避开的危险。在更为原始的时代,正义和平的社会不可能存在,但让人相信其存在却相当容易。几千年来,对人人友爱,无需法律,没有辛劳这一人间天堂的憧憬一直纠缠着人们。而这一愿景确实曾对能在历史变革中获益的人有一定吸引力。法国、英国以及美国革命的继承者们对人权、言论自由、法律面前人人平等之类的说法半信半疑，甚至其行为在某种程度上也受到了影响。但从20世纪40年代起，所有主流政治思想都带有独裁主义色彩。人间天堂即将实现的一刻，人们却放弃了信念。无论称谓如何，每一种新的政治理论都指引着倒退至等级化和军事化的道路。1930年左右，强硬的观点逐渐变得普遍，废止已久的做法，甚至已经废止几个世纪的做法不仅成了常态，而且还受到自认为文明开化的人的保护——包括未审羁押、以战俘为奴隶、公开处决、刑讯逼供、绑架以及驱逐所有居民等。

国际战争、国内战争、革命以及反革命在全世界范围内进行了十年后，英社及其他两种主义才成为被全面贯彻的政治理论。然而，出现于20世纪早期，被统称为集权主义的多种体制崭露头角，此外，震荡之后新世界的轮廓也已不言而喻，什么人将统治世界也变得显而易见。新生贵族绝大部分由官僚、科学家、技术人员、工会组织者、宣传专家、社会学家、教师、记者、职业政客组成。这些人源于中等阶层的工薪阶层以及工人阶级的上层，由垄断工业和中央集权政府构建的贫瘠世界造就，也因此团结。与过去相应阶层的人们相比，他们没那么贪婪，不易被奢侈品诱惑，更加向往纯粹的权力，而最重要的是，他们更清楚自己的所作所为，更坚定地要镇压反抗。最后一种区别至关重要，与当今的专制相比，旧时的专制并不彻底，也不高效。过去，统治集团总在一定程度上受到自由思想的影响，漏洞颇多却视而不见，只关注公然蓄意的行为，并不关注人民的思想。甚至以现在的标准看，中世纪天主教教会也颇为宽容。这种现象产生的部分原因在于，过去，所有政府都无法持续监视人民。可印刷术的发明使得公众意见易于操纵，而电影和收音机更是推进了这一方面。随着电视的发展以及使用同一设备实时接受并传送信息技术的进步，私人生活的时代宣告终结。由于其他渠道均已断绝，每位公民，或者至少是每位值得注意的公民，都全天候处在警察的监视之下，也浸泡在官方宣传的声音之中。至此，被迫完全遵从国家意志的可能以及对所有事件看法的绝对统一第一次实现了。

　　五六十年代的革命后，社会阶层再次重组，依旧形成了上等阶层、中等阶层以及下等阶层。但新的上等阶层与以往的不同，他们不会冲动行事，知道如何保障其地位。他们早已认识到集体主义是寡头政治最稳固的基础。财富和特权掌握在集体手中时更容易捍卫。20世纪中期所谓的"消灭私有财产"运动实际上意味着将财富集中在比以往更少的人手中，不同的是，新的拥有者是一个集团，而不是大量单独的个体。从个人角度说，除了很少的个人财产，党员们什么都没有。但从集体角度看，党拥有大洋国的一切，因为党控制一切，按照自己的意愿分配产品。革命后的多年间，党一直占据着主宰地位而没有遭到反抗，因为所有行为都是集体化的。通常，人们认为资产阶级消失后，社会主义肯定会随之而来，而且资本家的一切，包括财产、工厂、矿山、土地、房屋以及交通工具也必然会被剥夺。由于上述各项不再是私有财产，那就一定是公有财产了。英社从早期社会主义发展而来，沿用了社会主义说法，实际上也践行了社会主义纲领的主要内容。因此，可以预见的也是实现安排的结果最终出现——经济不平等永远不变。

但维持等级社会所面临的问题更为复杂。只有四种情形会导致统治集团的坍塌：外部势力的颠覆，因无能而导致的公众反抗，强大而愤恨的中等阶层出现，其自己丧失了统治的自信和意愿。上述原因相辅相成，一定程度上相互支撑，规律也正是如此。如果统治集团能抵御上述四种危险就能永远掌权。根本上说，决定性因素在于统治集团本身的精神状态。

20世纪中叶后，第一种危险不复存在。除非人口数量缓慢变化，否则三个瓜分世界的超级大国均不可征服，而拥有广泛权力的征服可以轻而易举地避免这一点。同样，第二种危险也只是理论上的。人们不会自发造反,也不会仅仅因为被压迫而造反。其实,只要他们永远不被允许知道比较的标准,也许就永远不会知道自己受到了压迫。旧时代周期性经济危机实际上毫无必要,现在也不允许发生了,而其他同样大范围的动荡却可能发生,也确实会发生,但由于无法明确表达不满,因此也不会产生政治性后果。生产过剩一直是社会中潜伏的问题,由机械技术的进步导致,可以通过不断地战争解决(见第三章),而战争可以鼓舞士气,使之保持在必要的水平。因此,从当前统治者的角度看,唯一真正的危险是从自身分化出既有能力又没有真正发挥作用并渴求权力的一群人,从而产生自由主义和怀疑主义。也就是说,教育才是问题所在。这个问题一直塑造着领导集团以及仅次于领导集团的大批行政集团的意识——需要对大众思想进行负面引导。

以此为背景,即使人们之前并不了解大洋国社会的主要结构,也可以推断出来。金字塔的顶端是老大哥。他一贯正确,无所不能。每次胜利、每项成就、每种科学发现、所有知识、所有智慧、所有幸福、所有美德都因其领导和鼓舞而实现。没有人见过老大哥,他是宣传牌上的一张脸,是电屏中的一个声音。我们确信他长生不老自有道理,至于他何时出生,则无人确定。老大哥是党向世界展示的自己的伪装,负责演绎爱、恐惧与崇拜的汇聚点,相较于面对某个组织，面对个人时，人们的这些感情更容易得到。核心党位于老大哥之下，人数限制在六百万以下，或者大洋国总人口的2%以内。核心党之下是外围党，如果核心党可以称之为国家的大脑，那么外围党就好比国家的手。再下一层则是愚昧的大众，即习惯称的"群众"，约占全国人口的85%。根据之前的分类，群众属于下等阶层。由于赤道地区被奴役的人总在征服者之间易手，因此他们并非社会结构的固定部分，也不是必要部分。

原则上说，三个阶层的成员身份并非世袭。核心党党员的子女理论上并非生来就是核心党党员。如果入党，必须要在十六岁时经过考试。考试不歧视种族，也不看重地域。党内高级官员包括犹太人、黑人以及纯印第安血统的南美人，此外，地区行政长官皆由该地区的居民选出。大洋国的居民都不认为自己是遥远首都奴役下的人民。大洋国没有首都，名义上的元首是行踪不明的人。英语是其主要通用语言，新话是官方语言，集中化也只表现在这两个方面。国家统治靠的不是血缘，而是对同一种教义的信奉。的确，我们的社会分为不同层次，而且分层非常严格，乍看之下，层次等级是以世袭为基础的。不同阶层之间的流动比资本主义时期以及工业化之前的时代要少得多。党的两个分支之间有一定数量的变化，但只是为了将意志薄弱的人剔除出核心党并提拔不会造成危害且雄心勃勃的外围党党员。实际上,群众不会被提拔入党。群众中天赋异禀的人可能会成为传播不满的中心人物,只会被思想警察盯上并消灭掉。但这种情况并非一成不变,也并非是原则性问题。党并非传统意义上的阶级,因此并不一定要将权力移交给下一代。如果没有其他能让栋梁之才留在高层的方法,就完全可以从群众阶层中选拔新的一代。关键年代中,党并非世袭的这一事实很大程度上缓和了反抗情绪。旧式社会主义者接受过训练,反对所谓的"特权阶级",他们认为如不世袭就无法永恒。他们并不知道,寡头政治的延续不必具有实际意义,而他们自己也没有想过,世袭贵族的统治通常会带来短命王朝,而天主教教会这种吸收性组织,有时则会维持几百年,甚至几千年。寡头政治的基础规则并非代代相传,而是坚持逝者强加于生者身上的对某种世界观和生活方式的坚持。统治集团只要能指派后继者,就永远会保持统治的地位。党并不关心血统的持续,而是关心自身的不朽。只要等级结构一直不变,谁掌权并不重要。

我们这个时代特有的信仰、习惯、品位、情感以及精神状态真正的作用有两个:保持党的神秘性并防止当前社会的本质被人看透。当前情况下,造反以及对造反的铺垫都不可能实现。群众不足为惧,任其自生自灭,他们就会世代如此,工作、生养、死去,他们不仅没有造反的冲动，也不理解世界另外的样子。只有工业技术的发展使之必须得到更高层次教育时，他们才可能变得危险，但既然军事对抗和经济对抗已不再重要，则大众教育水平实际上是在下降。群众是否有意见并不重要。群众之所以享有思想自由，是因为他们根本没有思想。但作为党员，对最无关紧要的事情也不能有丝毫不同意见。

党员自生至死都在思想警察的监视之下。就算自己一个人，也无法确定自己是否真的在独处。无论他身处何方，无论他是否在睡觉、是否在工作，无论他是在洗澡还是休息，都可以在毫无预警且毫无知觉的情况下被监视。他的一切都无关紧要。朋友、娱乐、面向妻儿时的行为、一个人时的表情、梦话，甚至身体的标志性动作都经受着严密的监视。不只是实际过失，就连不起眼的古怪行为、习惯上的微小变化以及紧张的情绪都可能是内心挣扎的表现，肯定会被发现。党员们无从选择，况且他们的行为不受法律或其他明文规定的限制。大洋国没有法律，会招致死亡的思想或行为并未明文禁止，而持续不断的政治清洗、逮捕、拷打、监禁和人间蒸发并不是为了惩处确实犯下罪行的人，而是为了消灭之后可能犯罪的人。党员不仅要有正确的思想，也要有正确的本能。要求党员拥有的信念和态度从未明确说明，否则英社的内在矛盾就会暴露无遗。如果一个人天生思想正确（即新话中的"思想好"），就能不假思索地知道正确的信念或应有的情感。无论如何，由于孩提时期就已接受过围绕着"罪止""黑白""双向思维"等新话词语进行的心智精神训练，党员们早就不愿意深入思考某个问题，也丧失了深入思考的能力。

党员不能有私人感情，却要永保热情。他们应该一直生活在对外敌和叛徒狂热的憎恨中，为胜利欢呼，在党的力量和智慧面前看到自己的渺小。无聊且不如意的生活带来的不满可以通过两分钟仇恨节目而外移并消散，而他们早年学会的纪律则能提前消除怀疑精神和反抗态度，纪律中最初步也是最简单的阶段就是新话中的"罪止"，甚至小孩子也能学会。"罪止"是在任何危险思想即将产生时，如本能一般，快速终止的能力。它包括无法类比、不知逻辑错误、误解对英社不利的最简单的观点以及延误或抵制某个可能导致异端思想产生的思绪。简而言之，"罪止"就是保护性愚蠢。但愚蠢还不够，相反，完整意义上的正派意味着像杂技演员控制自己身体一样自如地控制自己的思维。大洋国社会最根本的信条是，老大哥无所不能，而党也永远正确。由于实际情况并非如此，因此对待现实时，要无时无刻、坚持不懈地保持灵活性。"黑白"是这一部分的关键。如新话中诸多词语一般，"黑白"同时包含两种矛盾的意义。将之应用于对手身上，代表不顾事实而指黑为白的无耻习惯;而将之用在党员身上,则表示党的纪律有要求时,要有愿意颠倒黑白的忠诚。此外,这个词还意味着两种能力:相信黑即是白;知道黑即是白并忘记自己曾相信过黑是黑,白是白。这就要求对历史持续不断地篡改,需要依靠真正包容所有的思想体系,也就是新话中的"双向思维"。

有两个原因能说明篡改过去的必要性。一个原因是次要的,即预防性的。也就是说,党员之所以要像群众一样忍受现状,部分原因是党员也没有对比标准。他必须与过去隔绝,就像与外国隔绝一样,因为他必须相信自己比祖先生活得更好,而且物质生活水平正在不断提升。但到目前为止,篡改过去更重要的原因是要保持党的正确性。不仅讲话、数据以及记录要时时更新,以表明党的所有预测都无懈可击,而且教义变化及政治联盟变化也得不到认可。因为改变自己的思想,甚至是自己的方法,都等于是对自身缺点的承认。例如,假设欧亚国或东亚国(无论哪个)是现在的敌国,那它永远都是敌国。如果与事实不符,就要篡改历史,因此,历史一直被重写。这种日复一日对过去的伪造由真理部负责,对政权的稳定来说,这与仁爱部进行的镇压和侦察同样必要。

过去的突变性是英社的中心教义之一。英社认为,过去的事件并非客观存在,只存在于书面记录和人的记忆中。过去不过是记录与记忆重叠的部分。由于党完全控制着书面记录,也控制着党员的思想,因此过去的情形由党决定。就算过去可以篡改,但具体事例却没有被篡改过。因为无论当时需要如何篡改历史,新版本也就已经成了过去,而不同的过去绝不会存在。就算同一事件一年内被多次篡改——这种情况很常见——上述情况仍然存在。党自始至终掌握着绝对真理,显然,真理永远是当前的样子。之后可以看出,控制过去主要依靠对记忆的训练。保证所有书面记录与当前的正统思想相符不过是机械行为。但记住所有事件按照党所希望的方式发生很有必要。此外,要想重新安排记忆或篡改书面文件,忘掉某件事曾如此发生也很有必要。和其他思维技巧一样,这种窍门也可以学到,大部分党员都学会了,那些既聪明又正派的人自然也已完全掌握。旧话直白地称之为"现实控制",新话中则称之为"双向思维"——尽管双向思维也包括其他含义。

"双向思维"意味着同时具有并接受两种相互矛盾的观念的能力。党内知识分子知道自己的记忆改变方向,因此也知道自己是在愚弄现实,但"双向思维"能让他心安理得地认为现实并没有改变。这一过程的进行既是有意识的行为,也是无意识的行为。前者保证其精准度,后者防止虚假情绪或罪恶感的产生。"双向思维"是英社的中心思想,因为党的根本目的就是通过绝对诚实保持目的坚定性，同时进行有意识的欺骗。蓄意撒谎的同时诚心诚意地相信谎言、忘记一切不合时宜的行为并在需要时从遗忘中提取、否定客观现实的存在却重视被否认的现实，是不可或缺的。就连使用"双向思维"这个词，也要践行"双向思维"。因为使用这个词表明人们在篡改事实，而践行"双向思维"，人们就会忘掉这件事。如此循环往复，谎言总能走在事实的前面。通过"双向思维"，党最终能够左右历史的轨迹，而且，我们也心知肚明，党可能会在之后几千年中一直如此。

历史上所有的政治寡头之所以垮台，不外乎两种原因：变得僵化或软弱。前者使之愚蠢自大，不能因势利导而被推翻；后者则因为其开明而怯懦，在应该使用武力时让步，因此也被推翻了。制造两种情况并存的思想系统是党的一大成就，这是党的统治常葆青春的唯一思想基础。想要统治并持续统治，就必须打乱现实感，统治的秘诀就在于将自己永无错漏的信念与从过去中汲取教训的能力相结合。

毋庸置疑，"双向思维"最高明的践行者就是创造"双向思维"并清楚地知道它是实施思想欺骗的完美工具的人。社会中，对事实洞若观火的人也最看不清事情的本质。总之，理解越透彻，误解越深刻，越聪慧就越昏庸。一个明显的证据就是，人的地位越高，对战争的狂热就越严重。最能理智看待战争的人来自被争夺地区，对他们来说，战争是持续不断的灾难，如潮汐一样反复冲刷着他们的肉体。胜利属于哪一方与他们毫不相干。他们清楚地知道，改朝换代也无法改变自己要做同一件事的命运，而新的统治者对待他们的方式与之前的毫无二致。我们将地位稍高一点的工人称之为"群众"，他们很少意识到战争的存在。必要时，可以刺激他们产生极度恐惧和仇恨的情感，但如果对他们放任自流，那很长一段时间，他们都不会意识到战争的存在。只有在党的高层，特别是核心党才能找到对战争真正的狂热情绪。坚信能征服世界的人深知这一点不会发生。这种特殊的对立联系——博学而无知、怀疑而狂热——正是大洋国社会最显著的特点。官方意识形态中充斥着矛盾，却找不到任何实际原因。因此，党拒绝并攻击之前社会主义运动坚持的每种原则，却以社会主义之名做着同样的事。党对工人阶级采取了几个世纪都不曾有过的轻视态度，却让党员穿上某个时期典型的工人制服，而这样的决定也是出于对工人阶级的轻视。党系统性地破坏家庭的稳定，但对领导人的称谓却又能唤起对家庭忠诚的感情。就连四个统治部门的名称都暴露了蓄意混淆事实这种厚颜无耻的行为：和平部负责战争、真理部负责编造谎言、仁爱部负责刑讯，而富足部负责制造饥荒。这些矛盾并非偶然，也不是虚伪所导致的，而是"双向思维"的结果。只有调和矛盾才能永久保住权力,这是打破古老循环的唯一方法。如果要永远避免人人平等,如果我们称之为上等阶层的人要永远保持统治地位,那么主流精神状况必须被控制到疯狂的地步。

然而,目前为止我们还没有提到这个问题,为什么要避免人人平等。假设整个机制已确切说明,那么为了将历史凝固在某个特定时刻而进行缜密精确的计划是出于何种动机?

这是最深层次的奥秘,正如我们已经了解到的,"双向思维"是党的神秘性的基础,尤其是核心党神秘性的基础。但原始动机,即最初引起夺权,继而引申出"双向思维"、思想警察、持续不断的战争以及随后出现的各种必要机制的从未受到质疑的本能仍隐藏在更深的层次中。实际上,这种动机包括……

温斯顿察觉到了沉默,如察觉到其他动静一样。他意识到茱莉亚很久没动了。茱莉亚侧躺着,腰以上什么都没盖。她枕着自己的手,一缕黑发散在眼睛上,胸部缓慢而平稳地起伏着。

"茱莉亚。"

没有回答。

"你还醒着吗?茱莉亚。"

仍没有回答。茱莉亚睡着了。温斯顿合上书，小心地放在地板上，也躺下来，把床罩盖在两个人身上。

温斯顿思考着，他仍未了解到最深的秘密，他只知其然不知其所以然。第一章和第三章一样，不过是将他之前知道的东西系统化了。但读过之后，温斯顿知道了自己还没有疯。成为少数派不会让人发疯，就算少数派里只有一个人。世界上既有真理也有谬误，只要坚持真理，哪怕要对抗全世界，人们也不会疯。落日金色的光芒透过窗户，落在枕头上。温斯顿闭上了眼睛，夕阳照在温斯顿的脸上，身边那个姑娘光滑的身躯给了温斯顿既强烈又昏昏欲睡且自信的感觉。他是安全的，安然无恙。他念叨着"理智不是统计学概念"睡着了，他认为这句话中蕴含着深刻的智慧。

第十章

温斯顿醒来时，感觉自己睡了很久。他瞄了一眼旧式时钟，发现才20点30分。他又眯了一会儿，听到楼下院子里又传来了如往常一样的低沉歌声：

这无望的爱恋，
如四月般逝去，
一个眼神，一句言辞，搅乱了我的梦！
偷走了我的心！

这首莫名其妙的歌似乎经久不衰，随处可闻，比《仇恨之歌》还受欢迎。听到歌声，茱莉亚也醒了，她舒服地伸了个懒腰，下了床。

"我饿了，"茱莉亚说，"我们煮点咖啡吧。该死！炉子没油了，水也是凉的。"她拿起炉子晃了晃，"没油了。"

"我们可以找老查林顿要一些。"

"奇怪的是，我确定之前是满的。我先穿上衣服，"

茱莉亚继续说，"好像越来越冷了。"

温斯顿也起床穿上衣服。歌声仍在继续：

他们说时间可以治愈一切，
说你迟早会忘记，
但多年来的笑容和泪水，
仍让我思绪万千！

温斯顿束紧工作服腰带，走到床边。太阳已经落山，院子里已经没有了阳光的踪迹。地上的石板很湿，仿佛刚被冲洗过一般。温斯顿觉得天空也仿佛刚刚被冲洗过，从屋顶上的烟囱望出去，天空蓝得澄澈。院子里的女人不知疲倦地走来走去，一会儿叼着衣服夹子一会儿取下来，一会儿唱歌一会儿又默不作声，没完没了地晾着尿布，一片接一片。温斯顿不知道她是以洗衣为生，还是为二三十个孙儿操劳。茱莉亚走到温斯顿身边，他们一起看着楼下那个结实的女人，有点着迷。温斯顿看着她晾衣服的姿态，粗壮的胳膊伸向晾衣绳，壮实如母马的臀部向后撅着，温斯顿第一次发现这也是一种美。温斯顿从没觉得一个女人五十岁后，由于生养而身材走形，之后又因为劳作而变得结实，最后粗糙到如熟过头的萝卜一般的女人会是美丽的。但事实如此，温斯顿想着，有什么不可以？健壮而毫无曲线的身躯如花岗岩一般，再加上粗糙的红棕色皮肤，与少女的身体相比就如同玫瑰果与玫瑰花相比。果实为什么比花朵低级？

"她很美。"温斯顿小声说。

"她的臀部至少有一米。"茱莉亚说。

"那正是她独特的美。"

温斯顿一只手就能轻易地揽住茱莉亚柔软的腰部。从臀部到膝部，茱莉亚的身体一直贴着他。他们不能生儿育女，永远不会有孩子。这个秘密只能通过语言和思想相互传递。楼下的那个女人没什么头脑，只有壮实的胳膊、温暖的内心和多产的肚子。温斯顿想知道她生过多少孩子，很可能有十五个。她曾有过短暂的花期，也许只有一年，如野玫瑰一样美丽，之后很快就开始孕育果实，逐渐变得结实、红润、粗糙。后来，洗衣、拖地、缝补、做饭、扫地、修理、擦亮物品等，先是为孩子们洒扫洗衣，之后又是为孙子们，三十年如一日，不曾间断。但她还是能尽情歌唱。不知怎么，温斯顿对楼下的女人有了一种崇拜感，和烟囱之上的天空混合到了一起，天空万里无云，朝遥远的地方延伸。说来奇怪，人们都生活在同一片天空下，无论来自欧亚国、东亚国，还是这里。天空下的人也几乎一样，世界上所有地方的人多达几百亿，他们不知道彼此的存在，被仇恨和谎言构筑的墙彼此隔开，不过却几乎完全一样。他们从没有学会思考,可心里、肚子里、肌肉里却积蓄着终有一天要推翻世界的力量。如果希望存在,那么希望一定存在于群众身上!温斯顿不用读完那本书,就知道古登斯坦最后要传递的消息,未来属于群众。但他是否能确定群众翻身成为双手构建的世界的主人时,他自己,温斯顿·史密斯会感到那个世界如现在党的世界一样陌生?没错,因为至少那是一个理智的世界。有平等,就有理智。迟早有一天,力量会化为觉悟。群众是不朽的,看到院子里那个勇敢的女人,就会对这一点深信不疑。他们终将觉醒,哪怕会有一千年之久,他们在那天到来前也会克服各种困境,像鸟儿一样,将活力代代相传,那是党没有的,也是党消灭不了的。

"你记不记得,"温斯顿说,"第一天,树林边对我们唱歌的画眉?"

"它不是在对我们唱歌,"茱莉亚说,"它唱歌是为了自己高兴,也不能这么说,它只是在唱歌。"

鸟儿唱歌,群众也唱歌,但党却不唱歌。全世界的各个地方都站着同样坚强而无法征服的身躯,伦敦、纽约、非洲、巴西,边界神秘的禁地,巴黎和柏林的街上、俄罗斯无垠的村庄中,日本和中国的市场上,无处不在。他们由于生养和自生到死的劳作而变得结实健壮,可仍在唱歌。他们的双腿之间,某天总会诞生一个觉悟的民族。你们已经死了,未来属于他们。但如果你们能像他们保持身体灵活一样保持思维活跃,并把二加二等于四这样的神秘教义传承下去,就也能享受未来。

"我们已经死了。"温斯顿说。

"我们已经死了。"茱莉亚温顺地附和。

"你们已经死了。"他们身后传来一个冷冰冰的声音。

他们马上向两边跳开。突然之间,温斯顿脊背发凉。他看着茱莉亚瞳孔周围的白色眼珠,看到她脸色蜡黄,面颊上的腮红格外明显,仿佛游离于皮肤之上。

"你们已经死了。"冷冰冰的声音再次说道。

"那幅画后面。"茱莉亚小声说。

"那幅画后面,"那个声音说,"原地站好。没有命令不许乱动。"

这是开始,终于开始了!他们只能四目相对。赶紧逃命,趁一切来得及赶紧离开这间屋子,他们没想过这么做。他们从未想过不遵守墙上那个声音的命令。只听"咔嚓"一声,既像是开锁,也像是玻璃掉了下来。原来是那幅画掉下来了,露出一块电屏。

"他们能看到我们了。"茱莉亚说。

"我们能看到你们了,"那个声音说,"站到屋子中间,背对背站着,手放到脑袋后面,不许互相接触。"

他们没有接触。但也许是自己在发抖,温斯顿觉得茱莉亚在发抖。他咬紧牙关,这样牙齿就不会打颤,但却控制不了双膝。下面的屋子里传来一阵皮靴声,院子里仿佛站满了人。有什么东西被拖过石板路。女人的歌声突然中断了,仿佛是洗衣盆一样的东西被推过院子,拖着长长的声音。接着是愤怒的喊声,最后是痛苦的尖叫。

"屋子被包围了。"温斯顿说。

"屋子被包围了。"那个声音说。

温斯顿听到茱莉亚咬紧牙齿,"我们最好先告别吧。"茱莉亚说。

"你们最好先告别吧。"那个声音说。接着,一个完全不同的声音开始说话。那个声音听上去很细,也很有教养,温斯顿仿佛觉得之前听到过。"趁现在,顺便说一下:'点起蜡烛让你去睡觉,抡起斧子把你头砍掉!'"

温斯顿身后,有个东西捶到床上。梯子从窗户伸进来,压坏了窗框,有人从窗户爬进来。也有穿着皮靴的人走上楼梯。房间里站满了壮汉,他们套着黑色制服,穿着钉了铁掌的皮靴,手里拿着警棍。

温斯顿不再颤抖,眼珠也一动不动。他脑子里只有一件事——不要乱动,不要乱动,别给他们打你的理由!有个人走到温斯顿面前,他的下巴像拳击手的一样扁平,嘴巴只是一条缝,拇指和食指掂着警棍,上下晃悠,仿佛正在思考。温斯顿和他对视了一眼。温斯顿手放在脑袋后面、脸和身体完全没有遮挡，如同赤裸一般，这种感觉几乎让人难以忍受。那个人伸出白色的舌尖，舔了一下应该是嘴唇的地方，走开了。有东西被打碎了，一个人从桌子上抄起玻璃镇纸，甩到壁炉的石头上，镇纸被摔成了碎片。

那片小珊瑚是一片粉红色皱皱的小东西，很像蛋糕上的玫瑰花蕾，只见它滚过了床垫。温斯顿暗想着，真是小啊，一直都这么小！他听到背后有吸气的声音，接着，"砰"的一声，温斯顿的脚踝处被狠狠踢了一脚，害得他差点摔倒。另一个男人一拳砸在茱莉亚的胸口，茱莉亚倒在地板上，像折尺一样折起身体，根本喘不过气。温斯顿不敢转身，但余光有时能看到茱莉亚努力想喘气的苍白的脸。温斯顿自己也怕极了，他对茱莉亚的痛苦感同身受，但对茱莉亚来说，彻骨之痛并不要紧，最重要的是能喘气。有两个人过来抓住茱莉亚的膝盖和肩膀，像抬麻袋一样把茱莉亚带走了。温斯顿扫了一眼茱莉亚的脸，那张脸朝向地面，脸色蜡黄，已经没了之前的模样，茱莉亚闭着眼睛，脸颊上的腮红还在。那是温斯顿最后一次见到茱莉亚。

温斯顿一动不动地站着，还没人打他。他的脑子里挤满了这种想法，但他却不怎么感兴趣。温斯顿想知道查林顿先生是不是被抓了，也想知道院子里的女人怎么样了。温斯顿很想去洗手间，他自己暗暗吃惊，因为两三个小时前他才刚去过。他注意到壁炉台上的时钟指向九,也就是21点了。但光线很强。八月二十一点时,光线不是应该逐渐变暗吗?温斯顿怀疑自己和茱莉亚是不是搞错了时间,他们也许多睡了十二个小时,那时应该是第二天早上八点半。温斯顿没再往下想,没什么意思。

走廊里响起了另一种比较轻的脚步声,查林顿先生走了进来。那些穿制服的突然驯顺了一些。查林顿先生的外表有了些变化,目光落在玻璃镇纸的碎片上。

"把碎片捡起来。"查林顿先生严厉地说。

有个人弯下腰,完成他的命令。查林顿声音中的土腔土调消失了。温斯顿突然意识到不久之前,电屏里传出的声音就是这样。查林顿先生仍旧穿着那件旧丝绒夹克,但一头几乎全白的头发则变成了黑色,眼镜也不见了。他狠狠瞪了温斯顿一眼,仿佛看看有没有弄错人,然后就没再理温斯顿。温斯顿还能看出来这是查林顿先生,只是变了模样。查林顿的身体挺直了,仿佛比之前更魁梧。他的脸变化不大,却仿佛经历了巨变。查林顿的眉毛不再浓密,皱纹也消失了,整个脸的轮廓似乎也有变化,而且鼻子好像短了一点。这张脸属于一个三十五岁左右的人,警觉而严肃。温斯顿明白了,这是他有生以来第一次心知肚明地知道,面前这个人是个思想警察。

第三部分

第一章

温斯顿不知道自己身在何处,大概是在仁爱部,但没办法确定。他待着的房间天花板很高,没有窗户,墙上还有白色瓷砖。暗藏着的灯发出清冷的光,足够照亮整间牢房。另外,房间里还充斥着一刻不停的嗡嗡声,温斯顿觉得跟换气系统有关。除了牢门门口处,四面墙都安装了长凳,或者说是搁板,宽度刚好可以坐下一个人。牢门对面有个马桶,但没有木坐垫。牢房里四面墙上各有一块电屏。

温斯顿的腹部隐隐作痛,自从那些人把他带上没有窗户的囚车,温斯顿就一直觉得肚子疼。同时,温斯顿也饿了,是那种啃噬着人的不健康的饥饿感。他可能一天没吃东西了,也可能是一天半,他自己也不知道被捕的时候是白天还是晚上,可能永远都不会知道了。自被捕以来,温斯顿就再没吃过东西。

温斯顿坐在窄窄的长凳上,尽量保持不动,双手交叠,放在膝盖上。他早就学会了一动不动地坐着,只要乱动,就会有人从电屏后面呵斥他。想吃东西的感觉折磨着温斯顿，他最想要一片面包。温斯顿以为工作服的口袋里还有点面包渣，甚至有可能有块小面包，他这样想是因为仿佛有东西总在蹭他的腿。最后，想一探究竟的诱惑压过了恐惧，他悄悄把手伸到口袋里。

"史密斯！"电屏那头传来一声呵斥，"6079号，温斯顿·史密斯！牢房里不许把手放进口袋！"

温斯顿又回到了之前的坐姿，一动不动，双手依旧交叉，抱着膝盖。被带到这里之前，温斯顿还被带到过一个地方，他估计是普通监狱，要么就是巡逻队的临时拘留所。他不知道自己在那里待了多长时间，不过应该有几个小时，没有钟表也没有日光的情况下，很难判断时间。那个地方很吵，臭气熏天。他们把温斯顿丢进和现在这间差不多的牢房里，但那里很脏，总是挤着十到十五个人，大部分是普通罪犯，也有几个政治犯。温斯顿只靠着墙，静静地坐着，被脏乎乎的人们挤来挤去。恐惧和腹痛攫住了他，因此他没怎么在意周围的环境。不过，他还是注意到了党员囚犯和其他囚犯的区别。党员囚犯总是沉默不语，脸上写满了恐惧，但普通囚犯似乎对什么都不在意，他们大骂看守，财物被没收时会反抗，会在墙上写下流话，还会把吃的藏在衣服里偷偷带进牢房，此外，电屏里的声音试图维持秩序时，他们的喊声都能盖过那个声音。而且，普通囚犯中有几个似乎跟看守关系不错，他们喊看守的绰号,还花言巧语地骗看守把烟从门上的窥探孔递过来。就算看守们有时必须粗暴,但对待普通囚犯也还算宽容。那里说得最多的就是劳改营,因为绝大多数犯人都会被转移到劳改营。温斯顿想明白了,只要能打点好,再懂点技巧,待在劳改营也"不错"。劳改营里少不了各种形式的行贿受贿、后台交易和敲诈勒索,有同性恋和娼妓,还能从土豆中非法蒸馏出酒。普通囚犯总是被信任,特别是流氓和杀人犯,他们都成了监狱里的特权阶层,而所有的脏活累活都得政治犯完成。

临时拘留所里,各种囚犯来来往往,毒贩、小偷、强盗、黑市交易人员、醉汉,还有妓女。有些醉汉很凶,其他囚犯得合力才能控制住他们。有个女人大概六十多岁,虎背熊腰,胸部下垂,浓密的白色卷发在挣扎时散开了,四个看守分别抓着她的腿和胳膊,把她抬进牢房,而她还在乱蹬乱叫。看守们从她四处乱踢的脚上扯下靴子后,直接把她朝温斯顿的大腿上扔过去,差点压断了温斯顿的腿。那个女人坐直后,朝着走出去的看守们大声喊着:"妈的,这些狗杂种!"之后,她觉得自己坐的地方不平,就滑下温斯顿的膝盖,坐到了长凳上。

"对不起了,小兄弟,"她说,"我没想坐到你身上,都是那些混蛋把我扔到这儿了。他们不知道该怎么对待一位女士,对吧?"她停下来,拍了拍胸口,打了个嗝,"对不起,我有点儿难受。"

她向前探了探身子,一下吐在地板上。

"舒服多了,"她说着,又靠在墙上,闭上了眼睛,"要我说,忍不住就吐,省得留在肚子里。"

她定了定神,转过身来看了温斯顿一眼,仿佛立刻就喜欢上了他。她用粗壮的胳膊搂着温斯顿,把他拉到身边。啤酒和呕吐后的气味扑在温斯顿脸上。

"亲爱的,你叫什么?"她问。

"史密斯。"温斯顿回答。

"史密斯?"那个女人反问道,"有意思,我也叫史密斯,真有这事儿,"她多愁善感地继续说,"也许我是你母亲!"

温斯顿想,她没准是自己的母亲。年龄、体型都差不多,在劳改营待了二十年,人总会有些变化。

再没人跟温斯顿说过话。普通犯人根本不搭理政治犯,这很奇怪。普通犯人管政治犯叫"政棍",带着一种漠不关心的轻蔑感。党员囚犯似乎很害怕跟别人说话,更害怕相互交谈。温斯顿只在两个女党员犯被挤到一起时听到了一些话,他听到那两个人迅速交谈了几句,特别提到了"101房间",不过当时他并不明白。

大概两三个小时前,温斯顿被带到了这里。腹部隐隐的痛从未消退,时好时坏,他的思绪也随之放松或紧张。

疼得厉害时,他脑子里只有疼痛感和对食物的渴望。疼得不那么厉害时,温斯顿就完全陷入了恐惧之中。有时,他能真切地预见即将发生的事,就会心跳过速,无法呼吸。他感到警棍抽在肘部,钉着铁掌的靴子踩在小腿上。他看到自己在地上爬,牙齿被打落了还大声求饶。他没怎么想到茱莉亚,他没办法把心思放在茱莉亚身上。温斯顿爱她,不会背叛她,但那只是个事实,就像算术规则一样。他感觉不到对茱莉亚的爱,甚至也没怎么想过她的遭遇。他经常想到奥伯里恩,带着星星点点的希望。奥伯里恩一定知道自己被捕了,他曾说过,兄弟会不会营救自己的成员。不过,奥伯里恩还说过刀片,说情况允许的话就会把刀片送进来。看守冲进牢房前大概有五秒钟,刀片会带着刺人的冰冷刺入他的身体,甚至会切到拿着刀片的手指的骨头。一切痛苦都涌进他生病的躯体,就连最微弱的痛苦也让他瑟缩不已。温斯顿不确定就算有机会,自己是否会使用刀片,多活一会儿算一会儿似乎是理所当然的,就算被拷打,多活十分钟也行。

有时,温斯顿会试着数数牢房墙上有多少块瓷砖。本来这并不难,但他总会数错。更多的时候,温斯顿想的是自己在哪儿,现在几点。有一会儿,温斯顿确定外面是白天,可过一会儿,他又肯定地认为外面是黑夜。本能告诉温斯顿,牢房里的灯永不会熄灭,这里永远不会有黑暗。

他现在明白了为什么奥伯里恩似乎知道那个暗示了。仁爱部没有窗户。他的牢房可能在大楼中心，也可能在外墙附近；可能在地下十层，也可能在第三十层。他的思绪随意翻飞，换了一个又一个地方，试图通过身体的感觉确定自己是身在高空还是深陷地下。

外面传来皮靴的声音，铁门"哐当"一声被打开，一个年轻警官走进牢房。他穿着整洁的黑色制服，浑身上下像刚擦亮的皮革般隐隐泛光，苍白而没有表情的脸仿佛是蜡制面具，他示意外面的看守把囚犯带进来。只见诗人安普福斯跟跄着进来后，铁门"哐当"一声又被关上了。

安普福斯不安地移动了一两步，仿佛觉得还有另外一扇门可以出去，之后就开始在牢房里走来走去。他还没注意到温斯顿，只是不安地盯着温斯顿头顶上方一米处的墙。安普福斯没穿鞋，大脚趾顶破了袜子，露在外面。他也几天没刮胡子了，又短又硬的胡须都长到了颧骨附近，像土匪的模样，跟他高大而虚弱的身体和不安的动作形成了奇怪的反差。

温斯顿从萎靡不振中恢复了一些。就算被电屏那边的人呵斥，他也得冒险和安普福斯说话。他甚至觉得安普福斯会把刀片送进来。

"安普福斯。"温斯顿说。

电屏那边没传来斥责的声音。安普福斯停下脚步，有点吃惊,目光慢慢聚集在温斯顿身上。

"啊,史密斯!"他说,"你也被抓了!"

"你为什么被抓?"

"告诉你实话,"安普福斯笨手笨脚地坐在温斯顿对面,"过错只有一种,对吧?"

"你犯了?"

"显然犯了。"

他一会儿把手放在额头,一会儿又压在太阳穴,仿佛想记起什么事。

"总有这种事,"安普福斯含糊地说,"我能记起来一次,可能是这次。显然,那是我一时不慎。我们当时正在给吉普林的诗歌定稿,我在某一行的末尾保留了'上帝'这个词。我也是没办法!"他抬头看着温斯顿,几乎要气疯了,"那行没法改,押的是'一'这个韵。你知道吗?只有十二个词能押上这个韵。我都快崩溃了,确实没别的押韵的词了。"

安普福斯的表情都变了,但没有了那种愤怒感,有一会儿还带着几分高兴。那是一种知识分子特有的热情,是学究发现某个没用的事实时的喜悦,连他脏乎乎的胡子上似乎都绽放着光彩。

"你有没有想过,"他说,"押韵的字词不足对诗歌发展有决定性的影响?"

"你知道现在几点吗?"温斯顿问。

安普福斯仿佛又吃了一惊,"我好像没想过这个问题。他们大概两三天之前抓了我。"他的眼睛在墙上扫来扫去,好像在找窗户,"这地方白天晚上都一样,我不知道怎么确定时间。"

两个人说了几分钟话,完全驴唇不对马嘴,突然,电屏中传来了斥责声,让他们闭嘴。温斯顿双手交叉,安静地坐着。安普福斯身躯庞大,总是不能舒服地坐在窄窄的凳子上,只能不安地扭来扭去,瘦长的胳膊一会儿搭在这个膝盖上,一会儿搭在那个膝盖上。电屏那边的人厉声让他老实坐着。时间一直流逝,二十分钟、一个小时……难以判断。皮靴声再次响起,温斯顿的心提到了嗓子眼。很快,相当快,也许再过五分钟,也许就是马上,靴子的声音意味着轮到自己了。

铁门打开了,冷着脸的年轻警官走进来。他简单地指向安普福斯。

"101房间。"他说。

安普福斯被两个看守架着,不情愿地走了出去,他的脸上隐约带着不安,且仍十分迷茫。

仿佛又过了很久,温斯顿的腹痛更强烈了。他的想法在同一段轨道上来来回回,犹如一个球反复掉进同一个球洞中。温斯顿心里只装着六件事:腹痛、一片面包、鲜血和尖叫、奥伯里恩、茱莉亚以及刀片。这时,他心头又是猛地一紧,沉重的皮靴声再次靠近。铁门打开时,难闻的汗味扑面而来,穿着卡其布短裤和运动衫的帕森斯走进牢房。

这次轮到温斯顿目瞪口呆了。

"竟然是你!"温斯顿说。

帕森斯瞥了温斯顿一眼,眼神中既没有什么兴趣,也没有惊讶,只有痛苦。帕森斯惶惶不安地走来走去,显然安静不下来。每当他伸直胖鼓鼓的膝盖,别人都会发现他在颤抖。帕森斯的眼睛瞪得很大,仿佛必须得盯着不远处的什么东西。

"你为什么被抓?"温斯顿问。

"思想罪!"帕森斯快哭了,声音中既包含完全认罪的情绪,也有难以置信的震惊,不敢相信这个词竟会出现在自己身上。帕森斯站在温斯顿对面,急切地向他倾诉:"你觉得他们会枪毙我吧?会吗,老伙计?如果你实际上没做什么,他们就不会枪毙你对吧?那只是想法,谁都控制不了。他们应该会给我机会辩解的。他们肯定知道我的贡献,对吧?你知道我是什么人,我可不是什么坏人。虽然我不怎么聪明,但很诚恳。我为党奉献了所有,不是吗?顶多判我五年,你觉得呢?或许十年?像我这种人在劳改营很有用,他们不会因为我犯一次错就枪毙我吧?"

"你有罪吗?"温斯顿问。

"当然有罪!"帕森斯边说边还奴颜婢膝地看着电屏,"党不会逮捕无辜的人,对吧?"他青蛙一样的脸镇定了一些,表情甚至还带着点虔诚,"老伙计,思想罪相当可怕,"他一副为人师表的语气,"思想罪很阴险,能在你毫不知情的情况下控制你。你知道它怎么控制我的?我睡觉的时候!没错,就是这样。我每天兢兢业业地工作,尽职尽责,根本不知道脑子里有这种坏想法,后来我就开始说梦话。你知道他们听见我说什么了吗?"

他压低了声音,仿佛因为医学上的原因不得不说脏话一样。

"'打倒老大哥!'没错,我就是说了!好像还说了好几遍。老兄,我只跟你说这件事,很高兴他们在我没有进一步的动作之前抓住了我。你猜我会在法庭上说什么?'谢谢你们,'我会这么说,'谢谢你们及时挽救了我。'"

"谁揭发的你?"温斯顿问。

"我的小女儿,"帕森斯半伤心、半自豪地说,"她透过锁眼听到的。她听到我说了那种话,第二天就报告给了巡逻队。她才七岁,可是已经很聪明了对不对?我一点儿都不怪她,还为她骄傲。无论如何,至少我把她培养得很好。"

帕森斯又开始惶惶地走来走去,瞟了好几眼马桶,最后猛地扯下短裤。

"对不起,老伙计,"他说,"我忍不住了,憋了很久。"

他的臀部以下盖到马桶上,温斯顿用手捂住了脸。

"史密斯!"电屏里的声音喊道,"6079号,温斯顿·史密斯!手放下。牢房里不准捂脸。"

温斯顿放下手。帕森斯在马桶上排泄,声音很大,肚子清理得很干净。结果,抽水装置出了问题,之后几个小时里,牢房里都臭气熏天。

帕森斯被带走了。又有一些囚犯被神秘地带来又被带走。有个女人被派到"101房间",温斯顿注意到那个词让她整个人都瘫软了,脸色都变了。后来到了某个时候——如果他是上午来的,那当时就是下午;如果他是下午来的,那当时就是上午——牢房里有六个人,有男有女,全都一动不动地坐着。温斯顿对面是个男人,胖到看不见下巴,牙齿还露在外面,很像某个个头很大却对人无害的啮齿动物。他的脸很胖,红一块白一块的,脸颊胖得下垂,别人很容易认为他嘴里藏着一些吃的。他灰白色的眼睛胆怯地在人们脸上扫来扫去,接触到别人的目光时就会迅速转移。

铁门再次开了,又一个囚犯被带进来,他的面目让温斯顿暗暗吃了一惊。他长相普通平庸,可能是工程师,也可能是技术员,但让人惊讶的是他面孔瘦削,如骷髅一般,而正因如此,他的眼睛和嘴巴也大得不成比例,眼睛里似乎有一种对某人或某事怀有刻骨仇恨的神情。

那个人离温斯顿不远,温斯顿没再看他,但那张扭曲如骷髅一样的脸却深深刻在他脑海里,仿佛那个人就在眼前。温斯顿忽然明白了,那个人快饿死了。仿佛一瞬间,牢房里所有的人都意识到了这一点。板凳上的人稍稍有些骚动。那个胖到没有下巴的人一直瞥着那个瘦骨嶙峋的人,但马上会带着一丝愧疚转移目光,可又会再次忍不住被吸引过去。接着,他变得坐立不安。终于,他站起来来,手插在工作服的口袋里,慢慢挪过去,有点难为情地拿出一片发黑的面包递给那个脸似骷髅的人。

电屏中传来愤怒的咆哮声,震耳欲聋,吓得那个没有下巴的男人一下跳起来。骷髅脸赶紧把手放到背后,仿佛是向全世界宣告自己拒绝了这种馈赠。

"巴姆斯德!"那个声音咆哮着,"2713号,巴姆斯德·杰!把面包扔在地上!"

没有下巴的男人把面包扔到了地上。

"站着别动,"那个声音说,"面向门。不准动。"

没有下巴的男人遵从了命令,胖乎乎的脸颊不可控制地颤抖着。铁门"哐当"一声打开了,年轻警官走到牢房一边，一个肩膀宽阔、胳膊粗壮的矮胖看守从他身后出现。看守站在没下巴的男人对面，得到警官的确认信号后，猛挥一拳，力道十足地砸在那个男人的嘴边，几乎要把他打飞了。那个没有下巴的男人一下从牢房这头跌到那头，撞在马桶底座。他愣了一会儿，头仿佛很晕。鲜血从嘴巴和鼻子里涌出来。他发出微弱的呜咽声，或者说是哼哼着。接着，他扭着身子，摇晃着双手，双膝着地，想站起来。鲜血和口水一起流下来，被打成两半的假牙也掉了出来。

犯人们都坐着，动都不敢动，双手交叉放在膝盖上。没有下巴的人爬回原来的地方，一侧脸庞发青，嘴巴则肿成了一团肉，成了樱桃色，中间的嘴巴成了黑洞。

不时就会有血滴到工作服胸前的位置。他灰白色的眼睛仍在每个人脸上扫来扫去，更加愧疚了，似乎想弄清楚自己受到的羞辱会让人鄙视到什么程度。

铁门开了。年轻警官稍稍朝骷髅脸做了个手势。

"101房间。"

这几个字让温斯顿身边的人都倒吸了一口凉气，还引发了一阵骚动。那个男人一下跪到地上，双手紧扣在一起。

"同志！长官！"他大喊着，"别带我过去！我不是已经全交代了吗？您想知道什么？我全坦白，全都坦白！

你想知道的，我全都说！写下来我就签字！什么都行！别带我去101房间。"

"101房间。"警官重复了一遍。

那个男人的脸早已苍白无比，听到这里还变了颜色。温斯顿简直不敢相信自己的眼睛，那个人脸上罩着一层青色，绝没有错。

"对我怎么样都行！"他大喊着，"你们好几个星期没让我吃东西了。干脆杀了我吧，枪毙我，绞死我，判我25年。你想让我揭发谁？你让我说什么我就说什么，不管是谁，随你怎么处置他。我有妻子，还有三个孩子，最大的不到六岁，你把他们全带走，就算在我面前划开他们的喉咙都行，我可以在旁边看着，只是别带我去101房间！"

"101房间。"警官再次重复。

那个男人发狂似的扫视了一下其他囚犯，仿佛想找个替罪羊。他的目光落在刚刚那个脸被打开花的男人身上。突然，他伸出瘦骨嶙峋的胳膊。

"你应该带走他，不是我！"他依旧大喊着，"你不知道他被打之后说了些什么。给我个机会吧，我一五一十地告诉你。他才是反党的，不是我。"看守们向前跨了一步。男人的声音变成了尖叫："你没听到他的话！"他一直重复着，"电屏出问题了。你们应该抓他，带走他，放开我!"

两个强壮的看守走过来,想抓住他的胳膊,就在这一瞬间,那个人一下扑倒在地板上,抓着长凳的铁腿,发出野兽般的嚎叫。两个看守按住他,想把他拉开,但他的力气惊人,怎么也不肯放手。看守们大概拽了有二十秒钟。犯人们依旧一动不动地坐着,双手交叉放在膝盖上,目视前方。嚎叫声已经停止,那个男人只是紧紧抓着凳子腿,没力气再发出其他声音。后来,他又换了一种哭喊声。一个看守用皮靴踩断了他一只手的手指,于是,两个看守把他拽起来了。

"101房间。"年轻警官又说了一遍。

那个人被架出去了,走也走不稳,头低垂着,摸着受伤的手,不再做任何抵抗。

又过了很久。如果那个骷髅头被带走的时候是午夜,那现在就是上午。如果他被带走的时候是上午,那现在就是下午。温斯顿一个人待在牢房里,他已经一个人待了好几个小时了。窄窄的凳子硌得他生疼,所以得不时站起来走动一下,还好电屏那边没有人斥责他。那一小片面包还留在看不见下巴的男人丢下它的地方。开始,温斯顿得费很大力气才能忍住不看它,但很快,比起饥饿,他更觉得口渴。温斯顿的嘴巴很干,口气也不好。嗡嗡的声音和一成不变的白色灯光让人眩晕,他觉得脑袋里空空如也。温斯顿骨头痛得难以忍受时就会站起来，可由于头晕站不住，又马上要跌倒。他的感官稍一正常，恐惧就会占据他的心。有时，他抱着一丝希望，想到奥伯里恩和刀片，也许刀片就藏在可能会给他送来的食物中。他也会依稀想到茱莉亚，她可能正在某个地方受折磨，比自己更痛苦。此刻，可能茱莉亚正在因疼痛而大叫。温斯顿想到：如果增加我的痛苦能救茱莉亚，我会那样做吗？没错，我会的。但那只是理智的决定，他之所以这样决定，是因为知道自己理应如此。温斯顿没有感受到那种疼痛，这里除了痛苦和对痛苦的预知，什么都没有。再说，无论出于何种原因，如果正在承受痛苦，还会希望增加自己的疼痛吗？目前为止，这个问题仍没有答案。

皮靴声再次靠近。铁门开了，奥伯里恩走了进来。

温斯顿猛地站起来，奥伯里恩的出现让他太过震惊，忘记了谨慎。多年以来，这是他第一次忘记电屏的存在。

"他们也抓到你了！"温斯顿大声喊道。

"他们早就抓到我了，"奥伯里恩不紧不慢地说，透着些许带有歉意的讽刺。他往旁边一让，一个胸肌发达、拎着长长警棍的看守出现了。

"温斯顿，你知道的，"奥伯里恩说，"别骗自己了。你早就知道，一直都知道。"

没错，温斯顿现在明白了，他一直都知道，只是没时间思考。他盯着看守手里的警棍，警棍可能打在他身体的任何地方，头顶、耳朵、上臂、肘部……

打到了肘部！温斯顿一下跪倒在地，身体都软了，手紧紧捂着被打的地方，眼前直冒金星。想不到，真想不到打一下竟如此疼痛！恢复了一下后，温斯顿看到另外两个人正俯视着自己。看守对着他蜷缩的身体狞笑着。他总算得到了一个答案：无论如何，你永远不希望疼痛增加，只会希望疼痛赶紧终止。世界上最糟糕的事莫过于身体上的疼痛。疼痛面前没有英雄，一个都没有。温斯顿徒劳地抱着被打伤的左臂在地上打滚时，这句话一直在他脑海里滚动。

第二章

温斯顿应该是躺在行军床上,只不过这张床离地面更高,而且他被绑了起来,动弹不得。比往常更强烈的灯光打在脸上。奥伯里恩站在旁边,低头注视着他。床的另一边站着个穿白大褂的人,手里拿着注射器。

睁开眼睛后,温斯顿慢慢观察着周围的环境。他感觉自己从另一个完全不同的世界而来,从深海而来,游到这个房间。他不知道自己在海底待了多久。自从被捕,他就没见过黑夜和白昼,记忆也断断续续的。有时,意识会完全消失,就连睡觉的意识也会消失不见,空白期后又逐渐恢复,至于空白期是几天、几周还是几秒,温斯顿也不得而知。

自肘部被打以来,噩梦就开始了。之后,他知道了,那不过只是前奏,几乎每个囚犯都要接受这种常规审问。人们理所当然会坦白一系列罪行——间谍罪、破坏罪之类的。坦白是惯例,而拷打则是实实在在的。温斯顿数不清自己被打了多少次,也不知道每次被打了多久,总之,五六个穿着黑色制服的人会同时打他,有时用拳头,有时用警棍，有时是铁棍，有时则是皮鞭。很多次，温斯顿在地上滚来滚去，如牲口般不知羞耻，扭动着身体，试图躲避拳打脚踢，然而这只会招致更多的殴打，打在他的肋骨、腹部、肘部、小腿、腹股沟、睾丸以及尾骨等部位。这种殴打有时候似乎无穷无尽，温斯顿甚至会觉得最残忍最无法原谅的不是看守的殴打，而是自己无法做到不省人事。有时，温斯顿都快被吓死了，毒打开始前就开始大声求饶，看到拳头收回准备出击，就能让他坦白所有事，有些事是真的，有些事是想象出来的。有时候，他会下定决心不说出一个字，痛到不行才会说几个字。有时候，他也会软弱，想折中一下，对自己说：可以坦白，但还不到时候；一定要等痛到受不了的时候再说；再忍三脚，再忍两脚，我就给他们想要的。有时候，温斯顿被打得站不稳，像袋土豆一样瘫在牢房的石头地上，几个小时后又被拉出去痛打。也有时候他得恢复很长时间。他记不清了，因为恢复期间都在睡梦中或者眩晕中度过。他记得有间牢房里有张木板床，墙上有个架子，还有一个脸盆，送来的饭是热汤和面包，有时还有咖啡。他记得有个脾气暴躁的理发员给他刮胡子、剪头发。他还记得有个公事公办、毫无表情的白衣男护士给他测脉搏，检测神经反应，翻他的眼皮，用粗糙的手指摸来摸去看他有没有骨折，最后，那个人会在他胳膊上打一针，让他昏睡过去。

拷打的频率降低了，威胁转而登场，那是一种你的回答让人不满时随时可能再次被殴打的恐怖感。审讯他的人不再是穿着黑色制服的暴徒，而是党内知识分子。他们身材矮胖、动作敏捷，还带着亮闪闪的眼镜。这些人轮番上阵，温斯顿觉得每次审讯大概会持续十到十二个小时，他是这么觉得的，不过也没办法确定。这些审讯人员要保证他一直处于轻微的疼痛中，但他们的主要目标不是让他感到疼痛。审讯人员抽他耳光，拧他耳朵，让他单足站立，扯他的头发，不允许他去洗手间，还用炫目的灯光照得他不停流眼泪，不过，他们只是为了羞辱温斯顿，摧毁温斯顿争辩、推理的能力。审讯人员真正的武器是没完没了的残酷审讯，一个小时接一个小时，他们会提出具有迷惑性的问题，让温斯顿说出本不想说的话，还会设置陷阱，歪曲温斯顿的回答，抓住每个谎言和每句自相矛盾的话，直到温斯顿因耻辱和疲劳而哭泣。有时，一次拷问会让他哭上五六次。大多数情况下，审讯人员会大声辱骂他，而温斯顿稍有迟疑，审讯人员就会威胁说再把他交给看守殴打。有时，审讯人员也会突然改变策略，称温斯顿为同志，让他看在英社和老大哥的份上，悲伤地问他是否对党还有一丝忠诚，支撑他改正错误。几个小时的审讯后，温斯顿就到了崩溃的边缘，这种恳求的话都会让他涕泪交加。最后，比之拳打脚踢，喋喋不休的声音更能让他彻底垮掉。无论如何,让他说什么他就说什么,让他签字他就签字。温斯顿在乎的只是发现他们想让自己坦白什么,之后在被凌辱前迅速坦白。他承认自己曾刺杀党内高级领导人,散发煽动性小册子,贪污公款,出卖军事秘密,进行各种破坏活动等;承认自己早在1968年就是东亚国的间谍;承认自己有宗教信仰,崇拜资本主义,是个变态;承认自己杀害了妻子,虽然自己和审讯人员都知道他的妻子还活着;还承认他多年来一直与古登斯坦有联系,是地下组织的成员,而该组织也几乎吸纳了所有他认识的人。坦白所有事、指认所有人并不难,况且,某种意义上说,这也是事实。他的确是党的敌人,因为在党的眼里,思想与行为没有差别。

另有一些记忆也在他脑海里浮现出来,它们是独立的片段,如同黑色圆圈中的照片。

他在一间说不出是否明亮的房间里,因为他只能看到一双眼睛。近在咫尺的某处,传来缓慢而有规律的滴答声。那双眼睛越来越大,也越来越亮,突然,温斯顿从座位上浮起来,一头扎进那双眼睛里,消失不见。

温斯顿被绑在周围都是仪器的扶手椅上,刺眼的灯光下,有个穿白大褂的人正在读取数据。外面传来沉重的脚步声,铁门"哐当"一声打开,有蜡像般面孔的警官走进来,身后跟着两个看守。

"101房间。"警官说。

穿着白大褂的人没有转身,也没有看温斯顿,只是盯着仪表盘。

温斯顿正穿过一条有一公里宽的走廊,沐浴在灿烂的金色光线下,大声笑着叫着,高声坦白了所有事。他什么都承认了,就连拷打时咬牙没说的话也承认了。他将一生都告诉了一个深知他底细的人。警卫、其他审讯者、穿白大褂的人、奥伯里恩、茱莉亚还有查林顿先生都和他一起穿过走廊,高声笑着。潜伏在未来的恐怖之事已经过去,没有发生。一切都安然无恙,不再有疼痛,他生命中最细枝末节的东西都摆到了台面上,他得到了理解和原谅。

躺在木板床上的他目视前方,奥伯里恩的声音显得很不真切。整个审讯过程中,虽然他没看到,但觉得奥伯里恩就在旁边,只是没出现在视线范围内。奥伯里恩操纵着所有事,就是他派看守们殴打温斯顿,也是他让看守们留下活口。他决定温斯顿什么时候该痛苦尖叫,什么时候该恢复一些。他决定何时让温斯顿睡觉,何时把药物注射进温斯顿的胳膊。也是他提问并给出答案的提示。奥伯里恩折磨别人、保护别人也审问别人,他是朋友。可能是在打了针之后的梦中,可能是在正常的梦中,也可能是暂时清醒的时候,总之有一次,温斯顿听到耳边有人说:"别担心,温斯顿,你现在由我看管。我观察了你七年,现在到了转折点。我会救你的，我会让你出类拔萃。"温斯顿不确定那是不是奥伯里恩的声音，但七年前的梦中，有人告诉他"我们将在没有黑暗的地方相会"时，也是这个声音。

温斯顿不记得审讯是如何结束的。一阵漆黑过后，他就到了现在的牢房里，或者说是房间里，逐渐看清了周围的东西。他几乎是平躺着，无法移动。身体的主要部分都被绑起来了，甚至后脑勺也以某种方式被固定住了。奥伯里恩正低头看着他，表情相当严肃悲伤。从下往上看，奥伯里恩的脸粗糙而衰老，不仅有眼袋，而且鼻子到下巴的部分还因为劳累而长出了皱纹。他比温斯顿想象的还要老一些，可能有四十八岁或者五十岁。奥伯里恩手里有个仪器，上面有个控制杆，仪器盘上标有刻度。

"我说过，"奥伯里恩说，"如果我们能再见，就会在这里。"

"没错。"温斯顿说。

没有任何防备，奥伯里恩的手稍稍一动，温斯顿的身体里就滚过一波疼痛感。那种疼痛令人恐惧，因为他不明白正在发生的事，觉得自己正经受着致命的伤害。温斯顿不知道伤害是真实发生的，还是电流引起的，只知道身体扭曲变形，关节逐渐分离。尽管疼痛让他的前额挂满汗水，但最可怕的是，他的脊椎就快断了。温斯顿咬牙坚持着，通过鼻孔用力呼吸，尽量保持沉默。

"你害怕了，"奥伯里恩看着他的脸说，"一会儿就会有东西断掉。你尤其害怕脊椎断掉。你能清晰地看到脊椎断裂、脊髓液滴下来的画面。温斯顿，这就是你刚才想到的，对吧？"

温斯顿没有回答。奥伯里恩把控制杆拉回去。疼痛消失了，如它到来时一样迅速。

"这才四十，"奥伯里恩说，"你看，刻度最大是一百。你记住，我们说话的时候，我随时能让你觉得疼，要多疼有多疼。你要敢撒谎或者想搪塞过去，或者回答得与你平常的智力水平不符，我就马上让你疼得喊出来。明白了吗？"

"明白了。"温斯顿回答。

奥伯里恩的态度缓和了一些。他若有所思地扶了扶眼镜，来回走了几步。再次开口时，他的声音里透着温柔和耐心，像医生、教师和传教士，似乎只想解释说服，不想惩罚。

"温斯顿，我为你担心，"他说，"是因为你值得，你清楚问题的所在，很多年前你就明白了，只是不肯承认。你精神不正常，有记忆缺陷。你记不住真正的事实，还说服自己记住从未发生过的事。幸好，这种病可以治。你之所以未能痊愈，是因为你的抗拒。你还没准备好付出努力。我很清楚，直到现在，你仍旧认为自己的病是种美德，不想改变。好了，我们举个例子，现在跟大洋国打仗的是谁？"

"我被捕的时候，是在和东亚国打仗。"

"跟东亚国。很好。一直是这样，对吧？"

温斯顿吸了口气。张嘴想说什么，却没说出来。他忍不住，一直盯着那个仪器。

"说实话，温斯顿，你说实话。告诉我你觉得自己记得的事。"

"我记得我被捕前一周，我们并没有跟东亚国打仗，它是盟友。我们当时在跟欧亚国打仗，打了四年了。再之前……"

奥伯里恩打了个手势，让他住口。

"再举个例子，"他说，"几年前，你确实有很严重的错觉。认为三个分别名为琼斯、阿伦森和卢瑟福的人曾是党员，他们对叛国罪和破坏罪供认不讳，被处决了，而你认为他们并没有犯下那些罪行。你觉得自己看到了毋庸置疑的文件，足以证明他们的清白。还有某张让你产生了幻觉的照片，你以为自己亲手碰到过。那张照片就像这样。"

奥伯里恩的手里出现了一张长方形的报纸，在温斯顿的视线范围内停留了大概五秒钟。那是张照片，而且绝对就是那张照片。是琼斯、阿伦森和卢瑟福在纽约完成党务时的照片。温斯顿十一年前见过，但照片立即被销毁了。可他确实见过，绝对见过，毫无疑问！他使出吃奶的力气，拼命想挣脱上半身的束缚，然而无论朝哪个方向都无法移动一寸。温斯顿一度忘记了那个仪器，只想把照片握在手里，哪怕再看一眼也好。

"它本来就存在！"温斯顿喊道。

"不。"奥伯里恩说。

他走到房间的另一边，对面的墙上有个记忆洞。奥伯里恩掀起盖子，那张薄薄的纸片瞬间就被暖流卷走，消失在了火焰之中。奥伯里恩转过身来。

"化为灰烬了，"他说，"认不出来了。成了尘土。它不存在，从未存在过。"

"但它的确存在！它是存在的！它存在于我的记忆中。我记得，你也记得。"

"我不记得。"奥伯里恩说。

温斯顿的心沉了下去，这就是双向思维，他感到极度无助。如果他能确定奥伯里恩是在说谎，那也没什么，但很可能奥伯里恩确实忘了那张照片。果真如此，那他肯定也会忘记对此的否认，之后会遗忘忘记这一行为本身。凭什么确定这只是个花招？也许混乱的大脑中真的会发生这种事，这种想法打败了温斯顿。

奥伯里恩低头看着他，沉思着，更有了一种教师的气质，不辞劳苦地教育着任性却还有前途的孩子。

"有条党的标语专门讲述对过去的控制，"奥伯里恩说，"如果你知道，就跟我重复一下。"

"掌控过去的人掌控未来，掌控现在的人掌控过去。"温斯顿顺从地重复道。

"掌控现在的人掌控过去，"奥伯里恩重复了一遍，点点头，表示赞许，"温斯顿，那你是不是认为，过去真的存在？"

无助感再次袭来。温斯顿的眼睛盯着那个仪器，他不知道到底是肯定的答案还是否定的答案能让他免受苦楚，他甚至不知道自己认为正确的答案。

奥伯里恩微笑了一下，"温斯顿，你不懂形而上学，"他说，"直到现在，你都不知道存在的含义。我再说得明确一些。过去是具体地存在于空间中吗？有没有某个地方或者某个物质世界中仍有过去？"

"没有。"

"那过去存在于何处？"

"记录中。写下来的。"

"记录中。还有？"

"脑子里。在人的记忆里。"

"在记忆里。很好。但我们，也就是党，控制着所有记录,也控制着所有记忆,因此我们也控制着过去,对不对?"

"但你们如何阻止人们记住所发生的事?"温斯顿叫道,再次忘记了仪器的存在,"那是自然而然的,不由人控制的。你们怎么能控制记忆?你们还没控制我的记忆!"

奥伯里恩的态度又严厉起来。他把手放在了仪器上。

"恰好相反,"他说,"是你没有控制记忆,这就是你在这里的原因。你之所以出现在这里是因为你既不谦虚,也没有自律。服从是理智的行为,可你却没做到。你宁愿当一个疯子,当一个人的少数派。温斯顿,只有经过训练的大脑才能看到现实。你认为现实是客观的,是外界的,是独立存在的。你也认为现实的本质是自我彰显。你欺骗自己看到某种东西时,还假设所有人都看到了。但我告诉你,温斯顿,现实不是外在的。现实只存在于人的头脑里。现实不是存在于个人的头脑中,而是存在于党的头脑里,因为个人的头脑会犯错,且无论如何,很快就会消亡,但党的头脑则是集体性的,也是不朽的。党认为是正确的,就是正确的。除非站在党的角度,否则就看不到现实。温斯顿,这就是你要重新学习的事实。这要求你有自我毁灭的方式和意志上的努力。你得先谦虚,才能理智。"

奥伯里恩有一会儿没说话,仿佛等着温斯顿消化这番话。

"你记得吗?"奥伯里恩继续说,"你在日记中写过,'自由就是能自由说出二加二等于四'。"

"记得。"温斯顿回答。

奥伯里恩举起左手,手背对着温斯顿,他伸出四根手指,把大拇指藏起来。

"这是几根手指,温斯顿?"

"四根。"

"如果党说这不是四根而是五根的话,你觉得这是几根?"

"四根。"

这两个字让他马上陷入了痛苦。仪器上的指针一下跳到了四十五。温斯顿出了一身汗。他用力吸气,呼气的时候则带着低沉的呻吟,咬紧牙关也抑制不住。奥伯里恩看着温斯顿,仍然伸出四根手指。他把控制杆往回移动了一点,稍微减轻了痛苦。

"温斯顿,几根手指?"

"四根。"

指针跳到了六十。

"四根!四根!还用说嘛?就是四根!"

指针肯定移动到了更高的刻度,但温斯顿没看到。他只能看见阴沉着的严肃脸庞和四根手指。那些手指像柱子一样戳在温斯顿眼前,巨大而模糊,虽然仿佛在摇摆,但就是四根没错。

"温斯顿,几根手指?"

"四根!快住手,住手!怎么还不停下!四根!四根!"

"温斯顿,几根手指?"

"五根!五根!"

"没用的,温斯顿。你在撒谎,你心里还是认为是四根手指。告诉我到底是几根?"

"四根!五根!四根!你说几根就是几根。赶紧停下,住手吧!"

突然,温斯顿靠着奥伯里恩揽住他肩头的手臂坐起来。也许他昏过去了几秒钟,绑着他的绳子松开了。温斯顿觉得很冷,不由自主地战栗,牙齿"咯噔咯噔"作响,眼泪顺着脸颊不住淌下。温斯顿像婴儿一样抱着奥伯里恩待了一会儿。奇怪的是,抱着他肩膀的结实手臂让温斯顿倍感安慰。他忽然觉得奥伯里恩在保护自己,而疼痛是别人施加给他的,奥伯里恩能让他免于受苦。

"你学得很慢。"奥伯里恩和蔼地说。

"我能怎么办?"温斯顿啼哭着说,"我怎么能对眼前的东西视而不见?二加二等于四。"

"温斯顿,有时候是这样。但有时候二加二等于五,或者等于三,或者三种答案都对。你一定要更努力,理智并不容易。"

奥伯里恩把温斯顿放回床上,再次绑紧他。但温斯顿已感觉不到疼痛,他也不再颤抖,只感到虚弱和寒冷。奥伯里恩向穿着白大褂的人点头示意,之前那个人只是一动不动地站着。白大褂弯下腰,仔细查看温斯顿的眼睛,摸了摸他的脉搏,耳朵贴在他的心口,四处敲了敲后,朝奥伯里恩点了点头。

"再来一次。"奥伯里恩说。

温斯顿的身体再次感受到了疼痛,指针一定到了七十或者七十五。这次,温斯顿闭上了眼睛。他知道手指还在那里,也知道还是四根。重要的是不能死去,要坚持到疼痛结束。他没在意自己是否流泪了,疼痛减轻了一些,他睁开眼睛,奥伯里恩往回拉了拉控制杆。

"温斯顿,几根手指?"

"四根。我想是四根。如果是五根我就会看到五根,我正努力看到五根。"

"你想说什么?说服我你看到了五根还是你的确想看到五根?"

"的确想看到五根。"

"再来一次。"奥伯里恩说。

也许指针指向了八十,甚至就是。温斯顿根本不记得为什么会感到疼痛。他紧闭双眼,一片手指的森林跳舞一般出现在眼前,一会儿重叠,一会儿又分开。这个压在那个上面，之后再次分离。温斯顿努力想数清楚，却不记得为什么要数清楚，只知道数清楚是不可能的，这也许就是四和五之间的神秘性。痛苦再次减轻。温斯顿再次睁开眼睛时，景象依然没有变化，数不清的手指像移动着的树木，朝着两个方向移动，交叉、分开。温斯顿又闭上了眼睛。

"温斯顿，我举着几根手指？"

"不知道，我不知道。你再那么做我就死了。四根、五根、六根……真的不骗你，我不知道。"

"有进步。"奥伯里恩说。

一个针头刺进温斯顿的手臂。顿时，令人愉快且带有治愈性的温暖蔓延到了温斯顿全身。疼痛消失了一半。温斯顿睁开眼，感激地看着奥伯里恩。看到那张阴沉而布满皱纹，丑陋却十分睿智的脸，温斯顿的内心还是挣扎。如果温斯顿能够活动，他就会把手搭在奥伯里恩的胳膊上。仿佛他从未如此刻一般真挚地爱着奥伯里恩，而原因不仅仅是他终止了自己的疼痛。说到底，奥伯里恩是敌是友并不重要，旧的感觉回来了，奥伯里恩是可以谈心的人。也许比起被人疼爱，被人理解更为重要。奥伯里恩疯狂地折磨自己，显然很快就会把自己送上死路，但那并不重要。从某种意义上说，那种感情超越了友谊，他们是至交。虽然无法吐露真言，但总有什么能让他们面对面交谈。奥伯里恩俯视着他,透露出深有同感的表情。他再次开口时,带着平易近人的谈话语气。

"温斯顿,你知道自己现在在哪儿吗?"他问。

"不知道,但我猜是在仁爱部。"

"你知道自己到这儿多久了吗?"

"不知道,或许是几天、几周、几个月了,我觉得有几个月了。"

"你觉得我们为什么要把人们带到这里?"

"让他们认罪。"

"错了,不是这个原因。你再想想。"

"惩罚他们。"

"也不对!"奥伯里恩大声说。他的声音变化很大,表情突然变得严厉而激动。"不对!不仅仅是为了拿到你的供词,也不是为了惩罚你。我告诉你为什么要带你过来,是为了治疗你!让你变得理智!所有人离开时都已经被治好了,明白了吗,温斯顿?我们对你犯下的蠢事没兴趣。党对有意为之的行为没兴趣。我们只关心思想。我们不止消灭敌人,还要转化他们。你明白我的意思了吗?"

他朝温斯顿俯下身。由于距离很近,温斯顿觉得他的脸硕大无比,而由于是仰视,那张脸也显得极其丑陋。此外,那张脸上还洋溢着得意和狂热。温斯顿的心再次缩紧。如果有可能,他愿意更深地蜷缩在床上。他确定奥伯里恩会随心所欲地波动指针。但此时，奥伯里恩转过身，他走了几步，以略微平静的语气继续说："你要明白的第一件事就是这里没有英雄。书本告诉你之前曾有过宗教迫害，中世纪还有宗教裁判所。那是个败笔。它本想消除异端邪说，结果却使之永恒。它想把每个异端分子烧死在十字架上，可一人倒下后，千千万万个人却站了起来。为什么？因为宗教裁判所公开杀死敌人，在敌人没有悔改之前就杀死了他们，因为他们不肯悔改。他们被杀是因为不肯放弃真正的信仰。因此，光荣自然属于殉难者，而羞耻则落在烧死他们的迫害者的肩头。20世纪，所谓的集权主义者出现了。他们是德国的纳粹分子以及苏联的共产主义者。俄国人对异端邪说的迫害比宗教迫害更为严苛。他们以为自己从宗教中汲取了教训，无论如何，他们知道绝不能出现殉难者。于是，公开审理受害者之前，他们先有意识地摧毁受害者的尊严，通过严刑拷打和单独禁闭，他们把受害者折磨成了摇尾乞怜的可怜虫，使受害者愿意承认任何罪行，愿意辱骂自己，也愿意攻击别人保全自己。但几年之后，历史再次重演，死去的人成了烈士，他们的可耻下场被人遗忘。再问一遍，为什么会这样？首先，他们是被刑讯逼供的，我们不会犯这种错误。所有的供词都是真实的，我们想办法让供词是真实的。最重要的是，我们不允许死人站起来反抗。温斯顿，别以为后代能让你沉冤得雪。后代不会知道你这个人，你已经被抛出了历史的长河。我们将你化为气体，让你消失在虚无之中。你根本无迹可寻，登记簿上没有你的名字，人们也没有关于你的记忆。无论过去还是将来，你已经被消灭了，从未存在过。"

那拷打我是为了什么？温斯顿暗想着，感到一阵怨恨。奥伯里恩停下了脚步，好像温斯顿刚才把那个念头大声说出来了一样。他丑陋的大脸凑过来，眯起眼睛。

"你在想，"他说，"既然要彻底消灭你，让你的所说所做都无足轻重，为什么还要费尽心思拷问你？你是在思考这个吧？"

"没错。"温斯顿回答。

奥伯里恩笑了一下。"温斯顿，你是整幅图景上的败笔，是必须抹去的污点。我刚才提到了吧？我们和之前的迫害者不同。我们不满足于消极服从，就算是最卑躬屈膝的服从也不行。你最终投降时，必须是出于自己的意愿。我们不会因为异端分子的反抗而消灭他们，只要他们反抗，我们就绝不会消灭他。我们转化他们，控制他们的思想，重新塑造他们。我们铲除他头脑中的邪恶和幻觉，将他带到我们的阵营中。这不是表面功夫，而是让他全心全意地归顺。杀掉他之前，我们会把他转变为自己人。对我们来说，就算错误观念存在之处相当秘密，且它的力量相当微弱，只要它存在，就是不可容忍的。将死之人也一样，不能带着任何歪理邪说死去。过去，异教徒走向火刑柱时，仍是异教徒，他宣扬着异端邪说并因此洋洋自得。即使俄国大清洗出来的死刑犯也是一样，在走廊里等着被枪毙时，脑子里装着的还是反抗思想。然而，我们要在人们脑袋开花前将之变得完美。旧式专制主义的教条是'你不得如此'，集权主义的命令是'你必须如此'，我们的信念是'你就是如此'。被带进这里的人最终绝不敢反对我们。每个人都被洗干净了。就连那三个你曾经信任的可怜叛国贼也是，我们最终还是把琼斯、阿伦森和卢瑟福打倒了。我自己也参加了审讯工作，眼睁睁地看着他们一点点垮掉。他们呜咽着、爬着、哀求着，最后只剩下悔悟之心，而没有了痛苦或恐惧。审讯结束时，他们只剩下了一副躯壳。他们只有深深的懊悔和对老大哥浓浓的爱意。看到他们对老大哥的热爱，真是让人感动。他们乞求自己马上被枪决，这样死去的时候，思想依旧纯净。"

奥伯里恩几乎是在呓语，他的脸上仍挂着兴奋和狂热的神情。温斯顿认为，他不是装的，他不是伪君子，他对自己说的每个字深信不疑。最折磨温斯顿的是自己的智慧比不上奥伯里恩。温斯顿看着他庞大而优雅的身躯来回踱步，在自己的视线中来来去去。无论从哪个方面看，奥伯里恩都要胜过自己。至于自己所有已经想到或者可能想到的念头,奥伯里恩都早已知晓,经过思考后都一一摒弃了。奥伯里恩的思想囊括了温斯顿的思想。既然如此,发疯的怎么可能是奥伯里恩?那么发疯的肯定就是温斯顿自己了。奥伯里恩停下脚步,俯视着温斯顿。他的声音又严厉起来。

"温斯顿,无论你向我们屈服得多么彻底,都别觉得能救自己的命。只要踏上迷途,就绝不能幸免。就算我们让你活到寿终正寝,你也逃脱不了我们的手掌心。这里发生的事永久存在。你最好提前搞明白,你再也没有重头来过的机会。就算你千岁万岁,发生在你身上的事仍是万劫不复的。你无法再拥有正常人的情感,内心的一切早已死掉。你无法拥有爱和友谊,也无法感受生活的喜悦、笑声、好奇、勇气以及正直。你是空洞的。我们要把你榨干,再用我们自己把你填满。"

奥伯里恩没再说下去,而是跟白大褂打了个招呼。温斯顿明显觉得脑袋下面放了很重的仪器。奥伯里恩在床边坐下,这样他的脸就和温斯顿的脸差不多处在同一高度。

"三千。"奥伯里恩对温斯顿头顶那边的白大褂说。

两个微微湿润的软垫放在了温斯顿的太阳穴。温斯顿畏缩了。疼痛袭来,是另一种痛感。奥伯里恩伸出一只手,近乎慈祥地放在温斯顿的手上。

"这次不会疼的,"他说,"盯着我的眼睛。"

此时,毁灭性的爆炸发生了,或者说像是某种爆炸,但并不确定是否真的有什么声音。不过,一道炫目的强光的确划过了。温斯顿没觉得痛,只是感到自己被放平了。尽管他已经是仰卧着,但那件事发生时,他却奇怪地感到自己是被打成了现在的姿势。没有痛感的强烈打击让温斯顿平躺着,思维仿佛也受了某种影响。温斯顿的眼睛能重新看清东西时,他记起了自己是谁,记起了自己的处境,也认出了盯着自己的那张脸。可确实出现了大片空白,仿佛大脑一部分被取走了。

"一会儿就好了,"奥伯里恩说,"看着我的眼睛。大洋国到底是在跟谁打仗?"

温斯顿思考了一下。他知道大洋国是什么,也知道自己就是大洋国的公民。他还记得欧亚国和东亚国,但他不知道到底是跟哪个在打仗。实际上,他根本不知道战争这回事。

"我想不起来了。"

"大洋国在跟东亚国打仗。记住了吗?"

"记住了。"

"大洋国一直跟东亚国打仗,从你出生、从党建立、从历史起点开始就是如此,战争持续不断,从未改变。记住了吗?"

"记住了。"

"十一年前,你编造了有关三个因叛国罪而被处死的人的传奇故事,你以为自己看到了能证明他们无辜的剪报。但其实那并不存在,是你虚构的,但你逐渐信以为真。你现在还记得当初编造这个谎言的时刻。记住了吗?"

"记住了。"

"刚才我朝你伸出了手指,你看到了五根手指。记住了吗?"

"记住了。"

奥伯里恩伸出左手,拇指弯着。

"这是五根手指。你是不是看到了五根手指?"

"是的。"

的确,思维改变前的一瞬间,温斯顿确实看到了。他看到了五根手指,而且并没有畸形。接着,一切恢复了常态,过去那种空虚、那种憎恨还有迷惑接踵而至。但有一刻,奥伯里恩的新说法填补了那一大片空白,成了绝对真理,如有需要,二加二既可以等于三,也可以等于五,至于那一刻有多久,温斯顿也不知道,也许有三十秒,但那三十秒里,一切都清晰明白。奥伯里恩的手刚放下,一切就消失了,尽管温斯顿无法重现那一刻,但仍记得。正如一个人过去的某段生活鲜活地出现在眼前,可人却完全不同了。

"你看到了,"奥伯里恩说,"无论如何,这是有可能的。"

"没错。"温斯顿回答。

奥伯里恩带着一种满足感站起来。温斯顿看到站在奥伯里恩左边的白大褂打开一管针剂,抽了一管。奥伯里恩面带笑容,转向温斯顿,用几乎和从前一样的方式,扶了扶架在鼻子上的眼镜。

"你日记里写过,"他说,"我是敌是友并不重要,至少我理解你,能和你谈心,你还记得吗?你写得没错。我喜欢和你聊天,你的想法很吸引我,我对你的思维很感兴趣,跟我的差不多,只不过你已经疯了。我们结束这次谈话前,你可以随意问我问题。"

"什么问题都可以?"

"什么问题都可以。"奥伯里恩看温斯顿瞟了一眼仪器,"我已经把它关了。你想先问什么?"

"你们把茱莉亚怎么样了?"

奥伯里恩微笑了。"温斯顿,她背叛了你,迅速而决绝。我从没见过那么快就投降的人。你再见到她可能也会认不出来。她的反叛、欺骗之心、愚蠢还有污秽的思想都已经被彻底清除干净了。那是非常完美的转变,是应该写进教科书的那种。"

"你们拷打过她吗?"

奥伯里恩没有回答。"下一个问题。"他说。

"老大哥真的存在吗?"

"当然,党是存在的,老大哥是党的化身。"

"他是像我一样存在的吗?"

"你并不存在。"奥伯里恩回答。

无助感再次抓住了温斯顿。他知道,或者说能想象到证明自己不存在的理由,但那都是无中生有,是文字游戏。"你不存在"这种说法不也包含了逻辑上的荒谬吗?但说出来又有什么用?想到奥伯里恩用来驳倒他的疯狂理由,温斯顿觉得束手无策。

"我想我是存在的,"温斯顿无精打采地说,"我知道自己的身份。我曾出生,将会死去。我有胳膊有腿,占据着宇宙中某个特定的位置,并不与其他个体重合。从这种意义上说,老大哥真的存在吗?"

"这并不重要。他的确存在。"

"老大哥会死吗?"

"当然不会,老大哥怎么会死?下一个问题。"

"兄弟会存在吗?"

"温斯顿,这一点你永远无法知道。就算审讯完,放了你,而你也活了九十岁,你仍然无法知道答案是肯定的还是否定的。只要你活着,这就是你头脑里永远的谜。"

温斯顿沉默地躺着,他的胸脯急促地起伏着。他还是没问出第一个想到的问题。他一定要问,但他仿佛说不出来。奥伯里恩脸上有一种幸灾乐祸的表情,就连他的眼镜都反射着嘲弄的光。温斯顿突然明白了,奥伯里恩知道,他知道温斯顿要问什么!想到这里,那个问题脱口而出:"101号房间里有什么?"

奥伯里恩脸上的表情丝毫没变。他冷冷地回答:"温斯顿,你知道101房间里有什么。每个人都知道101房间里有什么。"

说完,奥伯里恩朝白大褂举起一根手指。显然,这次对话结束了。针头扎进温斯顿的胳膊,他很快就昏睡过去了。

第三章

奥伯里恩说:"你的改造分为三个阶段,学习、理解和接受。现在是第二个阶段。"

和之前一样,温斯顿平躺着。但最近绑得没那么紧了。他们还是会把温斯顿绑在床上,但他能稍微活动膝盖,也能左右转动头部,还能抬起小臂。一切都没那么可怕了。如果温斯顿够机智,就能免遭痛苦。只有温斯顿反应迟钝时,奥伯里恩才会扳动控制杆。有时,整个谈话过程中,都没有用过一次仪器。温斯顿不记得谈话进行了多少次,整个过程似乎拉长了,难以估计,可能是几个星期吧。谈话间隔有时可能是几天,有时则是一两个小时。

"你躺着的时候,"奥伯里恩说,"经常想那个你曾经问过我的问题:为什么仁爱部要在你身上浪费时间和精力。你被释放之后,困扰你的基本也就是这个同样的问题。你理解社会的运行机制,却不明白潜藏的动机。记得吗?你日记中写过'我知道自己在做什么,但不知道为什么'。你想到'为什么'时就会怀疑自己的神智。你读了那本书,就是古登斯坦的书,至少读了一部分。它告诉你之前不知道的东西了吗?"

"你读过吗?"温斯顿问。

"就是我写的,意思是我参与了书的写作。你也知道,一个人不可能独立完成一本书。"

"书里说的都对吗?"

"作为描述来说是对的,而列出的计划则是胡说。认知的秘密积累——启蒙范围的逐渐扩大——群众最终的造反——党的统治的推翻。你自己也知道书会这么写。这全是胡说。群众永远不会造反,再过上千年万年也不会。他们没这个能力。我早就告诉过你原因,你早就清楚了。如果你曾怀有暴力反抗的梦想,还是趁早放弃的好。党无法被推翻,党的统治永久长存,要把这个当作你思考的出发点。"

奥伯里恩朝床又走了几步,"永远如此!"他重复道,"现在回到'怎么做'和'为什么'的问题上。你清楚地知道党如何维系权力。现在,告诉我,为什么要紧紧抓住权力?我们的动机是什么?"见温斯顿没有开口,奥伯里恩又加了一句:"好了,说说看。"

但温斯顿还是有一阵没说话,疲惫感奔涌而来。奥伯里恩的脸上隐隐透出狂热的神情,他早就知道奥伯里恩要他说什么,党之所以要掌权,不是为了自身利益,而是为了大多数人。党要掌权是因为群众意志薄弱,胆怯庸懦,无法忍受自由，也无法面对事实，必须被更强大的人统治，也必须被更强大的人有系统地欺骗。人类面临着两种选择——自由或幸福。对大多数而言，选择幸福比较好。此外，党永远保护弱者，具有献身精神，为了美好的未来可以作恶，可以为了他人牺牲自己的幸福。温斯顿想，可怕之处在于奥伯里恩说到这些的时候，他自己是相信的。这一点从他的表情就可以判断出来。奥伯里恩无所不知，他对世界真相的理解比温斯顿透彻一千倍，也就是说他明白大多数人的生活穷困潦倒，也明白党为了让人们忍耐而采取的谎言和暴行。奥伯里恩一清二楚，也盘算过，但这无关紧要，因为这些都因最终的目的而变得正当。温斯顿心里想着，面对比自己聪明的疯子又能怎么办？他认真听取你的观点，却仍然坚持自己的疯狂。

"你们是为了我们的利益而统治，"温斯顿有气无力地回答，"你们认为人类不适合管理自己，于是……"

还没说完，温斯顿就差点大叫出来。剧痛刺穿了身体，奥伯里恩把控制杆推到了三十五的位置。

"温斯顿，你说的都是蠢话，愚蠢至极！"他说，"你知道自己不该说这种话！"

他把控制杆扳回来，继续说："我来告诉你答案，是这样的，党之所以掌权，完全是为了自身利益。我们对别人的幸福不感兴趣，只对权力感兴趣。我们的目的不是为了财富、奢华、长寿或者幸福，只是权力，纯粹的权力。你很快就会知道什么是纯粹的权力。我们跟寡头统治者不一样，我们明白自己的所作所为。而其他和我们类似的人，不过是懦夫和伪君子。德国纳粹分子和俄国共产主义者运用的统治手段和我们的很像，但他们永远没有勇气承认。他们假装自己不情愿地取得了权力，而且只在有限的时间里，不远的将来，人人自由而平等的天堂将会出现，或许他们自己是相信的。我们不一样，我们知道，取得权力不是为了放弃。权力不是手段，而是目的。一个人不会为了保卫革命而建立独裁政权，可一个人则会为了独裁政权的建立而革命。迫害的本质就是迫害，权力的本质就是权力。你开始明白了吧？"

如之前发生过的，温斯顿又被奥伯里恩脸上的疲惫神情打动了。那张脸坚强、鲜活而残酷，充满智慧和某种被抑制的热情，这张脸让温斯顿感到无助，但那也是一张写满疲惫的脸，眼睛下方有眼袋，而颧骨处的皮肤也已松弛。奥伯里恩探向温斯顿，有意将充满疲倦神色的脸靠近他。

"你在想，"他说，"我的脸衰老疲惫。你在想我可以对权力高谈阔论，却无法阻止身体的衰败。温斯顿，你难道不明白吗？一个人只是一个细胞，只有细胞的疲惫才能造就机体的活力。你给自己剪指甲时会死吗？"

他从床边转身走开,再次来回踱步,一只手插在口袋里。

"我们是权力的牧师,"他说,"上帝就是权力。不过目前对你来说,权力仅仅是个词语。现在,你应该对权力的含义有所了解。首先你必须意识到,权力是集体的。个人只有在不是个人时才能获得权力。你知道党有一句口号是'自由就是奴役'。你想过没有,这句口号可以颠倒——奴役就是自由。一个人独处之刻就是自由之时,也最容易被打败。这是必然的,因为每个人注定都会死,这是最大的失败。但如果他能做到完全彻底的服从,如果他能摆脱个体身份,如果他能融入党,那他就是党,无所不能,亘古长存。你必须明白的第二件事是权力是施加于人的权力,施加于身体的权力,但最重要的是施加于思想的权力。施加于你们所说的外部现实的权力并不重要。我们对物质有绝对控制。"

温斯顿暂时忘了仪器。他极力想坐起来,却只是感到体内一阵痛苦。

"那你们如何控制物质?"温斯顿马上说了出来,"你们甚至不能控制期货或者重力定律,也控制不了疾病、痛苦、死亡……"

奥伯里恩做了个手势,让他住口,"我们通过控制思想而控制物质,现实是装在脑子里的。温斯顿,你慢慢就知道了。我们能做到所有事——隐身、升空——所有事。如果我想如肥皂泡一样漂浮于地板之上,我就能做到。但我不想这样,因为党不想这样。你一定要摒弃那些19世纪时关于自然法则的思想。自然法则是我们规定的。"

"可你们并没有!你们不是星球的主宰。就说欧亚国和东亚国吧,你们连它们都还没征服。"

"无关紧要。时机合适我们就会征服它们。就算没有,又有什么区别?我们可以让它们不复存在,大洋国就是整个世界。"

"可世界本身是一粒尘埃。人生来如此渺小,无依无靠。人类出现才多久?有几百万年,地球上根本没有人类。"

"胡说。地球与人类同时出现,绝不比人类更古老。地球怎么可能更古老?除非经由人的意识,否则一切皆不存在。"

"可石头里都是已经灭绝的动物的骨头,有猛犸象的、乳齿象的,还有大型爬行动物的。人类出现很久之前,这些动物就出现了。"

"温斯顿,你见过那些骨头吗?当然没有,那是19世纪的考古学家杜撰的。人类出现之前一无所有,假设人类也将灭绝,那么人类之后也将一无所有。除了人类,什么都没有。"

"但整个宇宙都在我们之外。看那些星星!有的远在几百万光年之外,永远不可触及。"

"什么是星星?"奥伯里恩漠不关心地问,"那不过是几公里之外的火光。只要我们愿意,就能到达,或者说可以让它们消失。地球是宇宙的中心。太阳和星星围绕地球转动。"

温斯顿又挣扎了一下,这次他什么都没说。奥伯里恩继续说,仿佛在回答对方提出的反对意见:"当然,为了特定目的,这话就不是真的。我们在海上航行或者预测日食月食的时候,假设地球围绕太阳转动而星星远在亿万公里之外更容易理解。但那又如何?你觉得我们创造不了天文学的双重体系吗?星星或远或近,要看我们的需要。你以为数学家做不到吗?你忘记双向思维了吗?"

温斯顿在床上瑟缩了一下。不管自己说什么,对方信手拈来的回答都仿佛是当头一棒。他知道,自己是正确的。至于那种头脑之外别无他物的信念肯定能有某种方式证明其错误吧?很久以前不就已经证明那是谬论了吗?它甚至有个名字,不过温斯顿忘记了。奥伯里恩俯视着他,嘴角挂着一抹淡淡的笑意。

"温斯顿,我说过,"奥伯里恩开口了,"形而上学不是你的专长。你想说的词是唯我论,但你错了。这不是唯我论。如果你愿意,可以称之为集体唯我论。然而,二者并不相同,事实上还相互对立。这都是题外话了,"奥伯里恩换了种腔调说,"真正的权力,也就是我们日夜为之奋斗的权力,不是施加于实体的,而是施加于人的。"他停顿了一下,有一瞬间又回到了老师向尚有前途的学生提问的样子,"温斯顿,一个人怎么将权力施加于另一个人?"

温斯顿想了想,说:"通过折磨他。"

"完全没错,就是折磨他。顺从是不够的。如果不折磨他,怎么知道他服从的是你的意愿而不是自己的?权力存在于痛楚和羞辱中。权力就是撕碎人的思维再重新拼凑成新的模样。这样,你有没有明白我们正在创造怎样的世界?我们创造的与之前改革家们设想的愚蠢的享乐主义乌托邦刚好相反。我们创造的是充满恐惧、背叛、痛苦的世界,是一个践踏和被践踏的世界,是一个随着自身的完善而愈加残忍的世界。我们这个世界的进步是发展更多的痛苦。旧式文明宣称友爱和正义是其赖以建立的基础,而我们的文明则是建立在仇恨之上。在我们的世界中,除了恐惧、愤怒、狂喜和自卑外,没有任何情绪。我们会摧毁一切,摧毁所有。我们已经打破了革命之前遗留下来的思维习惯,也切断了父母子女之间、男人之间以及男女之间的情感联系。再没有人敢信任妻子、孩子或者朋友了。而将来也不会再有妻子和朋友。孩子们刚出生就会被带离母亲身边，就像把鸡蛋从母鸡身边拿走一样。性本能将被永远根除。生育将像更新定量供给卡一样成为一年一度的例行手续。我们还会废止性高潮。这一点，神经学家正在研究。人们只能对党尽忠，只能热爱老大哥。除了打败敌人后的欢笑不会有别的笑声。没有艺术，没有文学，也没有科学。我们无所不能后，就不再需要科学了。美丑的界限不复存在，好奇心和生命中的乐趣也会消失，其他快乐的感觉也会被摧毁。但是，温斯顿，你不要忘记，始终都要记得，对权力的沉醉永远存在，不断增强，也越来越微妙。胜利带来的激动和践踏手无寸铁的敌人带来的激动每时每刻都存在着。如果你想知道未来的图景，就想象皮靴踩在人脸上的感觉吧。这一切颠扑不破。"

他停下来，等着温斯顿开口。温斯顿在床上缩得更紧了。他什么都说不出来，他的心仿佛凝固了。奥伯里恩继续说："记住，这一切颠扑不破。永远有可以践踏的脸庞。异端分子和社会敌人总会存在，因此总可以被反复击倒、羞辱。你落入我们手中经历过的所有事都将一如既往，也会越来越残酷。侦察、背叛、逮捕、折磨、处决和失踪永远不会停歇。这个世界既充满恐惧，也充满狂喜。党越强大，容忍度就越小；反抗越弱，专制就越严厉。古登斯坦和他的歪理邪说将永远存在，每一天，每一刻，这些都将被打败、被怀疑、被嘲笑、被唾弃，但仍旧存在。

过去七年里，我和你之间上演的把戏将会代代上演，反复无穷，只是形式上越来越微妙。我们手中总有可以随意摆布的异端分子，他们因疼痛而尖叫、崩溃，变得卑鄙，最终则会幡然悔悟，从自我中得到拯救，匍匐在我们脚下。温斯顿，这就是我们正在建设的世界。一场接一场的胜利，一次又一次的狂喜，对权力的神经进行无穷无尽、没完没了地压迫。我看得出，你已经开始渐渐了解这个世界，但最后你不止会了解它，还会接受它，欢迎它，成为其中的一部分。"

温斯顿恢复了一些，能说话了，"你们做不到。"他虚弱地说。

"温斯顿，你这是什么意思？"

"你们创造不出你刚才描述的世界。那是个梦，不可能实现。"

"为什么？"

"文明不可能以恐惧、仇恨和残忍为基础。这是不可忍受的。"

"为什么不可能？"

"因为它没有活力。它会自行瓦解，会自行毁灭。"

"胡说。你觉得仇恨比爱更消磨心志，为什么会这样？即使如此，又有什么关系？假设我们选择更快衰退，假设我们加速了人的生命进程，三十岁就开始衰老。然而，那又怎样？你难道不明白？个人的死亡不是死亡，党才是永生的。"

像之前一样，奥伯里恩的话将温斯顿打入了无助的深渊。此外，他非常担心，固执己见会促使奥伯里恩扳动控制杆。但他不得不说话，于是便萎靡不振地反驳起来，没有争辩，也没有强有力的证据，只有对奥伯里恩所说之言的极端厌恶。

"我不知道，我也不在乎。反正你们不会成功的，总有东西能打败你们。生活会打败你们。"

"温斯顿，我们控制着生活的方方面面。你幻想的那种人性，会因为我们的所作所为而愤慨，进而反对我们。但人性是我们创造的，人的可塑性难以想象。也许你又会觉得群众或者奴隶会站起来推翻我们。赶紧忘了吧。他们就像动物，没什么办法。人性就是党，其他都是外在的、毫不相干的。"

"我不管，最终他们将打败你们。迟早他们将看清你们的真面目，之后就会把你们撕成碎片。"

"你有什么证据佐证吗？或者有什么理由吗？"

"没有，我相信这一点。我知道你们终将失败。宇宙中的某种东西你们无法逾越，我不知道是什么，也许是某种精神，也许是某种原则。"

"温斯顿，你相信上帝吗？"

"不相信。"

"那么打破我们的会是什么原则?"

"我不知道。人类精神。"

"你认为自己是人吗?"

"是的。"

"温斯顿,如果你是人,那你就是最后一个人了。你的种族已经灭绝,我们是继任者。你不明白吗?你已经孤立无援,游离在历史之外,不复存在。"奥伯里恩的举止有了变化,语气也更严苛,"你以为,就因为我们会说谎,而且残忍,你就在道德上高我们一等吗?"

"对,我觉得自己比你们优越。"

奥伯里恩没有说话。这时,两个人说话的声音传来了。一会儿,温斯顿就认出了自己的声音,是他报名加入兄弟会那晚与奥伯里恩的交谈。他听到自己保证会撒谎,盗窃,造假,杀人,鼓励人吸毒卖淫,传播性病,朝小孩脸上泼硫酸等。奥伯里恩不耐烦地比画了一下,仿佛这番演示没什么必要。他扭动了一个按钮,声音就停止了。

"下床。"奥伯里恩说。

温斯顿身上的束缚自动松开,温斯顿走下床,左摇右晃地站在地板上。

"你是最后一个人了,"奥伯里恩说,"你是人类精神的守护者,你会看到自己真实的模样。脱掉衣服。"

温斯顿解开把工作服束在一起的细带子。拉链早就不知道去哪儿了。温斯顿不记得被捕以来自己有没有脱过衣服。工作服里面挂着肮脏的破布，黄乎乎的，勉强能看出是残存的内衣。温斯顿脱衣服时，注意到房间那头有分成三面的镜子。他朝镜子走去，突然停下，禁不住大哭起来。

"继续走，"奥伯里恩说，"站在镜子面前，看看你自己的侧面。"

温斯顿之所以停下脚步，是因为被吓坏了。镜子中，一个驼着背、面色苍白、貌若骷髅的东西正朝他走来。温斯顿知道那是自己，他恐惧的不是这个，而是那个东西的实际外表。温斯顿又向前走了走，由于那个怪物弯腰驼背，所以脸也向前突出。那是囚犯绝望的脸，宽阔的前额后是光秃秃的头顶，他的鼻子是鹰钩鼻，颧骨仿佛被打过一般，而颧骨之上则是凶狠而警觉的眼睛。那张脸上布满皱纹，嘴巴也凹了进去。显然，那是温斯顿自己的脸。但在温斯顿看来，与内心相比，脸部变化更多。他自己感受到的与脸上的表情很不一样。温斯顿已经部分谢顶，他开始以为自己已经变得苍白，但只是头皮变白了而已。可除了手和脸，他浑身上下都是苍白的，布满陈年污垢，污垢下面则是红色疤痕。脚踝附近的静脉曲张已经红肿溃烂，皮屑一直脱落。但真正吓人的是他身体的消瘦程度。他的上身俨然一副骷髅模样，腿部萎缩得不成样子，膝盖比大腿还粗。这时，温斯顿也明白了奥伯里恩为什么要让自己看看侧面，脊椎的弯曲程度让人震惊，瘦削的肩膀向前窝着，凹着胸腔。而皮包骨头的脖子似乎不堪头颅的重量，要折了一般。如果让他猜测，他会说这个人已经六十岁了，而且患上了不治之症。

"你有时候会想，"奥伯里恩开口了，"我一个核心党党员的脸看上去衰老而疲惫。你觉得自己的脸如何？"

他抓住温斯顿的肩膀，让他面向自己。

"看看你现在的样子，"奥伯里恩说，"看看你浑身上下的污垢，看看你脚趾缝的灰尘，看看你腿上恶心的溃疡。你知道吗？你臭得像只猪。也许你已经不在意了。看看你憔悴的样子。看到了吗？我一只手就能握住你的胳膊，还能像掰断萝卜一样弄断你的脖子。你知道吗？落到我们手里之后，你已经瘦了二十五公斤，就连头发也是一把一把地掉。你看！"说着，他就从温斯顿头上扯下了几缕头发，"张开嘴，九、十、十一，还剩下十一颗牙齿。你到这儿的时候有几颗？就连这几颗也待不了多久了。你看！"

奥伯里恩用有力的拇指和食指抓住温斯顿最后一颗门牙。温斯顿的上颌感到一阵刺痛，奥伯里恩把那颗松动的牙齿拽下来，扔到了牢房那头。

"你正逐渐腐烂，"奥伯里恩说，"你正变成碎片。

你是什么?一袋垃圾。转过去看着镜子。看见面前的东西了吗?那就是最后一个人。如果你是人,那这就是人性。穿上衣服吧。"

温斯顿僵硬地穿上衣服。他自始至终都没想到自己会如此瘦弱。他心里只有一个想法:落入狼窝的时间比自己想象的更久。穿上破烂不堪的衣服后,温斯顿为自己被践踏的身体感到悲哀,突然跌倒在床边的凳子上号啕大哭起来。他知道自己丑陋不堪,不过是裹在破布里的骨头,正在刺眼的白色灯光下哭泣,但他控制不住。奥伯里恩把手搭在他肩上,近乎仁慈。

"不会太久了,"奥伯里恩说,"你可以选择什么时候结束。一切都取决于你。"

"是你!"温斯顿哽咽着,"是你把我害成了这幅样子!"

"不,温斯顿,是你自己。这是你决心与党对抗时就已经接受的,第一步行动就预示着这样,你已经预见了所有会发生的事。"

奥伯里恩停顿了一下,继续说道:"我们打败了你,温斯顿,我们把你打垮了。你已经看到了自己的身体,而你的思想也没什么差别,你已经没什么自尊了。你经历了拳打脚踢、侮辱谩骂。你因疼痛而尖叫,还滚过地板上自己的血迹和呕吐物。你哀求告饶过,背叛了所有的人和事。你想想,哪件丢脸的事是你没做过的?"

温斯顿不再出声,只是眼泪还在不停向外涌着。他抬头看着奥伯里恩。

"我没有背叛茱莉亚。"他回答。

奥伯里恩带着沉思的表情,居高临下地看着他,"没有,"他说,"没有,的确没有,你没有背叛茱莉亚。"

温斯顿的心里萌生了对奥伯里恩的奇特敬意,仿佛一切都摧毁不了。温斯顿想到,真有智慧,太有智慧了!奥伯里恩理解他所有的话。而世界上其他人都会马上说他已经背叛了茱莉亚。严刑拷打之下,还有什么是他没坦白过的呢?温斯顿说出了茱莉亚的一切,她的习惯、性格、过去的生活。温斯顿事无巨细地坦白了他们每次见面时发生的一切,包括所有的对话,在黑市上吃过的餐点,他们之间的奸情,针对党而制定的模糊计划,方方面面。但从那个词的本意上来看,温斯顿并没有背叛茱莉亚。温斯顿没有停止爱她,对她的感情没有改变。奥伯里恩不需要他解释,就明白了温斯顿的意思。

"告诉我,"温斯顿问,"他们还有多久才会枪毙我?"

"可能会很久,"奥伯里恩说,"你的情况比较棘手。但不要放弃希望,每个人迟早都会痊愈,最后才会被枪毙。"

第四章

温斯顿好多了。如果"每天"这个词还能用来形容时光,那么他每天都在长胖,也每天都变得更强壮。

白色光线和嗡嗡的声音一如既往,但牢房比其他温斯顿待过的都要舒适一些。木板床上放着枕头和床垫,牢房里还有一把可以坐的椅子。他们让温斯顿洗了个澡,还允许他能经常在锡盆里洗澡,甚至还供应洗澡的热水。他们给了温斯顿新的内衣和一套干净的工作服,给他静脉曲张的溃疡处涂上镇痛的药膏,还把他剩下的牙齿拔掉后配了套假牙。

肯定又过去了几星期或者几个月。如果温斯顿仍有兴趣,还是能计算时间的,因为三餐都是按正常时间送来的。据他判断,自己每二十四小时会吃三顿饭。有时候,温斯顿会琢磨那几顿饭是白天送来还是晚上送来的。食物相当美味,每三顿就能吃到一次肉,有次他还得到了一盒香烟。温斯顿没有火柴,而那个从不说话的看守则会给他点火。第一次抽烟时,温斯顿觉得有点恶心,不过他坚持下来了。他每餐之后抽半根,这盒烟抽了好久。

他们还给了温斯顿一个白色记事板，记事板一角还绑着个铅笔头。开始，温斯顿没怎么用它。因为就算睡醒了，他也根本不想动。两顿饭的间隔，温斯顿都一动不动地躺着，有时在睡觉，有时则会迷迷糊糊地乱想，不愿睁眼。温斯顿早就习惯伴着强烈的白光睡觉，仿佛毫不在意，但他的梦更连贯了。这段时间，温斯顿做了很多梦，而且总是愉快的梦。他不是在黄金乡，就是和母亲、茱莉亚还有奥伯里恩一起坐在广袤无垠、环境适宜、阳光遍布的废墟间有一搭没一搭地聊家常。睡醒后，温斯顿总在想自己的梦，没有了疼痛的刺激，他仿佛已经失去了思考的能力。但温斯顿并不无聊，他不想说话，也不想分心。在房间里独处，没有殴打，没有审讯，有足够的食物，而且全身上下都干干净净的，就让人非常满足了。

渐渐地，温斯顿睡觉的时间越来越少，但他仍不想起床。他只想静静躺着，感受能量在身体里汇集。他会戳戳自己，想确定肌肉愈发结实而皮肤愈发紧绷并不是幻觉。最后，确定无疑的是，他正在长胖，大腿也比膝盖粗了。之后，温斯顿还是定期锻炼。开始他并不愿意锻炼，不过很快就能连续走上三公里了。那是通过在牢房里计步得到的结果。他内扣的肩膀也挺直了一些。温斯顿想做些更复杂的动作，却做不到，这让他觉得既震惊又羞愧。温斯顿只能走，跑不起来，也举不起凳子。每当他想单腿站立，就肯定会跌倒。他试着蹲下去，可每次大腿和小腿上钻心的痛都让他不得不赶紧站起来。温斯顿趴在床上，想靠双手撑起身体，可他根本做不到，一厘米都不行。但几天过后，吃了几天正常饭后，他竟能做到了。最后竟能一口气做六次。温斯顿对自己的身体感到很自豪，而且他经常想，自己的脸也会恢复成原来的模样。只有他不经意间碰到光秃秃的头皮时，才会想起镜子中曾经布满皱纹、饱受折磨的脸。

温斯顿的思维逐渐活跃。他坐在木板床上，靠着墙，写字板就放在膝盖上。温斯顿开始工作，有意识地重新教育自己。

他投降了，这一点已得到认同。实际上，他现在觉得在这个决定做出前很久，他就已经准备投降了。没错，从他踏进仁爱部，甚至是他和茱莉亚听从电屏背后冷冰冰的命令而不知所措地站着时，就已经意识到自己反抗党的权力不过是螳臂挡车。他现在明白了，七年来，思想警察一直监视着自己，而他就像放大镜下的甲壳虫，所有动作、低语都在他们的监视下，所有的思维也都在他们的猜测中。就连他日记本上那粒白色的灰尘也被小心地替换了。他们给温斯顿播放过音频，展示过照片，有的是与茱莉亚的合照，有的是他的单人照。没错，甚至还有……温斯顿不能再和党作对了。而且，党是对的，一定是这样。不朽的集体主义头脑怎么会出错？有什么外部标准能佐证你的判断？理智是统计学上的概念，只是要学会他们的思考方式而已。不过……！

温斯顿握着铅笔，觉得又粗又不好用。他开始记下自己想到的东西，他先用歪歪扭扭的粗体字写下了这几个字：

自由就是奴役

接着，他没停顿，又写了六个字：

二加二等于五

但之后他停了下来，仿佛大脑在躲避什么，无法集中思想。他知道自己之后还想写些什么，只是提笔忘字，想不起来了。他终于记起来后，发现那不是自然出现的，而是通过有意识的推理得来的。温斯顿写道：

上帝就是权力

温斯顿接受了所有，过去可以更改，过去从未被更改。大洋国当时是与东亚国打仗，大洋国一直在跟东亚国打仗。琼斯、阿伦森和卢瑟福罪有应得。他从未见过证明他们清白的照片,那张照片从未存在,是他编的。温斯顿记得自己曾记住相反的事情,但那是错误的,是自我欺骗的产物。竟然如此简单!只要投降,一切都很自然。如同逆水游泳,无论怎样用力都无法前进,但突然你就决定要顺流而下而非逆流而上了。只有你自己的态度变了。命中注定的总会发生。温斯顿不知道自己曾为何反抗。一切都很容易,除了……!

任何东西都可能正确,所谓的自然规律不过是胡说,重力定律也是胡说。奥伯里恩曾说:"如果我想如肥皂泡一样漂浮于地板之上,我就能做到。"温斯顿领悟到了:如果他认为自己漂浮于地板之上,而我同时也认为自己看到了他那样做,那么这件事就发生了。突然,像原来被淹没的巨石突然露出水面,一个想法突然出现在温斯顿的脑海:那不是真的发生,是我们想象出来的,是幻觉。温斯顿马上遏止住这个想法,它的荒谬显而易见。它假设个人之外的某处存在着"真实的"世界,其中发生着"真实的"事情。但怎么可能有那个世界?除了自己的头脑,我们哪里知道别的知识?一切都发生在我们的头脑中,头脑中发生的事情就都是真实发生的。

温斯顿毫不费力地驳倒了这个谬论,而且他根本没有屈服,但他仍意识到自己根本不该有这种念头。危险思想崭露头角时，大脑应该产生一个盲点，这一过程应该是自动的，是本能的，新话称之为"罪止"。

温斯顿开始锻炼自己学习罪止，他给自己命题——"党说地球是平坦的""党说冰比水重"——然后训练自己，遇到与上述观点矛盾的，就强迫自己视而不见或是迷惑不解。这并不容易，需要很强的推理和即兴反应能力。例如，"二加二等于五"这一说法引出的算数问题还未被温斯顿掌握。罪止还要求大脑进行类似体育运动的活动，这一秒能运用最缜密的逻辑，下一秒就变得看不出最明显的逻辑谬误。愚蠢和智慧同样必要，而这也难以学习。

与此同时，温斯顿也在思考自己还能活多久。"一切都取决于你自己"，奥伯里恩曾经这样说过，但温斯顿知道有意识的行为无法让那一刻提前到来。枪毙可能发生在十分钟之后，也可能是十年之后。他们可能把自己一个人独自关上好几年，也有可能把他送到劳改营，偶尔也会释放他一段时间。而被枪毙之前，他被捕和被审讯的完整过程完全有可能重新上演。唯一可以肯定的是，死亡总在不经意间到来。传统，那个不言而喻的传统是，尽管你从未听说过，但你总是知道，他们会从背后枪毙你，子弹总会打入后脑，没有警告，就在你沿着走廊，从一间囚室走到另一间囚室时，死亡就到来了。

某天，但"某天"并不是正确的表达，因为这件事可能会发生在深夜。曾经,他陷入了奇特而愉快的幻想之中,他正沿着走廊往前走,等着那一刻到来。他知道子弹下一刻就将到来。一切都得以解决、消除、和解,疑惑、争辩、痛楚和恐惧都会消失不见。他的身体健康而强壮,他轻快地走着,因运动而快乐,仿佛走在阳光下。他已不在仁爱部窄窄的白色走廊中,而是在充满阳光的通道里,有一公里宽。他仿佛由于药物作用而处于极度兴奋之中。他在黄金乡,沿着小径,走过野兔啃噬过的草场。他能感觉到脚下松软的草皮和脸上和煦的阳光。草场边缘树立着榆树,微微颤动,而草场另外一边的某处则有溪水流过,雅罗鱼在柳树下的绿色池塘中悠闲自得地游曳。

突然,他变得异常惊恐,脊背直冒汗。他听到自己大声喊:"茱莉亚!茱莉亚!茱莉亚,我的爱人!茱莉亚!"

有一会儿,茱莉亚就在身边的幻觉非常强烈,仿佛茱莉亚不在面前,而是在他身体里,渗入了他的皮肤肌理中。那一刻,他对茱莉亚的爱比他们自由地在一起时更强烈。他也知道在某个地方,茱莉亚仍然活着,需要自己的帮助。

温斯顿躺回床上,试图镇定下来。自己做了什么?一时的软弱会让他的苦役生涯增加多少年?

又过了一会儿,他听到外面传来皮靴声。这种发作必然会被惩罚。如果他们之前不知道,现在也知道了,温斯顿刚刚破坏了双方的协议。他服从于党,但仍旧憎恨党。过去,他将异端情绪隐藏在顺从的外表下,现在他又倒退了,大脑已经投降,但他希望自己内心深处依然如故。温斯顿知道自己错了,但他宁愿做错。他们会明白的,也就是奥伯里恩会明白的,愚蠢的喊声中坦白了所有。

他得从头经历一遍,可能得花上几年。他抚摸着自己的脸,想熟悉自己的新面孔。脸颊上有深深的凹陷,颧骨很尖,鼻子则变平了。此外,自从上次从镜子中看到自己的模样后,温斯顿就得到了一套新假牙。一个人如果不知道自己的长相,就很难保持不可思议的表情。无论如何,仅仅控制表情是不够的。温斯顿第一次明白了,想要保住秘密,也必须对自己隐瞒秘密。你必须一直知道它就在那里,但不必要时决不能让它以任何可以被冠名的形式出现在你的意识中。从现在开始,他不仅必须做到思想正确,也要做到感觉正确,梦境正确。同时,仇恨必须封锁在他的体内,就像有形的球体,如囊肿一般,是他身体的一部分,也与其他各部分没有关系。

有一天,他们会决定枪毙自己。枪毙的时间不得而知,但可以提前几秒猜到。他走在走廊上时从后面开枪,十秒钟就够了。那时,他的五脏六腑会翻来覆去。接着,突然之间,不必开口,不必停止,也不必改变表情,伪装一下就消失了。接着，"砰！"仇恨的战争打响了，仇恨的烈焰在他体内燃烧，而几乎就在那一刹那，子弹也会"砰"的一声射出，太晚了，或者是太早了。他们在没有成功改造他之前就把他的脑袋打开了花。异端邪说没有受到惩罚，没有得到悔改，且已永远无法碰触。他们这样等于是向自己的完美开了枪。自由就是死的时候依旧带着对他们的仇恨。

温斯顿闭上眼睛。这比接受思维准则还难。这是一个贬低自己、践踏自己的问题，他必须到最肮脏的污秽中去。什么是最可怕最恶心的？他想到了老大哥，那张庞大的脸（他经常在海报上见到，总觉得那张脸有一米宽），浓密的黑色胡子，那盯着你的眼睛仿佛自动浮现在脑海。他对老大哥的感情真挚吗？

走廊里传来沉重的皮靴声。铁门一下打开了。奥伯里恩走进来，后面跟着蜡像般面孔的年轻警官和穿着黑色制服的警卫。

"站起来，"奥伯里恩说，"过来。"

温斯顿站在他面前。奥伯里恩双手有力地扣住温斯顿的双肩，死盯着他。

"你有过欺骗我的想法，"他说，"真是愚蠢。站直。看着我的脸。"

他停顿了一会儿，然后用温和一些的语气说："你进步了。思想上没什么大毛病,不过感情上没什么进步。温斯顿,告诉我,不许说谎。你知道我总能知道你是不是在说谎。告诉我,你对老大哥的感情真挚吗?"

"我恨他。"

"你恨他。很好。那你现在该进行最后一步了。你必须热爱老大哥。服从还不够,必须爱他。"

他把温斯顿轻轻推向警卫。

"101房间。"奥伯里恩说。

第五章

在被关押的每个阶段,温斯顿都知道他大概在这栋没有窗户的大楼中的位置,或者说似乎知道,可能是因为气压略有差别。看守们殴打他的牢房在一层,奥伯里恩审讯他的房间几乎快到顶楼,而现在这个地方深入地下,仿佛是在最底部。

这间牢房比他之前待过的要大一些,但他顾不上观察周围。他只注意到正前方有两张铺着绿呢布的小桌子,其中一张离他只有一两米,另一张远一些,在靠近门的地方。温斯顿被直直地绑在椅子上,丝毫不能动弹,连脑袋也被固定住了。有个类似垫子的东西从后面卡住他的脑袋,迫使他只能往前看。

他独自待了一阵,后来铁门打开,奥伯里恩走进来。

"你曾经问过我,101房间里有什么。我当时告诉你,你自己知道,每个人都知道。101房间里有世界上最可怕的东西。"奥伯里恩说。

铁门又打开了,一个看守走进来,手里提着铁丝编织的东西,像是盒子、篮子之类的。看守把那个东西放在远处的桌子上，而由于奥伯里恩站的位置，温斯顿看不到里面的东西。

"什么是世界上最可怕的东西？"奥伯里恩问，"这个问题的答案因人而异。可能是活埋，可能是烧死，可能是溺死，可能是被钉子钉死，也可能是其他五十种死法。但对有些人来说，最可怕的东西恐怕非常普通，甚至不会致命。"

奥伯里恩往旁边移了移，这样温斯顿就能看到桌子上的东西了。那是个长方形的铁笼子，顶端有个可以拎的把手。固定在笼子前面的是击剑面罩一样的东西，凹面朝外。尽管离温斯顿有三四米，他还是能看清笼子被纵向隔成了两半，每一半里都有某种动物——老鼠。

"对你而言，"奥伯里恩说，"世界上最可怕的是老鼠。"

温斯顿刚瞥见老鼠，就浑身战栗，心里的恐惧感难以言喻。此刻，他明白了笼子前面为什么要安装面罩一样的东西，一下就被惊呆了。

"你不能这样做！"他高声喊着，声音都嘶哑了，"你不能，你不能这么做！这不可能！"

"记得吗？"奥伯里恩说，"记得常出现在你梦中的恐慌时刻吗？你面前有一堵黑色的高墙，耳朵里充斥着喧闹的声音。而墙那边还有某种可怕的东西，你也知道那是什么,可就是不敢把它们拖出来。是老鼠。"

"奥伯里恩!"温斯顿尽力控制自己的声音,"你用不着这样对我。你想让我干什么?"

奥伯里恩没有给出直接的回答。他带着有时会表现出来的学校老师的神态,若有所思地望向远处,仿佛在对温斯顿身后的听众讲话。

"就其本身而言,"他说,"疼痛并不总能发挥作用。有时,人类能忍住疼痛,甚至可以忍到死亡的那一刻。但所有人都无法忍受一件事——某种想都不敢想的东西。这与勇气或胆怯无关。从高处落下,抓住绳子并不是懦夫之举。从海底浮上来,大口呼吸空气也不是懦夫之举。那只是本能,无法毁掉的本能。老鼠也是一样,你忍不了老鼠。它们让你有无法承受的压力,就算你想承受也一样。你会做别人要求你做的事。"

"什么事?是什么?我不知道的话怎么能做到?"

奥伯里恩提起笼子,小心翼翼地放到距离温斯顿比较近的桌子上。温斯顿感到自己血气上涌。他觉得自己深陷于孤独中,就像在空旷无垠的平地上,那是阳光照射下的平坦沙漠,所有声音穿过沙漠,从极为遥远的地方传来。但那个装着老鼠的笼子离他还不到两米。那两只老鼠很大,口鼻的部分已经扁平,非常凶猛,毛色不是褐色,而是灰白色。

"老鼠，"奥伯里恩依旧一副对着看不见的观众演讲的样子，"尽管是啮齿动物，但也是肉食性的。你自己也明白，也听说过发生在城市贫民窟里的事。有些地方，女人们都不敢把婴儿单独放在屋子里，哪怕五分钟也不行。老鼠肯定会袭击婴儿，很快就会把孩子啃得只剩下骨头。它们也会袭击生病的人或者快死的人。老鼠的智力高得让人吃惊，它们知道人在何时最无助。"

笼子中传来"吱吱"的尖叫声，温斯顿觉得那仿佛是从很远的地方传来的。两只老鼠在打架，想冲破隔离网，相互撕咬。温斯顿还听到绝望地低吼。同样，那也仿佛来自身体之外的某处。

奥伯里恩拎起笼子，同时按了下笼子上的某个地方，发出一声脆响。温斯顿疯狂地想从椅子上挣脱。但那不可能，他身体的各个部分，就连脑袋都动弹不得。奥伯里恩把笼子举得更近，离温斯顿的脸还不到一米。

"我已经按下了第一个控制杆，"奥伯里恩说，"你知道这种笼子的构造。那个面罩会套在你头上，没有任何空隙。我扳动另一个控制杆时，笼子的门就会滑开。这些饿疯了的东西会像子弹一样蹿出来。你见过老鼠跳到空中的样子吗？他们会跳到你的脸上，咬住不放。有时候它们会先攻击你的眼睛，有时候会从颧骨的地方掏进去，先咬掉舌头。"

笼子又靠近了一点,慢慢逼近。温斯顿听到一连串的尖叫,显然是脑袋顶上的某个地方传来的。他和自己的恐慌激烈地斗争着。思考,思考,哪怕只剩下最后一秒钟,思考也是唯一的希望。突然,老鼠难闻的气味冲进鼻孔。他极度想呕吐,几乎就要失去意识了。眼前一片漆黑,有一瞬间他都快疯了,像是一头尖叫的动物。但漆黑之中,他想到了一种挽救自己的方法,他要把另一个人——另一个人的身体——放在自己和老鼠之间。

面罩离得很近,挡住了温斯顿的视线,他什么都看不到。铁丝门离自己只有两个手掌的距离。两只老鼠知道猎物近在眼前。其中一只一直上下跳动,另一只是阴沟里的,都老得脱毛了,它粉红色的爪子搭在铁丝栅栏上,站立着,一个劲儿地嗅着空气。温斯顿能看到老鼠的胡须和黄色的牙齿。那种黑色的恐慌再次战胜了他,他什么都看不到,不知所措,一片迷茫。

"这是中国帝制时期常见的惩罚。"奥伯里恩的声音一如既往,带着训诫的音调。

面罩快碰到脸了,铁丝蹭过面颊。接着,不,没什么用,只是希望,一星半点的希望。太迟了,也许真的太迟了。他突然想到,世界上只有一个人能让温斯顿将惩罚转移过去,他只能将这个人的身体放在自己与老鼠之间。他发狂一般拼命喊着:

"咬茱莉亚！咬茱莉亚！别咬我！咬茱莉亚！你们怎么咬她都行。撕破她的脸，吃她的骨头。别咬我！咬茱莉亚！别咬我！"

温斯顿向后倒去，仿佛掉进了深渊，离开了老鼠。他的身体仍被绑在椅子上，但他连人带椅子一起倒下去了，穿过地板，穿过大楼的墙壁，穿过泥土，穿过海洋，穿过大气层，掉进了太空，掉进了宇宙。离老鼠越来越远、越来越远、越来越远。他已掉出了几光年的距离，但奥伯里恩仍在他身旁，他的脸上仍贴着一根冰冷的铁丝。四周一片漆黑之际，他听到"咔嚓"一声，知道笼门已经关上了，并没有被打开。

第六章

栗树餐厅里几乎空无一人。一束阳光透过窗户斜射进来，照在落满灰尘的桌面上。下午3点，店里没几个客人，电屏中播放着轻柔的音乐。

温斯顿坐在自己常坐的角落位置，盯着一个空玻璃杯。他不时会瞄一瞄对面墙上一直盯着自己的巨大面孔。标题是这么写的——"老大哥在看着你"。一个服务员主动走过来，往他的杯子里倒满了胜利金酒，又拿过一个瓶塞中插着管子的瓶子，往酒里倒了几滴，晃了晃。那是丁香味道的糖精，是这家咖啡店的特色。

温斯顿听着电屏中传来的音乐，现在它只是在播放音乐，但随时可能变成和平部的特别公报。非洲前线的新闻让人不安，温斯顿总是为此担心。一支欧亚国的军队（大洋国在跟欧亚国打仗，一直都是）正快速向南推进。午间公告没明确指明地区，但很可能刚果河口也已成了战场。布拉柴维尔和利奥波德维尔有陷落的危险。不看地图，人们也知道那意味着什么。那不是欧洲中部陷落的问题，而是大洋国的领土受到了威胁，这在整场战争中还是第一次。

一种强烈的情感在温斯顿的心中燃烧起来,之后又消退了,那不是真正意义上的恐惧,而是难以名状的激动。这段时间,温斯顿根本无法将精力长久集中在某件事上。他端起酒杯,一饮而尽。如往常一样,他不禁打了个寒战,甚至还觉得有些恶心。太可怕了。丁香和糖浆本就容易让人恶心,但还是压不住油腻的味道,而最可怕的是金酒的气味——他身上一天到晚都是这个味道——在他脑海里,与某种东西的气味混合在一起,不可分解,那是……

他从未说明,甚至在思想里也没有说明,只要能做到,就尽量不去想象它们的形状。它们隐约会出现在他的记忆中,在他面前上蹿下跳,臭味扑鼻。杜松子让他反胃,发紫的嘴唇打了个嗝。他被放出来后就发福了,恢复了之前的脸色,实际比之前还好。他健壮了,鼻子上和脸颊上的皮肤微微发红,连光秃秃的头顶也红多了。服务员再次主动服务,送来了棋盘和当天的《泰晤士报》,正好翻到棋局艺术那一页。看到温斯顿的杯子空了,服务员便又端起酒瓶倒满。温斯顿不用开口,服务员们都知道他的习惯。棋盘是他的,角落的位置也总为他保留。就连店里客满时,那张桌子也只属于他一个人,因为没人想靠近他。温斯顿从来不数自己喝了多少。一会儿,就会有人给他送来一张脏乎乎的纸,说是账单,但温斯顿总觉得他们少算了钱。就算把数字倒过来算也没关系。他如今不缺钱,甚至还有个工作,虽然是个挂名差事,但比之前的工作待遇强多了。

音乐中断了,电屏中有人说话。温斯顿抬头细听,不是前线的公报,而是富足部的简短公告,上一季度第十个三年计划鞋带产量超额完成了98%。

温斯顿看了看报纸上的棋局,把棋子摆开。这局棋非常巧妙,关键在于两只马。白先行,两步即胜。温斯顿抬头看着老大哥的画像,他带着一种模糊的神秘感想到,白方总能获胜。这种棋局毫无例外,都是这样安排的。开天辟地以来,黑方从未取胜。这是不是象征着邪不胜正?那张巨大的脸看着温斯顿,充满镇定的力量。白方总会获胜。

电屏上的声音稍稍停顿后,又用一种相当严肃的语气说:"15点30分有重要公告,请注意收听。15点30分有重要公告,请注意收听,不要错过。15点30分。"美妙的音乐再次响起。

温斯顿的内心无法平静。是前线来的公报,他预感那是个坏消息。整整一天,他带着一种兴奋感,断断续续地想到非洲大败,仿佛真的看到欧亚国的军队蜂拥而至,穿过从未被突破的边界线,像排成纵队的蚂蚁一样直捣非洲南部。为什么不能从侧翼包抄?温斯顿的脑海中生动地浮现出了非洲西海岸的轮廓。他拿起白方的马跳了一步。这一着很妙。甚至，他看到黑色大军向南行进时，也看到了另外一支军队不知如何集结起来，突然插入后方，切断了陆路和海路。温斯顿认为，他能通过意愿，他能凭空召集一支军队，但要迅速行动。如果其他军队控制了欧洲，在好望角建造了飞机场或潜艇基地的话，大洋国就会被一分为二。这样可能会带来某些后果——失败、瓦解、世界的重新分割以及党的毁灭！温斯顿深吸了一口气，百感交集，但准确地说并不是如此，而是层层叠叠，看不清最深处的是什么，一直在他内心挣扎。

情感的爆发过去了。他把白方的马放回原来的位置，但他已经不能认真思考棋局了。他开始走神，不由自主地在桌面的灰尘上写下了如下内容：

2+2=5

"他们控制不了你的思想。"茱莉亚曾经这样说。但其实他们可以。"发生在你身上的事永远不会改变。"奥伯里恩曾经说。那才是实话。你无法恢复某些事或自己的行为，你内心的某些东西被杀死了，被烧尽了，被焚毁了。

温斯顿后来见到过茱莉亚，甚至还跟她说过话，但这已不会有什么危险，他似乎本能地认为，那些人如今对他的所作所为基本不感兴趣了。如果一方愿意，温斯顿可以安排再次与茱莉亚见面。实际上，他们是偶遇的。三月寒风刺骨的一天，公园的地面坚硬如铁，小草似乎早已绝迹，四处都没有花蕾，就连几株费力冒出头的番红花也被风吹得残败不堪。温斯顿双手冰冷，眼里还蓄满泪水，他步履匆匆，却发现茱莉亚就在前方不到十米的地方。温斯顿一眼就看出茱莉亚变了，只是说不出怎么变了。他们毫无表示地擦肩而过，接着，温斯顿转身，慢吞吞地跟在茱莉亚身后。他知道那不会有危险，因为没人注意。茱莉亚没说话，只是斜穿过草地，似乎想摆脱温斯顿，又仿佛接受了他的存在。很快，他们来到了一丛乱蓬蓬而且没有叶子的灌木丛里，既无法藏身，也挡不住风。他们停下脚步，天冷得难以言喻。寒风呼啸着吹过树枝，撕扯着零星几朵蒙着尘土的番红花。温斯顿伸手揽住茱莉亚的腰。

那里没有电屏，但肯定藏着话筒，另外他们也能被别人看到。但这不重要，什么都不重要。如果他们愿意，就可以躺在地上，胡作非为。想到这里，温斯顿就因恐惧而变得僵硬。茱莉亚没什么反应，也没想挣脱温斯顿的怀抱。现在，温斯顿明白茱莉亚的变化了，她的脸上染了一层灰黄色，从前额到太阳穴还有一道长长的疤痕，被头发遮住了一些，但这并不是主要变化。茱莉亚的腰粗了一些，而且让人惊讶的是，腰肢已变得僵硬。温斯顿记得一次火箭弹爆炸后，他帮忙从废墟中拖拽尸体。当时让温斯顿震惊的不仅是尸体的重量，更是其僵硬程度和处理的难度，因为那仿佛不是血肉之躯，而是石头。现在，茱莉亚的身体摸上去也是这种感觉，她的肌肤与曾经相差甚远。

温斯顿没想问她，他们也没说话。走回草地时，茱莉亚第一次直视着温斯顿。那短暂的一瞥中满是轻蔑和厌恶。温斯顿不知道茱莉亚厌恶的纯粹是过去还是他肿胀的脸庞和寒风吹出的泪水。他们坐在两张铁椅子上，虽然并排，但没有紧紧挨着。温斯顿注意到茱莉亚就要开口了。茱莉亚抬起脚，往旁边挪了几厘米，故意踩断了一根树枝。温斯顿注意到茱莉亚的脚似乎变宽了些。

"我背叛了你。"茱莉亚直言不讳。

"我背叛了你。"温斯顿说。

茱莉亚再次厌恶地瞥了他一眼。

"有时候，"茱莉亚说，"他们会用某种东西威胁你，你根本忍受不了，想都不能想。你就会说：'别对我这样，对某某做这种事吧，对某某这样做吧。'事后你可能会说那是装的，是权宜之计，好让他们住手，自己的本意并非如此。但那是说谎。当时你真的是那样想的。你认为没有别的办法拯救自己，所以只能用那种方法。你希望那件事发生在别人身上。不管他会承担怎样的苦难。你只关心自己。"

"你只关心自己。"温斯顿附和道。

"之后,你对那个人的感情就不一样了。"

"没错,"他说,"不一样了。"

他们似乎无话可说。薄薄的工作服被风吹得紧贴着身体。他们几乎同时认为一起坐着不说话非常尴尬,而且坐着不动也很冷。于是,茱莉亚说要去赶地铁,就准备起身离开。

"我们一定要再见面。"温斯顿说。

"没错,"她说,"我们一定要再见面。"

温斯顿离茱莉亚约半步,犹豫不决地跟着她走了一小段路。他们没再说话,茱莉亚也没想真的甩掉他,只是保持着刚好不会与他并肩而行的速度。温斯顿下定决心陪茱莉亚走到地铁站,但突然之间,他觉得在寒风中跟着别人既没有什么意义,也让人无法忍受。离开茱莉亚回到栗树餐厅的想法如此强烈,似乎那个地方此刻对他产生了前所未有的吸引力。温斯顿非常怀念角落里的桌子,也怀念报纸、棋盘和不断续杯的金酒。最重要的是,那里很暖和。又过了一会儿,他似乎有意让一小拨人把自己和茱莉亚隔开。温斯顿迟疑着是否要去赶上她,但又放慢脚步,转身朝反方向走了。走了五十米后,温斯顿回头看了看。那条街上没多少人,但他已找不到茱莉亚的身影。十几个匆忙而过的人都可能是茱莉亚。也许茱莉亚现在既粗壮又僵硬的身体已无法从背影辨认。

"那件事发生的时候，"茱莉亚之前说，"你就是那样想的。"他的确是那样想的，温斯顿不仅说了，而且还切实地那样期盼过。他希望是茱莉亚而不是他自己被交给……

电屏里的音乐变了，一个嘲弄似的音符响起来，是预警用的。接着，有个声音唱起了歌，也许并没有发生，也许只是和记忆中的某个声音很像：

在繁茂的栗树下，
我出卖了你，你出卖了我……

温斯顿的眼睛里涌出泪水。一个经过的服务员看到他杯子空了，就拿着酒瓶走过来。

他拿起杯子闻了闻。每喝一口，温斯顿都觉得那种难喝的程度非但没有减轻，反而更强烈了。可他的生活已不能没有酒，那是他的生命、他的归宿，也是他的重生。正是金酒让他夜里得以安眠，也是金酒每天早上让他恢复精力。温斯顿很少11点之前起床，而且醒来时，总会睁不开眼睛，嘴里不舒服，后背也像断了一样。如果没有前一晚放在床边的酒瓶和茶杯，温斯顿可能根本就站不起来。中午时分,温斯顿就面无表情地坐着,握住酒瓶,听着电屏中传出的声音。从下午3点到打烊,他是栗树餐厅里的固定顾客。没人在意他做什么,没有吵醒他的哨声,电屏中也不会传出警告他的声音。大概每周有两次,温斯顿会到真理部满是灰尘的办公室做点正事,或者说工作一会儿,那里似乎已被人遗忘。他被分配到无数个委员会中的某个分会的下属委员会,目的是编纂第十一版《新话字典》中遇到的次要难点。他们负责编写所谓的中期报告,但温斯顿自始至终都不知道要报告什么,似乎与逗号应该放在括号里面还是括号外面这一问题相关。这个下属委员会中还有四个人,情况都跟温斯顿差不多。有时候他们会聚在一起,但很快就会各自分散,坦诚地告诉别人实际上他们都无事可做。可某些天里,他们都会热忱忘我地投入工作,做足了表面功夫,不是填写记录,就是起草没有完成的备忘录。他们争论的问题可能引起更复杂、更深奥的争论,对定义吹毛求疵,还东扯西拉地说些题外话,他们一直争吵、威胁,甚至扬言捅到上级那里。可突然之间,他们又都没了精神,围坐在桌子边,眼神黯淡,面面相觑,仿佛听到鸡鸣的鬼魂一样。

有一会儿,电屏里没有任何声音。温斯顿再次抬起头。公报!但是没有,他们只是换了音乐。温斯顿的脑海里都是美洲地图,军队的动向可以用示意图,黑色的箭头直插向南，白色的箭头横切往东，穿过黑色箭头的尾部。仿佛是为了寻找安慰，温斯顿抬头看着那张肖像上泰然自若的面孔。会不会第二个箭头根本就不存在？

温斯顿没什么兴趣了。他又喝了一口酒，拿起白方的马试探着走了一步，将军。但显然这一步并不正确，因为……

毫无预兆的，一段记忆浮现在脑海。他看到一个点着蜡烛的房间里有一张罩着白色床罩的大床，还看到了自己。他当时只是个九岁还是十岁的小孩，坐在地板上，摇着色子盒，兴奋地笑着。他的母亲坐在对面，也哈哈大笑。

那肯定是母亲失踪前一个月的事。那是和解的时刻，他暂时忘记了肚子里永不停歇的饥饿感，对母亲的爱意也暂时复苏了。他清楚地记得，那天外面电闪雷鸣，大雨瓢泼，雨水顺着玻璃窗汩汩而下，而屋子里太黑，没办法看书。两个孩子待在黑暗拥挤的屋子里很无聊。温斯顿吵吵嚷嚷，闹着要东西吃，他翻箱倒柜，东拉西扯，对着墙拳打脚踢，闹得隔壁邻居都敲墙抗议。而年纪小一些的妹妹则断断续续地哭着。最后，温斯顿的母亲说："乖乖待着，我去给你买个玩具。很好玩，你肯定会喜欢。"说完，母亲就冒雨出门，去了附近开着的一家百货店。母亲回来时，手里拿着一个纸板盒，装着蛇梯棋。温斯顿还记得潮湿棋盘的味道。那副棋做工很差,棋盘开裂,木头色子有的切割得也不够整齐,都站不住。温斯顿看着这个玩具,不怎么高兴,也没什么兴趣。但母亲点上了蜡烛,和他一起在地板上玩。很快,看到棋子有希望到达终点却几乎一下要退回起点时,温斯顿就变得非常兴奋,笑声不断。他们玩了八局,各赢了四局。温斯顿的小妹妹还太小,不知道那是什么游戏,只能靠着床腿坐着,跟着他们一起笑。整整一下午,他们都很高兴,仿佛回到了他更小的时候。

温斯顿把这个场景赶出脑海,那是虚假记忆。偶尔,虚假记忆会困扰着他。但只要知道它们的本质,虚假记忆也就不足为惧了。有些事情发生过,有些没有发生。温斯顿的注意力回到棋盘上,再次拿起白方的马。就在此时,白方的马"咔哒"一声掉到棋盘上,吓了温斯顿一跳,仿佛大头针刺进身体一样。

尖锐的小号声划破天空。公告来了!胜利了!新闻之前的小号声就意味着胜利。电流般的颤抖席卷了咖啡馆。就连侍者也被吓了一跳,竖起了耳朵。

小号之后是吵闹的噪音。电屏里传来激动的声音,急促地念着什么,但刚开始念,就被外面雷鸣般的欢呼声淹没了。新闻奇迹般地传遍了大街小巷。温斯顿只能勉强听到电屏里的声音,明白了事情确实是按照自己的预测发生的,巨大的海上舰队秘密集结,突袭了敌人后方,白色箭头撕裂了黑色箭头的尾巴。胜利的段落不时从喧嚣之中冒出来:"伟大的战术——巧妙配合——完全击溃——五十万俘虏——士气完全丧失——控制整个非洲——向战争的结束迈出了一大步——胜利——人类历史上最伟大的胜利——胜利、胜利、胜利!"

温斯顿的双脚在桌子下不停地乱蹬。他仍坐着没动,但在脑海里,他在奔跑,飞奔着,和外面的群众一起,呼喊声震耳欲聋。他又抬起头看了看老大哥的画像。那可是主宰世界的巨人啊!是让亚洲的乌合之众头破血流的人!他想起十分钟前,自己还心存疑虑,暗自思量战争是胜是负,没错,还不到十分钟。啊,这不只是欧亚国一支军队覆灭的事!自从他到了仁爱部的第一天起,温斯顿身上就发生了不少变化,但那个决定性的、不可或缺的、治愈性的变化到此刻还没有发生。

电屏里的声音还在滔滔不绝地播报着关于俘虏、战利品和屠杀的消息,但外面的欢呼声低了一些。侍者们又开始工作了,其中一个拿着酒瓶走过来。温斯顿依旧坐着,沉浸在甜美的幻想中,没注意到自己的酒杯已经满了。他不是在奔跑,也不是在欢呼,而是回到了仁爱部,得到了宽恕,灵魂如雪一样洁白。他站在被告席上,坦白了所有事,指认了所有人。他走在铺着白色瓷砖的走廊上,仿佛走在阳光之下,一个持枪的看守跟在他身后。那颗让他等待良久的子弹终于射进了他的大脑。

他抬头看着那张巨大的面孔。他花了四十年才领会到深色八字胡下的微笑。噢,真残忍,这是不必要的误会!噢,真顽固,从博爱的胸怀中的自我放逐!两滴混着金酒气味的泪珠顺着鼻子侧面落下来。但那也还好,都还好,斗争结束了。他战胜了自己。他热爱老大哥。

附录　新话原则

新话是大洋国的官方语言,其设计是为了满足英社——即英国社会主义——的意识形态需要。1984年时,无论是口头上还是书面上,没人能用新话作为唯一的交流手段。《泰晤士报》的头条新闻就用新话写成,但那是特殊的技巧,只有专家才能做到。按计划,新话将在2050年前后取代旧话(也就是我们所说的标准英语)。同时新话将稳步扩大影响,党员的日常对话中也会更多地运用新话词语和语法结构。1984年使用的新话版本以及第九版和第十版《新话字典》中的条目都是临时性的,包含不少多余的词和过时的结构,之后都将废止。我们这里要讨论的是新话的最终完善版,即《新话字典》的第十一版。

新话不仅是表达媒介,用来表达与表现对英社忠实信徒来说恰当的世界观及思维习惯,而且还要让其他思考模式成为不可能。新话的真正意图是,旧话被遗忘、新话被彻底采用后,任何异端思想将永远不会出现在人们的脑海中,至少在思想以话语表达为基础的情况下做到这一点。而异端思想则是指与英社原则相悖的思想。新话的词汇之所以如此构建，是为了让党员在想要恰当表达各种意图时都能精准且时常便捷地表达，从而排除存在有其他意图并通过间接途径使其得以表达的可能。要做到这一点，部分依靠新词汇的发明，但主要手段有两个：消灭不符合需要的词，并清除保留词汇的非正统含义，而且只要有可能，就将此词所有二级含义全部清除。简单举例，"free"（"自由"）一词仍存在于新话中，但只能用于陈述句，如"This dog is free from lice"（"这只狗身上没有虱子"）或者"This field is free from weeds"（"这片地没有杂草"），而不能使用其之前的含义，比如"politically free"（"政治自由"）或"intellectually free"（"思想自由"）。因为"政治自由"和"思想自由"已不复存在，所以有必要废止这类词语。而且废止不仅限于确实有异端性的词语，词汇数量的减少既是出发点也是落脚点。能省略不用的词汇都不能存在。新话的意图不是为了扩展思想范围，而是为了缩小它，将可以选择的词汇数量减少到最低，间接利于这一目的的达成。

新话的基础是我们现阶段掌握的英语，但很多新话句子，包括不含有新造词的句子，也让我们现在说英语的人难以理解。新话的词汇分为不同的三类，包括A类、B类（复合词）以及C类。更为简明的方法是分别描述三类词汇，但语法上的独特性仅可在讨论A类词汇时提及，因为同样的规则均适用于这三类词汇。

A类词汇包括日常生活中需要用到的词。涉及吃、喝、穿、工作、上下楼、乘车、培植、烹调等。这类词几乎都是我们已经掌握的词,例如打、跑、狗、树、糖、房屋、田野等,但同目前英语词汇相比,这些词数量极少,而且意义限定也更为严格。含义上的模糊和多层都要清除。只要有可能,这类新话词汇就只是表示单一明确概念的声音。绝不能用于文学目的或对政治、哲学的讨论。它的用途只是表达简单且有目的的思想,一般只涉及具体事物或身体动作。

新话语法有两个特点。一是不同词类几乎可以完全互换。任何一个词——原则上这甚至适用于"if"("如果")或"when"("何时")这样非常抽象的词——都可既用作动词,又用作名词、形容词或副词。若有同一词根,就没有形式上的变化,因此导致了许多古老形式的废止,例如,新话中并没有"thought"("思想"),而是由"think"("思考")同时充当名词和动词。这种没有词源学规则可以遵循,有时保留原来的名词,有时保留原来的动词。甚至意义相近而词源无关的动词和名词也都取其中之一而废止另一个。例如,新话中没有"cut"("切割")一词,因有"knife"("刀")就够了。形容词可在兼做动词和名词的词后面加后缀"-ful",副词加上"-wise"即可，例如"speedful"意为"迅速的"，"speedwise"意为"迅速地"。我们目前使用的有些形容词如"good"（"好"）、"strong"（"强壮"）、"big"（"大"）、"black"（"黑色的"）、"soft"（"柔软的"）等仍保留，但保留下来的总数很少。人们很少用到这些词，因为几乎任何形容词都可以在身兼动词和名词的词后加上"-ful"而得到。现有副词则被全部废止，极少数原来词尾是"-wise"的除外，这一词尾始终不变，例如"well"一词改用"goodwise"。

此外，任何词加上前缀"un-"就有了否定意义，加前缀"plus-"就加重了语气，表示进一步强调则可以加上"doubleplus-"，这在原则上适用于新话里的所有词。例如，"uncold"（"不冷"）与"warm"（"温暖"）意义相同，而"pluscold"（"加冷"）和"doublepluscold"（"双倍加冷"）则代表"very cold"（"很冷"）和"superlatively cold"（"非常冷"）。和现代英语一样，也可以增加"anti-" "post-" "up-" "down-"等介词前缀来限定几乎所有词的含义。这种方法可以大大减少词汇量。比如，有了"good"，就不必有"bad"（"坏"），因为"ungood"（"不好"）足以表达同样的意义。只要两个词互为反义词，则只需决定废止哪一个即可，例如，"dark"（"黑暗"）可以用"unlight"

("不明亮")代替,"light"("明亮")也可以用"undark"("不黑暗")代替,一切视偏好而定。

新话语法的第二个特点是其规律性。除了下文即将提到的几种例外情况,所有字形变化都遵循同一规则。因此,所有动词的过去式和过去分词都以"-ed"收尾。"steal"("偷窃")的过去式是"stealed","think"("思考")的过去式是"thinked",全部如此。"swam"("游泳"的过去式)、"gave"("给予"的过去式)、"brought"("带来"的过去式)、"spoke"("讲话"的过去式)、"taken"("带走"的过去分词)等形态被全部废止。所有复数都以"-s"或"-es"结尾。"man"("人类")、"ox"("公牛")、"life"("生活")的复数分别是"mans""oxes"和"lifes"。形容词比较级和最高级分别加上"-er"和"-est"(如"good"的比较级和最高级分别是"gooder"以及"goodest"),不规则形态的"more"("更多")和"most"("最多")则被取消。

唯一仍可以有不规则变化的一些词是代词、关系词、指示形容词以及助动词,按照原来的形态,除"whom"("谁"的宾格)因作用不大而被取消,"shall"("应该")、"should"("应该")则用"will"("将要")和"would"("将要")代替,仍按照之前的用法使用。另外，为满足快速简便讲话的需要，难以发音或容易听错的词就被认为是不合适的词，为了悦耳要么得加上几个字母，要么就得保留原始形态。不过这主要在B类词汇中。至于发音的方便为何如此重要，将在下文述及。

B类词汇是为了政治目的而专门创造的词。也就是说，这些词不仅各有政治含义，而且目的是让这些词汇的使用者具有特定的思想态度。如果没能充分了解英社原则，就很难正确使用这些词汇。有时这些词也可译成旧话，甚至可以译成A类词汇，但这往往需要拖泥带水的解释，而且总要损失一定的附带含义。B类词汇仿佛是语言缩写，常常把多个含义包括在少数几个音节中，但比一般语言更精准有力。

B类词汇都是复合词，由两个或两个以上的词组成，或由几个词的不同部分组成，最终形式很容易发音。这样的合成词一般既是动词也是名词，按一般规则变形。如"goodthink"（"思想好"）大体上可以理解为"orthodoxy"（"正统"）。如果用作动词，意思就是"按正统方式思想"。它的形态变化如下：动词和名词为"goodthink"，过去式和过去分词为"goodthinked"，现在分词为"goodthinking"，形容词为"goodthinkful"，副词为"goodthinkwise"，名词化动词则为"goodthinker"。

B类词汇完全没有遵循词源学计划。用来构成它们的词可能有任何词性，按任意顺序排列，可以作任何删节，既表明词源，又要做到容易发音。例如"crimethink"（"犯罪思想"）的"think"在后，而在"thinkpol"（"思想警察"）中却是在前，而后面的词"police"（"警察"）又略去了第二个音节。由于做到悦耳比较困难，因此B类词汇中的不规则构成比A类词汇多。例如"Minitrue"（"真理部"）、"Minipax"（"和平部"）以及"Miniluv"（"仁爱部"）的形容词分别是"Minitruthful""Minipeaceful"和"Minilovely"，仅仅是因为如果改为"-trueful""-paxful"或"-loveful"的话，发音会比较困难。但原则上所有B类词汇都可以变化，而且变化方式完全相同。

有些B类词汇意思极为隐晦。没有完全掌握新话的人很难理解。例如，《泰晤士报》头条新闻中有这样一个典型句子："Oldthinkers unbellyfeel Ingsoc"。用旧话翻译，最简短的译法是"Those whose ideas were formed before the Revolution cannot have a full emotional understanding of the principles of English socialism"（"那些在革命之前思想业已形成的人无法对英国社会主义有充分的情感理解"）。但这种翻译方法并不完整。首先，为了充分了解上述新话的句子，就得清楚地了解"英社"的含义。此外，只有充分了解英社的人才能了解"bellyfeel"的完整含义，即当今很难想象的，盲目热情的接受。"oldthink"（"旧思想"）也是如此，它与邪恶腐败的想法密切相关。但包括"oldthink"在内的新话中的部分词语，其特殊职能不是表达意思而是消灭意思。这些词必然为数不多，但含义一再引申后，则实现了一个词表达多个单词组成之后的含义。于是，许多单词组成的短语就可以废弃了。因此，《新话字典》的编纂者遇到的最大困难不是创造新词，而是创造了新词以后确定它们的含义，也就是确定由于它们的出现和存在而可以废止的词语。

我们在"free"一词的应用中已经看到，以前有过异端含义的词，有时为了方便予以保留，就要先清除其不良含义。其他如"honour"（"荣誉"）、"justice"（"正义"）、"morality"（"道德"）、"internationalism"（"国际主义"）、"democracy"（"民主"）、"science"（"科学"）和"religion"（"宗教"）等许多其他的词都已不复存在。另有少数几个复合词代替了它们，因此消灭了它们。例如，所有表示自由和平概念的词都包含在"crimethink"中，而与客观和理性有关的词都包含在"oldthink"中。可再要细分就会非常危险。党员必须具备与古希伯来人一样的看法，认为除了族人外，其他民族的人崇拜的都是"伪神"。他不需要知道这些神的名称，不需要知道Baal、Osiris、Moloch、Ashtaroth之类的。也许按照正统教义,他知道得越少越好。他知道耶和华以及耶和华的戒律,因此,他知道有其他名字和属性的神都是伪神。与此相似的是,党员也同样知道什么是正确行为,因此,也极其含糊笼统地知道什么是不正当行为。例如,他的性生活完全由新话的两个词来约束,即"sexcrime"("性犯罪")和"goodsex"("好性")。"sexcrime"指一切性方面的不端行为,包括私通、通奸、同性恋等,也包括正常性行为。没必要区分它们,因为它们都是有罪的,原则上说都可以让你被处死。C类科技词汇中,也许有必要对某些不端性行为给予专门名称,但普通公民并不需要。他知道"goodsex"的意思就是夫妻的正常性行为,唯一目的是生儿育女。女方毫无肉体上的快感,此外都是"sexcrime"。在新话中很少可能进行异端思考,最多只是意识到那是异端思想而已,此外就没有必要的词汇让人进一步思索了。

B类词汇没有意识形态上的中性词,替代性的隐语很多,例如,"Joycamp"(强制劳动营)和"Minipax"(和平部,即战争部)的含义与字面意义恰巧相反。有些词则带着蔑视,直白地表达了对大洋国社会真实性质的了解,例如"prolefeed"指的是党给群众的廉价娱乐和虚假新闻。其他的词又是模棱两可的,用在党身上有"好"的意思,用在敌人上则有"不好"的意思。除此之外,有大量的词乍看之下仅是缩写,但其意识形态色彩来自结构而不是含义。

只要有可能,一切具有或者可能具有政治意义的词就都属于B类。一切组织、团体、学说、国家、机构和公共建筑的名字无一不缩减到为人熟知的词性。这样的单词很好发音、音节最少而且保持了原来的词源。例如真理部里,温斯顿·史密斯所在的档案司被称为"Recdep",小说司被称为"Ficdep",电讯司被称为"Teledep",这样做不仅是为了节约时间。甚至早在20世纪初,缩略语就已经成了政治语言的一个典型特点,而且早有人指出,使用缩略语在集权国家和集权组织中最突出,例如"Nazi"("纳粹")、"Gestapo"("盖世太保")、"Comintern"("共产国际")以及"Agitprop"("鼓宣")等。当初,这种做法是无意识的,但是在新话中这是有意识的,目的是减少原来的大部分容易让人产生联想的含义,进而巧妙地改变了该缩写的含义。例如"Communist International"("共产国际")使人想到的是全世界人类友爱、红旗、街垒、马克思、巴黎公社等结合在一起的图像。而"Comintern"却仅仅意味着一个严密的组织和已明确被阐释的学说。它所指的东西几乎如桌椅板凳一样容易辨认、指代有限。"Comintern"可以不假思索地说出口,而"Communist International"却得花点时间想想。同样，"Minitrue"引起的联想要比"Ministry of Truth"少，而且容易控制。这不仅是养成使用缩略语习惯的原因，也是竭力使每个词都容易发音的原因。

在新话中，除了确切词义，悦耳是最重要的因素，必要时语法规则也可以做出让步。这样做是有理由的，按照要求，政治性词汇最需要的是意义明确，而简短的词不仅发音容易，而且在说话人心中引起的反响也最低。B类词汇甚至因为它们非常相似而显得有力。如"goodthink""Minipax""prolefeed""sexcrime""Joycamp""Ingsoc""bellyfeel""thinkpol"都只包含两三个音节，重音分别位于两个音节。使用这些词能形成机械单调的腔调，目的就是让讲话，尤其是任何主题下意识形态上非中性的讲话，尽可能独立于意识。日常生活中，得三思后言，但党员必须对某件事发表政治或道德意见时，他就得能像机关枪发射子弹一样，发表正确的看法。他训练有素、有新话充当几乎万无一失的工具，而且词语的组成又是抑扬顿挫、十分难听，非常符合英社精神，因此他用起来也很称手。

可选词汇很少也很有帮助。与现今的词汇量相比，新话词汇量很少，而减少词汇量的方法仍在不断出现。新话与其他语言的区别就是它的词汇量逐年减少而不是增多。每次减少都是一种进步，因为选择范围越小，思想的诱惑就越小。最终,喉咙可以直接讲话,而不必经过大脑。新话"duckspeak"一词赤裸裸地说明了这一点,它的意思是"像鸭子一般叫"。"duckspeak"像B类词汇中的其他的词一样意义不明。如果发表的是正统意见,那就是赞扬。如《泰晤士报》提到一个党的演说家时用了"doubleplusgood duckspeaker"("双倍好的鸭子叫"),那是热情且难得的赞扬。

C类词汇是对其他两类词汇的补充,完全是科学和技术名词。它们同今天使用的科学名词相似,由同一词根组成,但定义极其严格,没有任何不恰当的其他含义。它们的语法规则与其他两类一样。日常谈话或政治演说中很少应用C类词汇。科学工作者或技术人员都可以在本专业的词汇表中找到需要的词,但他们对于非本专业词汇表中的词顶多能做到一知半解。只有极少数的词存在于所有单词表中,并且,无论其所属分支为何,没有一个词汇表将"科学"与思维习惯或思维方法这种功能联系起来。实际上,甚至"科学"一词也没有了,因为英社一词已完全包括了它所有可能的意义。

由此可见,新话中,表达非正统的思想时,需要用到很低的语言水平。当然,异端邪说也可以由非常粗鲁的形式表达出来,比如侮辱谩骂。例如,"Big Brother is ungood"。但有着正统思想的人认为这种句子缺少必要的论证词汇,仅能表达一种不言而喻的荒谬,无法论证。反抗英社的思想只能以含糊的且无法表达的方式出现,只能用十分笼统的名词说明,而这些笼统的名词加在一起不用解释就能否定大批异端邪说。实际上,只有把有些词非法译成旧话后,才能把新话用于非正统目的。例如,"All mans are equal"("人人皆平等")可能出现在新话中,和旧话中"All men are redhaired"("人人皆红发")属于同一类。它没有语法错误,但表达的内容显然并不真实,即人人有同样的身高、体重或力量。政治平等的概念已不复存在,因为这个旁义已从"equal"("平等")的含义中剔除了。1984年时,旧话仍是普遍的交流工具,理论上存在着这样的危险——人们使用新话时,可能会记得原来的含义。实践中,深谙"doublethink"的人不难做到这一点,但一两代以后,甚至这种失误的可能性也会消失。对成长的语言环境只有新话的人来说,他们不会知道"平等"曾经有过"政治平等"这样的次要含义,也不会知道"自由"曾有"思想自由"的意思,正如从未接触过国际象棋的人才会知道"后"和"车"的次要含义。人类已无力犯下很多罪行和错误,因为没有名词表达这些罪行和错误,因此也无法想象。可以想见,随着时间的推移,新话的突出特点会越来越明显——词汇越来越少、含义越来越严格,应用不当的可能性越来越低。

旧话完全被取代后，同过去的最后一丝联系就被切断了。历史已经重写，但有关过去的零星记录散落四方，没有被彻底检查。会用旧话的人仍能读懂那些记录。将来，即使这些片段得以保存也很难读懂、很难翻译了。除非是技术步骤，或某种非常简单的日常行为，或是已有正统化的（新话称之为"goodthinkful"）倾向，否则很难把任何一段旧话译成新话。实际上，这意味着大概1960年之前写的书，根本无法被翻译。革命前的记录只能进行意识形态上的翻译，既要修改语言，也要修改意义，例如《独立宣言》中著名的一段话：

> 我们认为以下真理是不言而喻的：人人生而平等，享有造物主赋予他们的不可剥夺的权利，包括生命、自由和追求幸福的权利。为了保障这些权利，才在人们中间建立政府，而政府之正当权力，则来自被统治者的同意……

要在保持原义的基础上把它翻译成新话是不可能的。最多只能把这整段的话用一个词包括——"crimethink"。完全译出只能是意识形态上的翻译，把杰弗逊的话变成对绝对权力政府的颂词。

的确，通过这种方法，过去的大批文献都已被改写。出于对名声的考虑，有必要保持对某些历史人物的记忆，但同时,他们的成就要与英社哲学一致。因此莎士比亚、弥尔顿、斯威夫特、拜伦、狄更斯等作家的作品都在翻译中。这项工作完成后,他们的原作及过去所有的文学作品都将被销毁。这项翻译工作费时费力,21世纪前一二十年恐怕也无法完成。另外,大量实用文献——不可缺少的技术手册——也要这样处理。主要是为了留出时间完成初步翻译工作,新话的最终采用时间才定在遥远的2050年。